HEYNE
BÜCHER

Das Buch

Die monumentale Fantasy-Saga vom DUNKLEN TURM ist Stephen Kings ehrgeizigstes und persönlichstes literarisches Projekt: »Dieses Werk scheint mein eigener Turm zu sein: Diese Menschen verfolgen mich, allen voran Roland. Weiß ich wirklich, was der Turm ist? Sicher weiß ich nur, daß mich die Geschichte über einen Zeitraum von 17 Jahren wieder und wieder bedrängt hat.« (King)

Ein Heer von Feinden und tödliche Gefahren markieren Rolands Suche nach dem Dunklen Turm. Unerbittlich jagt der letzte Revolvermann hinter dem Mann in Schwarz her, durch endlose Wüsten, ausgestorbene Städte und gespenstische Ruinenlandschaften, in denen Dämonen, Sukkubi, Vampire und Geistermutanten hausen. In den Ruinen eines verlassenen Rasthauses begegnet er dem Jungen Jake, dessen trauriges Schicksal auf geheimnisvolle Weise mit dem Mann in Schwarz verknüpft ist. Gemeinsam setzen sie den Weg durch Rolands wüstes Land fort. Im Gebirge, wo er und sein Begleiter Rast machen, verrät ihm eine Prophezeiung, daß Jake der Schlüssel zu dem Mann in Schwarz ist und daß drei Auserwählte ihm bei der Suche helfen würden. Endlich gelingt es ihnen, den Mann in Schwarz zu stellen. Aber Roland muß erst den Jungen opfern, bevor der Schwarze ihn in die Mysterien des Dunklen Turms einweiht.

Der Autor

Stephen King alias Richard Bachman gilt weltweit unbestritten als der Meister der modernen Horrorliteratur. Seine Bücher haben eine Weltauflage von 100 Millionen weit überschritten. Geboren 1947 in Portland/Maine, schrieb und veröffentlichte er schon während seines Studiums Science-Fiction-Stories. 1973 gelang ihm mit *Carrie* der internationale Durchbruch. Alle folgenden Bücher (*Friedhof der Kuscheltiere, Sie, Christine* u.v.a.) wurden Bestseller, die meisten davon liegen im Wilhelm Heyne Verlag vor. Stephen King lebt mit seiner Frau, der Schriftstellerin Tabitha King, und drei Kindern in Bangor/Maine.

Aus der Saga vom DUNKLEN TURM sind bereit erschienen: *Schwarz* (01/10428), *Drei* (01/10429), *tot.* (01/10430), *Glas* (01/10799).

STEPHEN KING

# SCHWARZ

## Der Dunkle Turm

*Roman*

Aus dem Amerikanischen
von Joachim Körber

WILHELM HEYNE VERLAG
MÜNCHEN

HEYNE ALLGEMEINE REIHE
Nr. 01/12099

Titel der Originalausgabe
THE DARK TOWER: THE GUNSLINGER



*Umwelthinweis:*
Dieses Buch wurde auf
chlor- und säurefreiem Papier gedruckt.

Taschenbuchausgabe 1/2000

Printed in Germany 2000
Umschlagillustration: doManski/Gruppe d4, München
Umschlaggestaltung: Nele Schütz Design, München
Satz: (2886) IBV Satz- und Datentechnik GmbH, Berlin
Druck und Bindung: Elsnerdruck, Berlin

ISBN 3-453-16316-8

http://www.heyne.de

*Für Ed Ferman*
*der mit diesen Geschichten ein Risiko einging*
*mit jeder einzelnen.*

## Inhalt

# Erster Teil
# DER REVOLVERMANN

# 1

Der Mann in Schwarz floh durch die Wüste, und der Revolvermann folgte ihm.

Die Wüste war der Inbegriff aller Wüsten; sie war riesig und schien sich in alle Richtungen Parseks bis zum Himmel zu erstrecken. Weiß, grell, ohne Wasser, konturlos, abgesehen vom schwachen, dunstigen Schimmer der Berge, welche sich am Horizont abzeichneten, und dem Teufelsgras, das süße Träume, Alpträume, Tod brachte. Gelegentlich wies ein Grabsteinzeichen den Weg, denn einstmals war der verwehte Pfad, der sich seinen Weg durch die dicken Salzkrusten bahnte, eine Straße gewesen, auf der Kutschen gefahren waren. Seither hatte die Welt sich weitergedreht. Die Welt war leer geworden.

Der Revolvermann schritt gemächlich dahin, er eilte nicht, er trödelte nicht. Ein Wasserschlauch aus Tierhaut hing wie eine pralle Wurst um seine Leibesmitte. Dieser war fast voll. Er gehörte schon seit vielen Jahren dem Khefan und hatte die fünfte Stufe erreicht. In der siebten oder achten wäre er nicht durstig gewesen; er hätte mit klinischem, unbeteiligtem Interesse verfolgen können, wie sein Körper austrocknete, und er hätte seinen Klüften und dunklen inneren Höhlungen nur dann Wasser zuführen müssen, wenn die Logik ihm sagte, daß es getan werden mußte. Aber er war nicht in der siebten oder achten. Er war in der fünften. Daher war er durstig, obschon er keinen ausgeprägten Drang zu trinken verspürte. Das freute ihn auf eine unbestimmte Weise. Es war romantisch.

Unter dem Wasserschlauch befanden sich seine Revolver, die seinen Händen makellos angepaßt waren. Die beiden Revolvergurte überkreuzten sich oberhalb seiner Lenden. Die Halfter waren so gut eingeölt, daß nicht einmal diese philisterhafte Sonne sie rissig machen konnte. Die Griffe der Revolver waren aus gelblichem, fein gemasertem Sandelholz. Die Halfter waren mit Wildlederschnüren festgebunden und schwangen schwer gegen seine Hüften. Die in den Gürtelschlaufen steckenden Messinghülsen der Patronen funkelten und blitzten und heliographierten die Sonne. Das Leder gab leise, knirschende Geräusche von sich.

Die Revolver selbst erzeugten keinen Laut. Sie hatten Blut vergossen. Es bestand keine Veranlassung, in der Kahlheit der Wüste Geräusche zu machen.

Seine Kleidung hatte die Farblosigkeit von Regen und Staub. Das Hemd war am Hals offen, eine Wildlederkordel baumelte lose in handgestoßenen Löchern. Seine Hosen waren aus genähtem Kattun.

Er erklomm eine sanft ansteigende Düne (wenngleich es hier keinen Sand gab; die Wüste war verkrustet, und selbst die rauhen Winde, die mit Einbruch der Dunkelheit aufkamen, wirbelten lediglich einen unangenehm beißenden, schmirgelnden Staub auf), und er sah die ausgetretenen Reste eines kleinen Lagerfeuers im Windschatten, auf der Seite, die die Sonne zuerst verließ. Winzige Zeichen wie dieses, welches wieder einmal bestätigte, daß der Mann in Schwarz durchaus menschlich war, erfreuten ihn stets. Die Lippen dehnten sich in den gegerbten, schuppenden Überresten seines Gesichts. Er kauerte sich nieder.

Er hatte natürlich Teufelsgras verbrannt. Das war hier draußen das einzige, das *überhaupt* brannte. Es brannte mit einem rußenden, kümmerlichen Licht, und es brannte langsam. Die Grenzbewohner hatten ihm erzählt, daß selbst in den Flammen Teufel wohnten. Sie verbrannten es, sahen aber nicht ins Licht. Sie sagten, die Teufel hypnotisierten, lockten und zogen denjenigen, der hineinsah, schließlich in das Feuer. Und der nächste Mann, der närrisch genug war, in dieses Feuer zu sehen, könnte dann den vorhergehenden darin erblicken.

Das verbrannte Gras war im inzwischen vertrauten ideographischen Muster gekräuselt und zerfiel unter der tastenden Hand des Revolvermannes zu grauer Sinnlosigkeit. In den Überresten befand sich nichts weiter als ein verkohlter Rest Speck, den er nachdenklich aß. So war es immer gewesen. Der Revolvermann folgte dem Mann in Schwarz nun schon seit zwei Monaten durch die Wüste, durch die endlosen, schreiend monotonen fegefeuerähnlichen Einöden, und er hatte noch niemals andere Spuren als die hygienisch sterilen Ideographen der Lagerfeuer des Mannes in Schwarz gefunden. Er hatte keine Dose gefunden, keine Flasche, keinen Wasserschlauch (der Revolvermann selbst hatte vier davon zurückgelassen, die abgestreiften Schlangenhäuten glichen).

Vielleicht sind die Lagerfeuer eine Botschaft, Letter für Letter buchstabiert. *Nimm eine Prise Schnupftabak.*

Oder: *Das Ende ist nahe.* Vielleicht auch nur: *Eßt bei Joe's.* Einerlei. Er konnte die Ideographen nicht verstehen, sofern es überhaupt Ideographen waren. Und die Überreste waren so kalt wie all die anderen. Er wußte, er war ihm näher, aber er wußte nicht, woher er das wußte. Auch das war einerlei. Er stand auf und wischte sich die Hände ab.

Keine anderen Spuren; der rasiermesserscharfe Wind hatte selbstverständlich sogar die kargen Anhaltspunkte verweht, welche die verkrustete Wüste bot. Es war ihm nie gelungen, den Kot seines Widersachers zu finden. Nichts. Nur die kalten Lagerfeuer entlang dieser uralten Autobahn und der rastlose Entfernungsmesser in seinem eigenen Kopf.

Er setzte sich und gönnte sich einen kurzen Schluck aus dem Wasserschlauch. Er ließ den Blick über die Wüste schweifen, sah zur Sonne empor, die inzwischen am gegenüberliegenden Himmelsquadranten hinabsank. Er stand auf, nahm die Handschuhe vom Gürtel und fing an, Teufelsgras für sein eigenes Lagerfeuer auszureißen, das er auf die Asche legte, die der Mann in Schwarz zurückgelassen hatte. Er fand die Ironie wie die Romantik seines Durstes auf bittere Weise attraktiv.

Er griff erst dann zu Feuerstein und Stahl, als als letzte Reste des Tages nur die flüchtige Wärme im Boden unter ihm und eine sardonische orangefarbene Linie am monochromen westlichen Horizont bemerkbar waren. Er sah geduldig nach Süden, zu den Bergen, wenngleich er nicht hoffte oder erwartete, die dünne, gerade Rauchsäule eines anderen Lagerfeuers zu sehen, sondern lediglich beobachtete, weil das eben dazugehörte. Nichts zu sehen. Er war nahe, aber nur relativ nahe. Nicht nahe genug, nach Einbruch der Dämmerung Rauch zu sehen.

Er schlug Funken an das trockene, ausgerissene Gras und legte sich gegen den Wind, so daß der Traumrauch in die Wüste hinauswehen konnte. Der Wind wehte konstant, davon abgesehen, daß er hin und wieder einen Sandteufel erzeugte.

Die Sterne über ihm blinkten nicht, auch sie waren konstant. Nach Millionen zählende Sonnen und Welten. Schwindelerregende Konstellationen, kaltes Feuer in sämtlichen Primärfarben. Während er hinaufsah, wechselte der Himmel von Violett zu Ebenholz. Ein Meteor ätzte einen kurzen, spektakulären Bogen hinein und erlosch. Das Feuer warf seltsame Schatten, während das Teufelsgras langsam zu einem neuen Muster niederbrannte – keinem Ideographen, sondern einem geordneten Wirrwarr, das in seiner ureigenen Deutlichkeit vage beängstigend wirkte. Er hafte das Brennmaterial zu einem Muster gelegt, das nicht künstlerisch, sondern nur zweckdienlich war. Es sprach von Schwarz und Weiß. Es sprach von einem Mann, der in seltsamen Hotelzimmern schlechte Bilder geraderücken mochte. Das Feuer brannte mit seiner konstanten, trägen Flamme, und Phantome tanzten in seinem weißglühenden Kern. Der Revolvermann sah es nicht. Er schlief. Die beiden Muster, Kunst und Fertigkeit, verschmolzen miteinander. Der Wind heulte. Hin und wieder brachte ein perverser Windstoß den Rauch dazu, sich zu kräuseln und zu ihm zu wirbeln, gelegentlich berührte ihn ein Ausläufer des Rauchs. Sie erzeugten auf dieselbe Weise

Träume, wie ein winziger Fremdkörper eine Perle in einer Auster erzeugen konnte. Gelegentlich stöhnte der Revolvermann mit dem Wind. Das betrachteten die Sterne so gleichgültig, wie sie Kriege, Kreuzigungen und Auferstehungen betrachteten. Auch das hätte ihm gefallen.

## 2

Er war den letzten Ausläufer des Vorgebirges heruntergekommen und hatte seinen Esel geführt, dessen Augen bereits tot waren und in der Hitze hervorquollen. Vor drei Wochen hatte er die letzte Stadt hinter sich gelassen, und seither hatte er nur den verlassenen Kutschenpfad und hin und wieder eine der Ansiedlungen von Lehmhütten der Grenzbewohner gesehen. Aus den Ansiedlungen waren vereinzelte Hütten geworden, die meistens von Leprakranken oder Wahnsinnigen bewohnt waren. Er stellte fest, daß die Wahnsinnigen die angenehmere Gesellschaft waren. Einer hatte ihm einen Silva-Kompaß aus rostfreiem Edelstahl gegeben und ihn gebeten, ihn Jesus zu bringen. Der Revolvermann hatte ihn ernst entgegengenommen. Wenn er Ihn träfe, würde er Ihm den Kompaß geben. Er rechnete aber nicht damit.

Seit der letzten Hütte waren fünf Tage vergangen, und als er über den letzten erodierten Hügel kam und das vertraute flache Lehmdach sah, hatte er eigentlich schon gar nicht mehr damit gerechnet, noch eine zu sehen.

Der Bewohner, ein überraschend junger Mann mit einem wilden Schopf roten Haares, das ihm fast bis zur Taille reichte, jätete mit emsiger Hingabe ein karges Maisfeld. Das Maultier gab ein pfeifendes Schnauben von sich, und der Bewohner sah auf, seine strahlendblauen Augen erblickten den Revolvermann binnen eines Augenblicks zielsicher. Er hob beide Hände zu einem höflichen Gruß, dann beugte er sich wieder seinem Mais zu; er jätete die Reihe direkt neben seiner Hütte mit gekrümmtem Rücken, wobei er ab und zu Teufelsgras oder eine gelegentliche verkümmerte Maispflanze über die Schulter warf. Sein Haar flatterte und wehte im Wind, der jetzt direkt aus der Wüste wehte, weil nichts mehr da war, ihn aufzuhalten.

Der Revolvermann kam langsam den Hügel herunter und führte den Esel, auf dessen Rücken die Wasserschläuche platschten. Er blieb am Rand des leblos aussehenden Maisfeldes stehen, trank einen Schluck aus einem der Schläuche, um die Speichelbildung anzuregen, und spie auf den ausgetrockneten Boden.

»Leben für deine Saat.«

»Leben für deine eigene«, antwortete der Grenzbewohner und richtete sich auf. Sein Rücken knackte hörbar. Er musterte den Revolvermann furchtlos. Das bißchen Gesicht, das zwischen Haar und Bart zu sehen war, schien frei von Fäulnis zu sein, und seine Augen waren zwar ein wenig wild, schienen aber vernünftig zu sein. »Ich habe nichts, außer Mais und Bohnen«, sagte er. »Mais ist umsonst, aber für die Bohnen wirst du was ausspucken müssen. Ein Mann bringt sie ab und zu vorbei. Er bleibt nicht lange.« Der Grenzbewohner lachte kurz. »Er hat Angst vor Gespenstern.«

»Ich nehme an, er hält dich für eines.«

»Das nehme ich auch an.«

Sie sahen einander einen Augenblick schweigend an.

Der Grenzbewohner streckte die Hand aus. »Mein Name ist Brown.«

Der Revolvermann schüttelte die Hand. Als er das tat, krächzte auf dem flachen Giebel des Lehmdachs ein dürrer Rabe. Der Grenzbewohner deutete mit einer knappen Geste auf ihn.

»Das ist Zoltan.«

Als er seinen Namen hörte, krächzte der Rabe erneut und flog zu Brown herüber. Er landete auf dem Kopf des Grenzbewohners und nistete sich mit fest in dem Haarschopf verkrallten Klauen dort ein.

»Scheiß auf dich«, krächzte Zoltan fröhlich. »Scheiß auf dich und das Pferd, auf dem du geritten bist.«

Der Revolvermann nickte liebenswürdig.

»Bohnen, Bohnen, das musikalische Gemüse«, rezitierte der Rabe inspiriert. »Je mehr du frißt, desto mehr du furzt.«

»Bringst du ihm das bei?«

»Ich schätze, mehr will er nicht lernen«, sagte Brown. »Ich habe einmal versucht, ihm das Vaterunser beizubringen.« Sein Blick wanderte einen Moment über die Hütte hinaus zu der verkrusteten, konturlosen Wüste. »Dies ist wohl nicht das Land für das Vaterunser. Du bist ein Revolvermann. Stimmt das?«

»Ja.« Er beugte sich hinab und nahm seine Rauchutensilien heraus. Zoltan stieß sich von Browns Kopf ab und landete flügelschlagend auf der Schulter des Revolvermannes.

»Schätze, du bist hinter dem anderen her.«

»Ja.« Sein Mund formte die unausweichliche Frage: »Wie lange ist es her, seit er vorbeigekommen ist?«

Brown zuckte die Achseln. »Ich weiß nicht. Ist 'ne komische Sache mit der Zeit hier draußen. Mehr als zwei Wochen. Weniger als zwei Monate. Der Bohnenmann war zweimal hier, seit er vorbeigekommen ist. Ich würde sagen, sechs Wochen. Aber das stimmt wahrscheinlich nicht.«

»Je mehr du ißt, desto mehr du furzt«, sagte Zoltan.

»Hat er Rast gemacht?« fragte der Revolvermann.

Brown nickte. »Er blieb zum Essen, wie du es wohl auch machen wirst. Wir haben uns die Zeit vertrieben.«

Der Revolvermann stand auf, und der Vogel flog keifend zum Dach zurück. Er verspürte einen seltsamen, zitternden Eifer. »Wovon hat er gesprochen?«

Brown sah ihn mit einer hochgezogenen Braue an. »Nicht viel. Ob es jemals regnete, wann ich hierher gekommen sei und ob ich meine Frau begraben hätte. Meistens habe ich gesprochen, was nicht üblich ist.« Er machte eine Pause, und das einzige Geräusch war der heulende Wind. »Er ist ein Zauberer, nicht?«

»Ja.«

Brown nickte bedächtig. »Ich wußte es. Und du?«

»Ich bin nur ein Mensch.«

»Du wirst ihn nie erwischen.«

»Ich werde ihn erwischen.«

Sie sahen einander an, und plötzlich herrschte

tiefes Einvernehmen zwischen ihnen, dem Grenzbewohner auf seinem staubtrockenen Boden, dem Revolvermann auf der verkrusteten Fläche, die in die Wüste überging. Er griff nach seinem Feuerstein.

»Hier.« Brown holte ein Schwefelholz hervor und entzündete es an einem schmutzigen Fingernagel. Der Revolvermann hielt die Spitze seiner Zigarette in die Flamme und zog. »Danke.«

»Du wirst deine Schläuche füllen wollen«, sagte der Grenzbewohner und wandte sich ab. »Die Quelle ist hinten unter dem Vorsprung. Ich mache das Essen.«

Der Revolvermann trat vorsichtig über die Maisreihen und ging nach hinten. Die Quelle befand sich auf dem Grund eines handgegrabenen Brunnens, der mit Steinen eingefaßt war, damit der pulvrige Boden nicht einbrach. Während er die baufällige Leiter hinunterkletterte, überlegte der Revolvermann, daß mindestens zwei Jahre Arbeit in dieser Steinmauer stecken mußten – ausbrechen, herschleppen, aufschichten. Das Wasser war klar, floß aber nur träge, daher war es ein langwieriges Geschäft, die Schläuche zu füllen. Als er den zweiten füllte, flatterte Zoltan auf den Brunnenrand.

»Scheiß auf dich und das Pferd, auf dem du geritten bist«, empfahl er.

Er sah erschrocken auf. Der Schacht war knapp fünf Meter tief: Brown hätte mit Leichtigkeit einen Stein auf ihn werfen, ihm den Schädel brechen und ihm alles stehlen können. Ein Verrückter oder ein Verfaulender hätte das nicht getan; Brown war keines von beidem. Doch er mochte Brown, daher verdrängte er die Vorstellung aus seinen Gedanken und holte sich den

Rest seines Wassers. Was geschehen sollte, würde geschehen.

Als er zur Tür der Hütte hereinkam und die Stufen hinabschritt (der Hauptteil der Hütte lag unter der Erdoberfläche, damit die Kälte der Nacht eingefangen und gespeichert wurde), verteilte Brown gerade mit einem Hartholzlöffel Maiskolben zwischen den glühenden Kohlen einer winzigen Feuerstelle. Zwei angeschlagene Teller standen an gegenüberliegenden Plätzen auf einer Tischdecke. Das Wasser für die Bohnen fing im Topf über dem Feuer gerade an zu kochen.

»Ich bezahle auch das Wasser.«

Brown sah nicht auf. »Das Wasser ist ein Geschenk Gottes. Die Bohnen bringt Pappa Doc.«

Der Revolvermann grunzte ein Lachen und setzte sich mit dem Rücken zu einer unbearbeiteten Wand, überkreuzte die Arme und machte die Augen zu. Nach einer Weile drang ihm der Geruch von röstendem Getreide in die Nase. Er vernahm ein körniges Rascheln, als Brown eine Papiertüte getrockneter Bohnen ins Wasser schüttete. Ab und zu ein *Tak-tak-tak,* wenn Zoltan rastlos auf dem Dach herumlief. Er war müde; zwischen hier und dem Grauen, das sich in Tull abgespielt hatte, dem letzten Dorf, war er sechzehn, manchmal achtzehn Stunden lang unterwegs gewesen; das Maultier war am Ende seiner Leistungsfähigkeit.

*Tak-tak-tak.*

Zwei Wochen, hatte Brown gesagt, möglicherweise sechs. Einerlei. In Tull hatten sie Kalender gehabt, und sie hatten sich an den Mann in Schwarz erinnert, weil er auf der Durchreise einen alten Mann erweckt hatte. Einen alten Mann, der am Gras zugrunde gegangen war. Einen alten Mann von fünfunddreißig Jahren. Und wenn Brown recht hatte, hatte der Mann in Schwarz seither einen Teil seines Vorsprungs verloren. Aber nun kam die Wüste. Und die Wüste war die Hölle.

*Tak-tak-tak.*

– Gib mir deine Flügel, Vogel. Ich werde sie ausbreiten und mit den Aufwinden fliegen.

Er schlief ein.

## 3

Brown weckte ihn fünf Stunden später. Es war dunkel. Das einzige Licht war das dunkle, kirschrote Glühen der Kohlen im Feuer.

»Dein Maultier ist gestorben«, sagte Brown. »Das Essen ist fertig.«

»Wie?«

Brown zuckte die Achseln. »Geröstet und gekocht, wie sonst? Bist du pingelig?«

»Nein, ich meine das Maultier.«

»Es hat sich einfach hingelegt, das ist alles. Es sah wie ein altes Maultier aus.« Und gleichsam als Entschuldigung: »Zoltan hat die Augen gefressen.«

»Oh.« Damit hätte er rechnen können. »Schon gut.«

Als sie sich an den gedeckten Tisch setzten, überraschte ihn Brown erneut, indem er ein kurzes Gebet sprach und um den Segen bat: Regen, Gesundheit, Erleuchtung des Geistes.

»Glaubst du an das Leben nach dem Tod?« fragte der Revolvermann, während Brown ihm drei heiße Maiskolben auf den Teller gab.

Brown nickte. »Ich glaube, dies hier ist es.«

## 4

Die Bohnen waren wie Patronen, der Mais zäh. Draußen schnupperte und heulte der alles beherrschende Wind um den auf Bodenhöhe befindlichen Dachrand. Er aß hastig und heißhungrig und trank vier Tassen Wasser zum Essen. Er hatte die Hälfte gegessen, als es maschinengewehrartig gegen die Tür klopfte. Brown stand auf und ließ Zoltan ein. Der Vogel flog durch das Zimmer und ließ sich verdrossen in einer Ecke nieder.

»Musikalisches Gemüse«, murmelte er.

Nach dem Essen bot der Revolvermann seinen Tabak an.

– Jetzt. Jetzt wird die Frage kommen.

Aber Brown stellte keine Fragen. Er rauchte und betrachtete die erlöschende Glut des Feuers. In der Hütte war es bereits deutlich kälter.

»Führe uns nicht in Versuchung«, sagte Zoltan unvermittelt, apokalyptisch.

Der Revolvermann zuckte zusammen. Plötzlich war er sicher, daß es eine Illusion war, alles (kein Traum, nein; ein Zauber), daß der Mann in Schwarz einen Zauberspruch ausgesprochen hatte und versuchte, ihm auf eine in den Wahnsinn treibend verschlüsselte, symbolische Art und Weise etwas zu sagen.

»Bist du durch Tull gekommen?« fragte er plötzlich.

Brown nickte. »Als ich hierher kam, und einmal, um Mais zu verkaufen. In jenem Jahr hat es geregnet. Dauerte vielleicht fünfzehn Minuten. Der Boden schien sich einfach aufzutun und es aufzusaugen. Eine Stunde später war es so weiß und trocken wie eh und je. Aber der Mais ... mein Gott, der Mais. Man konnte sehen, wie er wuchs. Was das Schlimmste nicht war. Aber man konnte es *hören*, als hätte ihm der Regen einen Mund gegeben. Es waren keine glücklichen Laute. Er schien sich seufzend und stöhnend seinen Weg aus dem Erdreich zu bahnen.« Er machte eine Pause. »Ich hatte Überschuß, daher nahm ich es mit und verkaufte es. Pappa Doc sagte, er würde es tun, aber er hätte mich betrogen. Also ging ich selbst.«

»Magst du die Stadt nicht?«

»Nein.«

»Ich wäre dort fast umgebracht worden«, sagte der Revolvermann unvermittelt.

»Tatsächlich?«

»Ich habe einen Mann getötet, der von Gott berührt worden war«, sagte der Revolvermann. »Aber es war nicht Gott. Es war der Mann in Schwarz.«

»Er hat dir eine Falle gestellt.«

»Ja.«

Sie betrachteten einander über die Schatten hinweg, und der Augenblick nahm eine Aura des Endgültigen an.

– *Jetzt* wird die Frage kommen.

Aber Brown hatte nichts zu sagen. Seine Zigarette war ein schwelender Stummel, aber als der Revolvermann auf seinen Tabaksbeutel klopfte, schüttelte Brown den Kopf.

Zoltan bewegte sich unruhig, schien etwas sagen zu wollen, schwieg aber.

»Darf ich dir davon erzählen?« fragte der Revolvermann.

»Klar.«

Der Revolvermann suchte nach einleitenden Worten, doch es fielen ihm keine ein. »Ich muß pinkeln«, sagte er.

Brown nickte. »Das liegt am Wasser. Bitte auf den Mais, ja?«

»Klar.«

Er ging die Stufen hinauf und ins Dunkel hinaus. Oben funkelten die Sterne in verrückter Vielfalt. Der Wind wehte konstant. Sein Urin krümmte sich als wabernder Strahl über dem staubigen Maisfeld. Der Mann in Schwarz hatte ihn hierher geschickt. Brown selbst konnte der Mann in Schwarz sein. Es könnte sein...

Er verdrängte den Gedanken. Die einzige Eventualität, die zu ertragen er nicht gelernt hatte, war die Möglichkeit, daß er selbst wahnsinnig sein konnte. Er ging wieder nach drinnen.

»Hast du schon entschieden, ob ich ein Zauberer bin?« fragte Brown amüsiert.

Der Revolvermann blieb verblüfft auf dem winzigen Absatz stehen. Dann kam er langsam wieder herunter und setzte sich.

»Ich fing an, dir von Tull zu erzählen.«

»Wächst es?«

»Es ist tot«, sagte der Revolvermann, und die Worte hingen schwer in der Luft.

Brown nickte. »Die Wüste. Ich glaube, letzten Endes wird sie alles vernichten. Hast du gewußt, daß einst eine Kutschenstraße durch die Wüste führte?«

Der Revolvermann machte die Augen zu. Sein Verstand wirbelte verrückt durcheinander.

»Du hast mir Drogen gegeben«, sagte er hastig.

»Nein. Ich habe nichts getan.«

Der Revolvermann machte argwöhnisch die Augen auf.

»Du wirst es erst richtig finden, wenn ich dich aufgefordert habe«, sagte Brown. »Was ich hiermit tue. Möchtest du mir von Tull erzählen?«

Der Revolvermann machte zögernd den Mund auf und stellte zu seiner Überraschung fest, daß die Worte dieses Mal da waren. Er fing an, in abgehackten Sätzen zu sprechen, aus denen allmählich eine gleichmäßige, tonlose Schilderung wurde. Das Gefühl, unter Drogeneinfluß zu sein, fiel von ihm ab, und er stellte fest, daß er seltsam aufgeregt war. Er sprach bis weit in die Nacht. Brown unterbrach ihn nicht. Und auch der Vogel nicht.

## 5

Er hatte das Maultier in Pricetown gekauft, und als er in Tull eingetroffen war, war es noch frisch gewesen. Die Sonne war eine Stunde vorher untergegangen, aber der Revolvermann war dennoch weitergereist und hatte sich vom Leuchten der Stadt am Himmel und von den Klängen eines Honky-Tonk-Klaviers leiten lassen, das *Hey Jude* spielte. Als es Beifall dafür bekam, wurde die Straße breiter.

Der Wald war längst verschwunden und monotonem Flachland gewichen: endlose einsame Felder mit Timotheusgras und niederem Gestrüpp, Hütten, unheimliche, verlassene, von düsteren, schattigen Herrenhäusern bewachte Anwesen, wo zweifellos Dämonen wandelten; glotzende leere Schuppen, deren Bewohner weitergezogen oder vertrieben worden waren, gelegentlich die Hütte eines Grenzbewohners, die in der Nacht vom winzigen Aufflackern eines Lichts verraten wurde, und am Tage von mürrischen, inzüchtigen Familienklans, die schweigsam auf den Feldern arbeiteten. Getreide wurde am häufigsten angebaut, aber hin und wieder auch Bohnen und ein paar Erbsen. Ab und zu sah ihn eine vereinzelte Kuh glotzäugig zwischen abgeschälten Erlenpfosten heraus an. Viermal waren Kutschen an ihm vorbeigekommen, zweimal waren sie gekommen, zweimal gegangen, fast leer, als sie sich von hinten genähert und ihn und sein Maultier passiert hatten, voller, als sie zu den Wäldern des Nordens zurückfuhren.

Es war ein häßliches Land. Seit er Pricetown verlassen hatte, hatte es zweimal geregnet, beidesmal widerwillig. Selbst das Timotheusgras sah gelb und niedergeschlagen aus. Häßliches Land. Vom Mann in Schwarz hatte er keine Spur gesehen. Vielleicht hatte er eine Kutsche genommen.

Die Straße machte eine Biegung, dahinter ließ der Revolvermann das Maultier anhalten und sah auf Tull hinab. Es lag auf dem Grund einer kreisrunden, schüsselförmigen Schlucht, ein kitschiges Juwel in einer billigen Fassung. Eine Anzahl Lichter war zu sehen, die sich weitgehend um die Gegend drängten, aus der die Musik kam. Es schien vier Straßen zu geben, drei davon verliefen rechtwinklig zur Kutschenstraße, die die Hauptstraße der Stadt war. Vielleicht würde er dort ein Restaurant finden. Er bezweifelte es, aber es könnte ja sein. Er schnalzte mit der Zunge, damit das Maultier weiterging.

Jetzt wurde die Straße von mehr sporadischen Häusern gesäumt, doch die meisten waren immer noch verlassen. Er kam an einem kleinen Friedhof mit morschen Holztafeln vorbei, die schief waren und vom üppigen Teufelsgras überwuchert und erwürgt wurden.

Etwa hundertfünfzig Meter weiter kam er an einem verwitterten Schild vorbei, auf dem stand: TULL.

Die Farbe war bis fast zur Unleserlichkeit abgeblättert. Etwas weiter hinten stand ein weiteres, aber das konnte der Revolvermann überhaupt nicht entziffern.

Ein Narrenchor halb drogenbenebelter Stimmen schwoll zur letzten langen Strophe von *Hey Jude* an – »Naa-naa-naa-na-nana-na ... hey, Jude ...« –, als er die Stadtgrenze überschritt. Es war ein toter Laut, wie der Wind im Innern eines hohlen Baumstamms. Nur das prosaische Klimpern und Dröhnen des Honky-Tonk- Klaviers hielt ihn davon ab, sich allen Ernstes zu fragen, ob der Mann in Schwarz nicht *Geister* heraufbeschworen haben konnte, um die Geisterstadt zu bevölkern. Er lächelte ein wenig über diesen Gedanken.

Ein paar Menschen waren auf den Straßen, nicht viele, aber ein paar. Drei Damen in schwarzen Hosen und in den gleichen Matrosenblusen gingen auf dem gegenüberliegenden Gehweg vorbei, sie sahen ohne besondere Neugier zu ihm herüber. Ihre Gesichter schienen wie riesige bleiche Baseballs mit Augen über ihren fast unsichtbaren Körpern zu schweben. Auf den Stufen eines zugenagelten Lebensmittelladens betrachtete ihn ein ernster alter Mann, der einen Strohhut fest auf den Kopf gezogen hatte. Ein hagerer Schneider, der noch einen späten Kunden hatte, sah ihm nach; er hielt die Lampe in seinem Schaufenster hoch, damit er besser sehen konnte. Der Revolvermann nickte. Weder der Schneider noch sein Kunde erwiderten das Nicken. Er konnte förmlich spüren, wie ihre Blicke schwer auf den tiefhängenden Halftern an seinen Hüften ruhten. Ein Junge, schätzungsweise dreizehn, und sein Mädchen überquerten einen Block weiter die Straße und hielten unmerklich inne. Ihre Schritte wirbelten kleine, beständige Staubwolken auf. Einige der Straßenlaternen funktionierten, aber ihre Glasscheiben waren von geronnenem Öl verschmiert. Die meisten waren eingeschlagen worden. Da war eine Mietstallung, deren Überleben wahrscheinlich von der Kutschenlinie abhing. Drei Jungen kauerten schweigend um einen Murmelkreis herum, der an einer Seite des klaffenden Mauls der Stallung in den Staub gemalt worden war, und rauchten Zigaretten aus Maisschoten. Sie warfen lange Schatten im Hof.

Der Revolvermann führte sein Maultier an ihnen vorbei und sah in die schattigen Tiefen des Stalls. Eine Laterne leuchtete, und ein Schatten hüpfte hin und her, während ein schlaksiger alter Mann in Latzhose mit ausholenden, grunzenden Bewegungen seiner Gabel lockeres Timotheusheu auf den Heuschober schaufelte.

»He!« rief der Revolvermann.

Die Gabel hielt inne, und der Stallknecht sah sich gereizt um. »Selber he!«

»Ich habe hier ein Maultier.«

»Schön für Sie.«

Der Revolvermann schnippte ein schweres, unregelmäßig geformtes Goldstück ins Halbdunkel. Es klingelte auf den alten, häckselbedeckten Balken und glitzerte.

Der Stallknecht kam nach vorne, bückte sich, hob es auf und sah den Revolvermann an. Sein Blick fiel auf den Revolvergurt, und er nickte verdrossen.

»Wie lange möchten Sie es unterstellen?«

»Eine Nacht. Vielleicht zwei. Vielleicht länger.«

»Ich habe kein Wechselgeld für Gold.«

»Ich habe keines verlangt.«

»Blutgeld«, murmelte der Stallknecht.

»Was?«

»Nichts.« Der Stallknecht ergriff das Halfter des Maultiers und führte es hinein.

»Reiben Sie es ab!« rief der Revolvermann. Der alte Mann drehte sich nicht um.

Der Revolvermann ging zu den Jungs hinaus, die um den Murmelkreis kauerten. Sie hatten die ganze Unterhaltung mit verächtlichem Interesse verfolgt.

»Wie rollen sie denn?« fragte der Revolvermann im Plauderton.

Keine Antwort.

»Lebt ihr Burschen hier in der Stadt?«

Keine Antwort.

Einer der Jungs nahm eine windschief gedrehte Maisschote aus dem Mund, ergriff eine grüne Katzenaugenmurmel und warf sie in den Kreis im Staub. Sie prallte gegen einen Irrläufer und schubste ihn hinaus. Er hob das Katzenauge auf und bereitete sich auf den nächsten Wurf vor.

»Gibt es in dieser Stadt ein Restaurant?« fragte der Revolvermann.

Einer von ihnen sah auf, der jüngste. Er hatte einen gewaltigen Herpes im Mundwinkel, aber seine Augen wirkten intelligent. Er sah den Revolvermann mit verschleiertem, überquellendem Staunen an, das rührend und furchteinflößend war.

»Bei Sheb's bekommen Sie vielleicht einen Burger.«

»Ist das die Honky-Tonk-Kneipe?«

Der Junge nickte, sagte aber nichts. Die Augen seiner Spielkameraden waren häßlich und feindselig geworden.

Der Revolvermann berührte die Hutkrempe. »Vielen Dank. Schön zu wissen, daß es in dieser Stadt jemanden gibt, der so klug ist, daß er sprechen kann.«

Er ging an ihnen vorbei auf den Gehweg und schritt in Richtung von Sheb's, wobei er die deutliche, verächtliche Stimme eines der anderen hörte, die kaum mehr als ein kindlicher Diskant war: »Grasfresser! Wie lange vögelst du denn schon deine Schwester, Charlie? Grasfresser!«

Drei flackernde Petroleumlampen leuchteten vor Sheb's, eine auf jeder Seite, und eine war über der trunken schiefhängenden Schwingtür festgenagelt. Der Refrain von *Hey Jude* war verklungen, das Klavier klimperte eine andere alte Ballade. Stimmen murmelten wie zerrissene Fäden. Der Revolvermann verharrte einen Augenblick draußen und sah hinein. Sägemehl auf dem Boden, Spucknäpfe neben den wackligen Tischbeinen. Bretter auf Sägeböcken die Theke. Dahinter ein schmutziger Spiegel, in dem sich der Klavierspieler spiegelte, der den unvermeidlichen Klavierhockerschlapphut auf dem Kopf trug. Die vordere Abdeckung des Klaviers war entfernt worden, so daß man die hölzernen Bolzen auf und ab hüpfen sehen konnte, wenn der Apparat gespielt wurde. Die Barkeeperin war eine Frau mit strohigem Haar in einem schmutzigen blauen Kleid. Ein Träger war mit einer Sicherheitsnadel festgesteckt. Etwa sechs Stadtbewohner, die tranken und apathisch ›Watch Me‹ spielten, saßen im rückwärtigen Teil des Raumes. Ein weiteres halbes Dutzend saß zwanglos um das Klavier herum. Vier oder fünf standen an der Theke. Ein alter Mann mit wirrem grauen Haar war an einem Tisch nahe der Tür in sich zusammengesackt. Der Revolvermann trat ein.

Köpfe wirbelten herum und betrachteten ihn und seine Revolver. Es folgte ein Augenblick fast völligen Schweigens, abgesehen von dem selbstvergessenen Klavierspieler, der weiterklimperte. Dann wischte die Frau die Bar ab, und alles war wieder beim alten.

»Watch me«, sagte einer der Spieler in der Ecke und legte vier passende Pik zu den drei Herz, womit er das Spiel beendete. Derjenige mit dem Herz fluchte, schob seinen Einsatz hinüber, der nächste gab aus.

Der Revolvermann näherte sich der Theke. »Haben Sie Hamburger?« fragte er.

»Klar.« Sie sah ihm in die Augen; sie hätte hübsch gewesen sein können, als sie anfing, aber jetzt war ihr Gesicht teigig, und sie hatte eine deutliche Narbe, die sich korkenzieherförmig über ihre Stirn zog. Sie hatte dick Puder aufgetragen, doch das lenkte die Aufmerksamkeit mehr darauf, als sie abzulenken. »Ist aber teuer.«

»Das dachte ich mir. Geben Sie mir drei Burger und ein Bier.«

Wieder die subtile Veränderung der Geräuschkulisse. Drei Hamburger. Das Wasser lief in Mündern zusammen, Zungen leckten mit langsamem Appetit Speichel. Drei Hamburger.

»Das macht fünf Piepen. Mit dem Bier.«

Der Revolvermann legte ein Goldstück auf die Theke.

Blicke folgten ihm.

Hinter der Theke, links vom Spiegel, stand eine mürrisch brutzelnde Kupferpfanne auf dem Feuer. Die Frau verschwand in einer kleinen Kammer dahinter und kam mit Fleisch auf einem Papier zurück. Sie schnitt drei knausrige Scheiben und legte sie auf das Feuer. Der Geruch, der aufstieg, konnte einen in den Wahnsinn treiben. Der Revolvermann stand mit unerschütterlicher Gleichgültigkeit da und registrierte nur am Rande, wie das Klavier verstummte, das Kartenspiel langsamer wurde, die Männer an der Bar einander Seitenblicke zuwarfen.

Der Mann war schon auf halbem Weg hinter ihm, als der Revolvermann ihn im Spiegel sah. Der Mann war fast völlig kahl, die Hand hatte er um den Griff eines riesigen Jagdmessers gelegt, das an seinem Gürtel baumelte wie ein Gurt.

»Setz dich«, sagte der Revolvermann leise.

Der Mann blieb stehen. Er zog unbewußt die Oberlippe hoch, wie ein Hund, und es folgte ein Augenblick des Schweigens. Dann ging er wieder zurück zu seinem Tisch, und die Atmosphäre veränderte sich erneut.

Sein Bier kam in einem angeschlagenen Glaskrug.

»Ich habe kein Wechselgeld für Gold«, sagte die Frau trotzig.

»Ich erwarte auch keines.«

Sie nickte erbost, als würde diese Zurschaustellung von Reichtum, selbst wenn sie zu ihrem Vorteil gereichte, sie verbittern. Aber sie nahm sein Gold, und einen Augenblick später kamen die Hamburger, die an den Rändern noch rot waren, auf einem schmutzigen Teller.

»Haben Sie Salz?«

Sie holte es ihm unter der Theke.

»Brot?«

»Nein.« Er wußte, daß sie log, wollte es aber nicht auf die Spitze treiben. Der kahle Mann sah ihn mit giftigen Blicken an, er ballte auf der gesplitterten und zerkratzten Tischplatte die Fäuste und öffnete sie wieder. Seine Nasenflügel bebten mit pulsierender Regelmäßigkeit.

Der Revolvermann fing an, gleichmäßig, beinahe höflich zu essen; er schnitt das Fleisch auseinander und schob es sich in den Mund und versuchte, nicht daran zu denken, was hinzugefügt worden sein könnte, um das Rindfleisch zu strecken.

Er war fast fertig und wollte gerade noch ein Bier bestellen und sich eine Zigarette drehen, als sich eine Hand auf seine Schulter legte.

Plötzlich merkte er, daß es in dem Raum wieder still geworden war, und er schmeckte die deutliche Spannung in der Luft. Er drehte sich um und sah in das Gesicht des Mannes, der neben der Tür geschlafen hatte, als er eingetreten war. Es war ein gräßliches Gesicht. Der Geruch des Teufelsgrases war wie ein übler Gestank. Die Augen waren verdammt, die glotzenden, gaffenden Augen derer, die sehen, aber doch nicht sehen, deren Blick nach Innen gerichtet ist, auf die sterile Hölle unkontrollierbarer Träume, entfesselter Träume, die aus den stinkenden Sümpfen des Unterbewußtseins emporgestiegen waren.

Die Frau hinter der Theke gab ein leises Stöhnen von sich.

Die rissigen Lippen teilten sich, öffneten sich, entblößten die grünen, moosbewachsenen Zähne, und der Revolvermann dachte: – Er raucht es nicht einmal mehr. Er kaut es. Er *kaut* es tatsächlich.

Und dem auf den Fersen: – Er ist ein toter Mann. Er hätte schon vor einem Jahr tot sein sollen.

Und dem auf den Fersen: – Der Mann in Schwarz.

Sie sahen einander an, der Revolvermann und der Mann, der die Grenze zum Wahnsinn überschritten hatte.

Er sprach, und der fassungslose Revolvermann hörte, wie er in der Hochsprache angeredet wurde:

»Ein Goldstück für einen Gefallenen, Revolvermann. Nur eines? Ein hübsches?«

Die Hochsprache. Einen Augenblick weigerte sein Verstand sich, das anzuerkennen. Es war Jahre her – großer Gott! –, Jahrhunderte, Jahrtausende; es gab keine Hochsprache mehr, er war der letzte, der letzte Revolvermann. Die anderen waren ...

Er griff benommen in die Brusttasche und holte ein Goldstück heraus. Die rissige, schorfige Hand griff danach, liebkoste es, hielt es hoch, damit sich der fettige Schein der Petroleumlampen darin spiegelte. Es reflektierte sein stolzes, zivilisiertes Glühen; golden, rötlich, blutig.

»Ahhhh ...« Ein unartikulierter Freudenlaut. Der alte Mann drehte sich wankend um und ging zu seinem Tisch zurück, wobei er die Münze in Augenhöhe hielt, sie drehte, sie blitzen ließ.

Der Raum leerte sich rasch, die Flügeltür schwang wie von Sinnen hin und her. Der Klavierspieler klappte den Deckel des Instruments mit einem Poltern zu und folgte den anderen mit ausgreifenden, einer komischen Oper würdigen Schritten hinaus.

»Sheb!« schrie die Frau ihm nach, und ihre Stimme drückte eine seltsame Mischung aus Angst und Boshaftigkeit aus. »Sheb, komm sofort zurück! Gottverdammt!«

Derweil war der alte Mann zu seinem Tisch zurückgekehrt. Er ließ das Goldstück auf dem abgenutzten Holz kreisen, seine tot-lebendigen Augen folgten ihm mit leerer Faszination. Er ließ sie ein zweites Mal kreisen, und ein drittes Mal, da sanken ihm die Lider herab. Beim vierten Mal sank sein Kopf auf die

Tischplatte, bevor die Münze aufgehört hatte, sich zu drehen.

»So«, sagte sie leise und wütend. »Jetzt haben Sie meine Kundschaft vertrieben. Sind Sie jetzt zufrieden?«

»Die kommen wieder«, sagte der Revolvermann.

»Heute abend nicht mehr.«

»Wer ist er?« Er deutete auf den Grasesser.

»Gehen Sie ...« Sie beendete den Satz, indem sie einen unmöglichen Akt der Masturbation beschrieb.

»Ich muß es wissen«, sagte der Revolvermann geduldig. »Er ...«

»Er hat komisch mit Ihnen geredet«, sagte sie. »Nort hat in seinem ganzen Leben noch nicht so gesprochen.«

»Ich suche einen Mann. Sie dürften ihn kennen.«

Sie sah ihn an, und ihr Zorn verrauchte. Er wurde von Grübeln verdrängt, dann von einem aufgekratzten feuchten Glanz, den er schon früher gesehen hatte. Das baufällige Gebäude ächzte nachdenklich vor sich hin. Weit entfernt bellte plärrend ein Hund. Der Revolvermann wartete. Sie sah sein Wissen, und der Glanz wurde von Hoffnungslosigkeit verdrängt, von einem dumpfen Verlangen, das sich nicht ausdrücken ließ.

»Sie kennen meinen Preis«, sagte sie.

Er sah sie unverwandt an. Im Dunkeln würde die Narbe nicht zu sehen sein. Ihr Körper war so mager, daß Wüste, Sand und Staub nicht alles hatten abnützen können. Und sie war einmal hübsch gewesen, vielleicht sogar schön. Nicht, daß das eine Rolle gespielt hätte. Es hätte keine Rolle gespielt, wenn

Grabkäfer in der unfruchtbaren Schwärze ihres Schoßes genistet hätten. Es stand alles geschrieben.

Sie legte die Hände vor das Gesicht, und sie hatte immer noch Flüssigkeit in sich – genug, um zu weinen.

»*Sieh nicht her!* Du mußt mich nicht so gemein ansehen!«

»Tut mir leid«, sagte der Revolvermann. »Ich wollte nicht gemein sein.«

»Das will keiner von euch!« schrie sie ihn an.

»Mach das Licht aus.«

Sie weinte mit vors Gesicht geschlagenen Händen. Er war froh darüber, daß sie die Hände vor dem Gesicht hatte. Nicht wegen der Narbe, sondern weil ihr das die Weiblichkeit wiedergab, wenn schon nicht ihren Kopf. Die Nadel, die den Träger ihres Kleides hielt, glitzerte im fettigen Licht.

»Mach das Licht aus und schließ ab. Wird er etwas stehlen?«

»Nein«, flüsterte sie.

»Dann mach das Licht aus.«

Sie nahm die Hände erst weg, als sie hinter ihm war, und sie löschte die Lampen eine nach der anderen, drehte die Dochte herunter und blies dann die Flammen aus. Sie ergriff seine Hand im Dunkeln, und sie war warm. Sie führte ihn nach oben. Dort war kein Licht, ihren Akt zu verbergen.

## 6

Er drehte im Dunklen Zigaretten, dann zündete er sie an und gab ihr eine. Ihr Geruch war im Zimmer, frischer Flieder, pathetisch. Der Geruch der Wüste überlagerte ihn, verkrüppelte ihn. Er war wie der Geruch des Meeres. Er stellte fest, daß er sich vor der vor ihm liegenden Wüste fürchtete.

»Sein Name ist Nort«, sagte sie. Die Schroffheit war nicht aus ihrer Stimme geschwunden. »Nur Nort. Er ist gestorben.«

Der Revolvermann wartete.

»Er wurde von Gott berührt.«

Der Revolvermann sagte: »Ich habe Ihn nie gesehen.«

»Er war hier, seit ich mich erinnern kann – Nort, meine ich, nicht Gott.« Sie lachte abgehackt ins Dunkel. »Er hatte eine Zeitlang einen Honigwagen. Fing an zu trinken. Fing an, das Gras zu inhalieren. Dann rauchte er es. Die Kinder fingen an, ihm zu folgen und ihre Hunde auf ihn zu hetzen. Er trug alte grüne Hosen, die stanken. Verstehst du?«

»Ja.«

»Er fing an, es zu kauen. Zuletzt saß er einfach nur da und aß nichts mehr. In seiner Fantasie hätte er König sein können. Die Kinder hätten seine Hofnarren sein können, und die Hunde seine Prinzen.«

»Ja.«

»Er starb direkt hier vor diesem Haus«, sagte sie. »Er kam den Gehweg entlanggestapft – seine Stiefel nutzten nicht ab, es waren Mechanikerschuhe –, die Kinder und Hunde hinter ihm her. Er sah wie ein Haufen zusammengewirbelter und eingepackter Drahtkleiderbügel aus. Man konnte sämtliche Lichter der Hölle in seinen Augen sehen, aber er grinste das Grinsen, das Kinder am Abend vor Allerheiligen in Kürbisse schnitzen. Man konnte den Schmutz und die Fäulnis und das Gras riechen. Es lief ihm wie grünes Blut aus den Mundwinkeln heraus. Ich glaube, er wollte hereinkommen und Sheb Klavier spielen hören. Direkt vor der Tür blieb er stehen und legte den Kopf schief. Ich konnte ihn sehen und dachte, er würde eine Kutsche hören, wenngleich planmäßig keine eintreffen sollte. Dann übergab er sich, schwarz und voller Blut. Es floß durch das Grinsen wie Abwasser durch ein Gitter. Der Gestank reichte aus, daß man den Verstand hätte verlieren können. Er riß die Arme hoch und kippte einfach um. Das war alles. Er starb mit einem Grinsen im Gesicht in seinem eigenen Erbrochenen.«

Sie zitterte neben ihm. Draußen wahrte der Wind sein konstantes Heulen, und weit entfernt schlug eine Tür, wie ein im Traum vernommenes Geräusch. Mäuse liefen in den Wänden herum. Der Revolvermann dachte im Hinterkopf, daß dies wahrscheinlich das einzige Haus der Stadt war, das wohlhabend genug war, Mäusen eine Lebensmöglichkeit zu bieten. Er legte eine Hand auf ihren Bauch, und sie zuckte heftig zusammen, doch dann entspannte sie sich.

»Der Mann in Schwarz«, sagte er.

»Du mußt es wissen, nicht?«

»Ja.«

»Na gut. Ich werde es dir sagen.« Sie nahm seine Hand zwischen ihre beiden und sagte es ihm.

## 7

Er kam am Spätnachmittag des Tages, an dem Nort gestorben war, und der Wind nahm an Heftigkeit zu und wehte die lockere Krume und wirbelnde Staubschleier und entwurzelte Getreidehalme vorbei. Kennerly hatte die Mietstallung abgesperrt, und die Kaufleute hatten ihre Fensterläden geschlossen und die Läden mit Brettern vernagelt. Der Himmel hatte die gelbe Farbe von altem Käse, und die Wolken flogen darüber hinweg, als hätten sie etwas Gräßliches im Ödland der Wüste erblickt, wo sie noch kurz zuvor gewesen waren.

Er kam mit einem wackligen Gespann, über dessen Pritsche eine flatternde Plane gespannt war. Sie sahen ihn kommen, und der alte Kennerly, der am Fenster lag und in einer Hand eine Flasche und in der anderen das lose, heiße Fleisch der linken Brust seiner zweitältesten Tochter hielt, beschloß, nicht dazusein, sollte er klopfen.

Aber der Mann in Schwarz ging vorüber, ohne dem Braunen, der sein Gespann zog, ein Hoo zuzurufen, und die kreisenden Räder wirbelten Staub auf, den der Wind begierig ergriff. Er hätte ein Priester oder Mönch sein können; er trug eine schwarze Soutane, die vom Staub überzuckert war, eine Kapuze bedeckte seinen Kopf und verbarg die Gesichtszüge. Sie wehte und flatterte. Unter dem Saum der Kleidung schauten derbe Schnürstiefel mit breiten Kappen hervor.

Vor Sheb's hielt er an und band das Pferd fest, das den Kopf senkte und den Boden anschnaubte. Er löste eine Ecke der Plane hinten am Gespann, holte eine verwitterte Satteltasche heraus, warf sie sich über die Schulter und trat durch die Schwingtür.

Alice betrachtete ihn neugierig, aber niemand sonst bemerkte seine Ankunft. Die anderen waren sturzbetrunken. Sheb spielte Methodistenpsalme im Ragtime-Stil, und die quengelnden Strolche, die früher hereingekommen waren, um dem Sturm zu entkommen und Norts Totenwache beizuwohnen, hatten sich heiser gesungen. Sheb, der fast bis zur Besinnungslosigkeit betrunken, berauscht und geil wegen seiner anhaltenden Existenz war, spielte mit hektischem, federballähnlichem Tempo, seine Finger flogen dahin wie Weberschiffchen.

Stimmen kreischten und bellten, sie übertönten den Wind niemals, schienen ihn aber manchmal herauszufordern. In der Ecke hatte Zachary Amy Feldons Röcke über ihren Kopf geworfen und malte ihr Tierkreiszeichen auf die Knie. Einige andere Frauen gingen im Kreis herum. Alle schienen einen fiebrigen Glanz an sich zu haben. Doch das trübe Leuchten des Sturms, das durch die Flügeltür hereinfiel, schien sie zu verspotten.

Nort war auf zwei Tischen in der Mitte des Raums aufgebahrt worden. Seine Stiefel bildeten ein mystisches V. Sein Mund hing zu einem schlaffen Grinsen offen, aber jemand hatte ihm die Augen zugedrückt und Metallstückchen daraufgelegt. Seine Hände umschlossen einen Halm Teufelsgras und waren auf seiner Brust gefaltet. Er roch wie Gift.

Der Mann in Schwarz stieß die Kapuze zurück und kam zur Theke. Alice beobachtete ihn und verspürte

Bestürzung, verbunden mit dem vertrauten Verlangen, das sich in ihr verbarg. Er hatte kein religiöses Symbol an sich, doch das hatte an sich nichts zu bedeuten.

»Whiskey«, sagte er. Seine Stimme war sanft und angenehm. »Guten Whiskey.«

Sie griff unter die Theke und holte eine Flasche Star herauf. Sie hätte ihm den hiesigen Gaumenbeleidiger als ihre beste Marke andrehen können, aber das tat sie nicht. Sie schenkte ein, und der Mann in Schwarz beobachtete sie. Seine Augen waren groß und leuchtend. Die Schatten waren so dicht, daß man ihre Farbe nicht eindeutig feststellen konnte. Ihr Verlangen wuchs. Hinter ihnen ging das Brüllen und Toben ungebrochen weiter. Sheb, der nichtsnutzige Eunuch, spielte von den Soldaten Christi, und jemand hatte Tante Mill zum Singen überredet. Ihre verzerrte und überdrehte Stimme schnitt durch das Murmeln wie eine stumpfe Axt durch Kalbshirn.

»He, Allie!«

Sie ging, um zu bedienen, haßte das Schweigen des Fremden, haßte seine farblosen Augen und ihre eigenen rastlosen Lenden. Sie hatte Angst vor ihrem Verlangen. Es war kapriziös und entzog sich ihrer Kontrolle. Es mochte das Signal für die Wechseljahre sein, die wiederum den Anfang ihres Älterwerdens signalisierten – ein Zustand, der in Tull für gewöhnlich so kurz und bitter wie ein Sonnenuntergang im Winter war.

Sie zapfte Bier, bis das Faß leer war, dann stach sie ein neues an. Sie hatte genügend Verstand, Sheb nicht darum zu bitten; er würde willig wie ein Hund kommen, mehr war er ja auch nicht, und sich entweder die Finger abhacken oder das Bier überall hin verspritzen. Der Blick des Fremden ruhte auf ihr, während sie das alles tat; sie konnte es spüren.

»Gut besucht«, sagte er, als sie zurückkam. Er hatte seinen Drink nicht angerührt, sondern lediglich zwischen den Handflächen gerollt, um ihn zu wärmen.

»Totenwache«, sagte sie.

»Ich habe den Verstorbenen gesehen.«

»Taugenichtse«, sagte sie voll plötzlichem Haß. »Allesamt Taugenichtse.«

»Sie freuen sich. Er ist tot. Sie nicht.«

»Als er noch lebte, war er das Ziel ihres Spotts. Es ist nicht recht, daß er auch jetzt noch Ziel ihres Spotts ist. Es ...« Sie verstummte, weil sie nicht ausdrücken konnte, was es war, oder weshalb es obszön war.

»Grasesser?«

»Ja! Was hatte er denn sonst?«

Ihr Tonfall war vorwurfsvoll, aber er senkte den Blick nicht, und sie spürte, wie ihr das Blut ins Gesicht schoß. »Tut mir leid. Sind Sie Priester? Dies muß Sie abstoßen?«

»Bin ich nicht und tut es nicht.« Er kippte den Whiskey sauber hinunter und verzog keine Miene dabei. »Noch einen, bitte.«

»Zuerst muß ich die Farbe Ihrer Münze sehen. Tut mir leid.«

»Keine Ursache.«

Er legte eine große Silbermünze auf die Theke, die an einem Ende dick und am anderen dünn war, und sie sagte das, was sie später wiederholen sollte: »Darauf habe ich kein Wechselgeld.«

Er schüttelte achtlos den Kopf und sah abwesend zu, wie sie wieder einschenkte.

»Sind Sie nur auf der Durchreise?« fragte sie.

Er antwortete lange nicht, und sie wollte die Frage gerade wiederholen, als er ungeduldig den Kopf schüttelte. »Sprechen Sie nicht von trivialen Dingen. Sie sind hier mit einem Toten.«

Sie wich zurück, und ihr erster Gedanke war, daß er ihr seine Heiligkeit verschwiegen hatte, um sie auf die Probe zu stellen.

»Sie haben sich um ihn gekümmert«, sagte er unverblümt. »Stimmt das nicht?«

»Um wen? Nort?« Sie lachte und heuchelte Verdrossenheit, um ihre Verwirrung zu überspielen. »Ich glaube, Sie sollten besser ...«

»Sie haben ein weiches Herz und ein bißchen Angst«, fuhr er fort, »und er war auf Gras und sah zur Hintertür der Hölle heraus. Und jetzt ist er hier, und sie haben selbst diese Tür zugeschlagen, und Sie glauben, daß sie sie erst wieder aufmachen werden, wenn es für Sie Zeit ist, dort einzutreten; ist es nicht so?«

»Was sind Sie, betrunken?«

»Mistah Norton ist tot«, intonierte der Mann in Schwarz sardonisch. »Tot wie alle. Tot wie Sie und alle anderen.«

»Verlassen Sie mein Lokal.« Sie spürte bebende Abscheu in sich emporsteigen, aber von ihrem Unterleib strahlte immer noch Wärme aus.

»Schon gut«, sagte er leise. »Schon gut. Warten Sie. Warten Sie nur ab.«

Seine Augen waren blau. Plötzlich verspürte sie

eine große geistige Ruhe, als hätte sie eine Droge genommen.

»Sehen Sie?« fragte er sie. »Sehen Sie?«

Sie nickte benommen, und er lachte laut – ein prächtiges, kräftiges, unverdorbenes Lachen, bei dem sich Köpfe herumdrehten. Er wirbelte herum und sah sie an, und plötzlich war er durch eine unbekannte Alchemie zum Mittelpunkt der Aufmerksamkeit geworden. Tante Mills Stimme versagte und verstummte, ein brüchiger hoher Ton blutete in die Luft. Sheb schlug einen dissonanten Akkord an und hörte auf zu spielen. Sie sahen den Fremden unbehaglich an. Sand prasselte gegen die Seitenwände des Hauses.

Die Stille dauerte an, breitete sich aus. Der Atem stockte ihr in der Kehle, sie sah an sich hinab und stellte fest, daß sie unter der Theke beide Hände an den Unterleib gepreßt hatte. Sie sahen ihn alle an, und er sah sie an. Dann ertönte das Lachen wieder, kräftig, volltönend und unbestreitbar. Aber es bestand kein Drang, mit ihm zu lachen.

»Ich werde euch ein Wunder zeigen!« rief er ihnen zu. Aber sie sahen ihn nur wie gehorsame Kinder an, die mitgenommen worden waren, um einen Zauberkünstler zu sehen, an den sie aufgrund ihres Alters nicht mehr glauben konnten.

Der Mann in Schwarz sprang vorwärts, und Tante Mill wich vor ihm zurück. Er grinste diabolisch und schlug ihr heftig auf den feisten Bauch. Ein kurzes, unabsichtliches Kichern entrang sich ihr, und der Mann in Schwarz warf den Kopf zurück.

»Es ist besser, nicht?«

Tante Mill kicherte erneut, brach dann in Schluchzen aus und floh durch die Tür. Die anderen verfolgten ihren Abgang stumm. Der Sturm fing an; Schatten folgten einander und schwollen auf dem weißen Zyklorama des Himmels an und ab. Ein Mann beim Klavier, der ein vergessenes schales Bier in der Hand hielt, gab einen stöhnenden, grinsenden Laut von sich.

Der Mann in Schwarz stand über Nort und grinste auf ihn herab. Der Wind heulte und kreischte und tobte. Etwas Großes prallte an die Seitenwand des Hauses und wirbelte davon. Einer der Männer an der Theke riß sich los und ging mit schlingernden grotesken Schritten hinaus. Donner krachte in plötzlichen trockenen Salven.

»Also gut«, grinste der Mann in Schwarz. »Also gut, fangen wir an.«

Er fing an, Nort ins Gesicht zu spucken, wobei er sorgfältig zielte. Die Spucke glitzerte auf seiner Stirn und lief die glatte Hakennase hinunter.

Ihre Hände unter der Theke arbeiteten heftiger.

Sheb lachte wie ein Irrer und klappte zusammen. Er fing an, Schleim zu husten, große Klumpen, die er ungeniert ausspie. Der Mann in Schwarz brüllte zustimmend und schlug ihm auf den Rücken. Sheb grinste, ein Goldzahn funkelte. Einige gingen. Andere bildeten einen lockeren Kreis um Nort. Auf dem Gesicht und den Hahnenkammfalten von Doppelkinn, Hals und Brust glänzte Flüssigkeit – Flüssigkeit, die in diesem trockenen Land so wertvoll war. Und plötzlich hörte es auf, wie auf ein Zeichen. Man hörte abgehacktes, keuchendes Atmen.

Plötzlich schnellte der Mann in Schwarz über den Leichnam, er machte eine Hechtbeuge, die zu einem anmutigen Bogen geriet. Es war schön, wie ein Wasserstrahl. Er landete auf den Händen, sprang mit einer Drehung auf die Beine, grinste und schnellte wieder zurück. Einer der Zuschauer vergaß sich selbst, applaudierte und wich plötzlich mit von Entsetzen umwölkten Augen zurück. Er schlug eine Hand vor den Mund und hastete zur Tür.

Als der Mann in Schwarz zum dritten Mal über ihn sprang, zuckte Nort zusammen.

Ein Geräusch lief durch die Menge – ein Raunen –, dann waren sie wieder still. Der Mann in Schwarz warf den Kopf zurück und heulte. Seine Brust bewegte sich mit einem raschen, flachen Rhythmus, während er Luft einsog. Er sprang immer schneller hin und her und glitt über Norts Leichnam wie Wasser, das von einem Glas in ein anderes gegossen wird. Die einzigen Geräusche in dem Raum waren das reißende Keuchen seines Atems und der anschwellende Pulsschlag des Sturms.

Nort machte einen trockenen, tiefen Atemzug. Seine Hände zitterten und klopften unablässig auf die Tischplatte. Sheb kreischte und lief hinaus. Eine der Frauen folgte ihm.

Der Mann in Schwarz sprang noch einmal, zweimal, dreimal. Jetzt vibrierte der ganze Leichnam, er zitterte und klopfte und zuckte. Der Gestank von Fäulnis und Exkrementen und Verwesung stieg in erstickenden Wogen auf. Er schlug die Augen auf.

Alice spürte, wie ihre Füße sie nach hinten stießen. Sie prallte gegen den Spiegel, der wackelte, und blinde Panik kam über sie. Sie ging durch wie ein junger Stier.

»Ich habe es Ihnen bewiesen«, rief ihr der Mann in Schwarz keuchend nach. »Jetzt können Sie beruhigt schlafen. Nicht einmal *das* ist unumkehrbar. Obwohl es ... so ... gottverdammt ... *komisch* ist!« Und er fing wieder an zu lachen. Das Geräusch verhallte, während sie die Treppe hinaufstürzte und erst innehielt, als die Tür zu den drei Zimmern über dem Schankraum verriegelt war.

Dann fing sie an zu kichern und wippte hinter der Tür auf den Fersen hin und her. Das Geräusch schwoll zu einem scharfen Wimmern an, das mit dem Wind verschmolz.

Unten schlenderte Nort geistesabwesend in den Sturm hinaus, um sich etwas Gras zu zupfen. Der Mann in Schwarz, der mittlerweile der einzige Gast in der Bar war, sah ihm immer noch grinsend nach.

Als sie sich an diesem Abend zwang, wieder nach unten zu gehen, mit einer Lampe in einer und einem schweren Stück Feuerholz in der anderen Hand, war der Mann in Schwarz samt Gespann und allem verschwunden. Aber Nort war da, er saß am Tisch neben der Tür, als wäre er nie weg gewesen. Er hatte den Geruch von Gras an sich, aber nicht so stark, wie sie erwartet hatte.

Er sah zu ihr auf und lächelte schüchtern. »Hallo, Allie.«

»Hallo, Nort.« Sie legte das Feuerholz weg und fing an, die Lampen anzuzünden, freilich ohne ihm den Rücken zuzuwenden.

»Ich wurde von Gott berührt«, sagte er schließlich.

»Ich werde nicht mehr sterben. Das hat er mir gesagt. Es war ein Versprechen.«

»Wie schön für dich, Nort.« Der Fidibus, den sie hielt, fiel ihr aus den zitternden Fingern, sie hob ihn wieder auf.

»Ich würde gerne mit dem Graskauen aufhören«, sagte er. »Es macht mir keinen Spaß mehr. Es scheint für einen Mann, der von Gott berührt worden ist, nicht richtig zu sein, das Gras zu kauen.«

»Warum hörst du dann nicht auf?«

Ihr Zorn verleitete sie überraschenderweise dazu, ihn wieder als einen Menschen anzusehen, nicht als ein teuflisches Wunder. Sie sah ein recht traurig aussehendes Exemplar, das nur halb berauscht war und zerknirscht und beschämt aussah. Sie konnte keine Angst mehr vor ihm haben.

»Ich zittere«, sagte er. »Und ich will es haben. Ich kann nicht aufhören. Allie, du warst immer so gut zu mir ...«, er fing an zu weinen. »Ich kann nicht einmal aufhören, mir in die Hose zu machen.«

Sie ging zu dem Tisch und blieb dort zögernd und unsicher stehen.

»Er hätte machen können, daß ich es nicht mehr haben will«, sagte er unter Tränen. »Das hätte er tun können, wenn er mich wieder zum Leben erwecken konnte. Ich beschwere mich nicht. Ich will mich nicht beschweren ...« Er sah sich gehetzt um und flüsterte: »Er könnte mich töten, wenn ich es tun würde.«

»Vielleicht ist es ein Witz. Er schien einen eigenartigen Sinn für Humor zu haben.«

Nort griff nach seinem Beutel, der im Hemd baumelte, und holte eine Handvoll Gras heraus. Sie schlug es ohne nachzudenken weg und zog dann entsetzt die Hand zurück.

»Ich kann nichts dafür, Allie, ich kann nichts ...«, und er vollführte einen gebrechlichen Sprung nach dem Beutel. Sie hätte ihn aufhalten können, aber sie unternahm keinen Versuch. Sie machte sich wieder daran, die Lampen anzuzünden; sie war müde, wenngleich der Abend noch kaum angefangen hatte. Doch an diesem Abend kam niemand, außer dem alten Kennerly, der alles verpaßt hatte. Er schien nicht besonders überrascht zu sein, Nort zu sehen. Er bestellte ein Bier, erkundigte sich, wo Sheb war, und begrapschte sie. Am nächsten Tag war fast alles wieder beim alten, doch die Kinder hatten aufgehört, Nort zu folgen. Am Tag danach fingen die Spottrufe wieder an. Das Leben war zu seiner liebgewonnenen Routine zurückgekehrt. Die Kinder sammelten das entwurzelte Getreide ein, und eine Woche nach Norts Auferstehung verbrannten sie es auf der Straße. Das Feuer brannte einen Augenblick lichterloh, und die meisten Besucher der Bar traten oder schwankten heraus, um zuzusehen. Sie sahen primitiv aus. Ihre Gesichter schienen zwischen den Flammen und der eiskristallklaren Brillanz des Himmels zu schweben. Allie betrachtete sie und verspürte ein Aufflackern vorübergehender Verzweiflung ob der traurigen Zeiten, die über die Welt gekommen waren. Die Dinge waren zerfallen. Es war kein Leim mehr im Zentrum der Dinge. Sie hatte nie das Meer gesehen, würde es nie sehen.

»Wenn ich den *Mumm* hätte«, murmelte sie. »Wenn ich den Mumm, Mumm, *Mumm* hätte ...«

Nort hob den Kopf, als er ihre Stimme hörte, und lächelte sie aus der Hölle heraus nichtssagend an. Sie hatte keinen Mumm. Nur eine Bar und eine Narbe.

Das Feuer brannte rasch nieder, und ihre Kunden kamen wieder herein. Sie fing an, sich Star Whiskey einzuschenken, und um Mitternacht war sie sturzbetrunken.

## 8

Sie beendete ihre Geschichte, und da er nicht gleich antwortete, glaubte sie zuerst, ihre Schilderung hätte ihn in den Schlaf gewogen. Sie fing schon selbst an zu dösen, als er sagte: »Ist das alles?«

»Ja. Das ist alles. Es ist schon sehr spät.«

»Hm.« Er drehte sich eine neue Zigarette.

»Mach mir keine Tabakskrümel ins Bett«, sagte sie heftiger, als sie gewollt hatte.

»Nein.«

Wieder Schweigen. Die Glut seiner Zigarette loderte auf und nieder.

»Du wirst morgen früh weiterziehen«, sagte sie düster.

»Ich sollte. Ich glaube, er hat hier eine Falle für mich zurückgelassen.«

»Geh nicht«, sagte sie.

»Wir werden sehen.« Er drehte sich auf die Seite, weg von ihr, aber sie war beruhigt. Er würde bleiben. Sie döste ein.

Auf der Schwelle zum Schlaf dachte sie noch einmal daran, wie Nort ihn angesprochen hatte, in dieser seltsamen Sprache. Davor und danach hatte sie ihn keinerlei Gefühle mehr ausdrücken gesehen. Selbst sein Geschlechtsakt war eine stumme Angelegenheit gewesen, und erst ganz zuletzt war sein Atem heftiger gegangen und hatte dann eine Minute fast ganz aufgehört. Er war wie etwas aus einem Märchen oder einem Mythos, der Letzte seiner Art in einer Welt, die die letzte Seite ihres Buches schrieb. Das alles war unwichtig. Er würde eine Weile bleiben. Morgen war genügend Zeit zum Nachdenken, oder übermorgen. Sie schlief ein.

## 9

Am Morgen kochte sie ihm Grütze, die er kommentarlos aß. Er schaufelte sie sich in den Mund, ohne an sie zu denken, ja er sah sie kaum. Er wußte, er sollte weiterziehen. Mit jeder Minute, die er hier saß, entfernte sich der Mann in Schwarz weiter von ihm – wahrscheinlich war er inzwischen schon in der Wüste. Sein Weg hatte ihn unbeirrbar nach Süden geführt.

»Hast du eine Karte?« fragte er sie plötzlich und sah auf.

»Von der Stadt?« Sie lachte. »Die ist nicht so groß, daß man eine Karte brauchen würde.«

»Nein. Von dem, was südlich von hier liegt.«

Ihr Lächeln erlosch. »Die Wüste. Nur die Wüste. Ich dachte, du würdest eine Weile bleiben.«

»Was liegt südlich von der Wüste?«

»Woher soll ich das wissen? Niemand durchquert sie. Seit ich hier bin, hat es niemand versucht.« Sie wischte sich die Hände an der Schürze ab, nahm Topflappen und schüttete den Topf mit Wasser, das sie heiß gemacht hatte, ins Spülbecken, wo es spritzte und dampfte.

Er stand auf.

»Wohin gehst du?« Sie hörte die schrille Angst in ihrer Stimme und haßte sie.

»Zum Mietstall. Wenn es jemand weiß, dann der Stallknecht.« Er legte ihr die Hände auf die Schultern. Die Hände waren warm. »Und um mich um mein Maultier zu kümmern. Wenn ich hier bleibe, sollte sich jemand darum kümmern – bis ich wieder gehen muß.«

*Aber noch nicht.* Sie sah zu ihm auf. »Aber hüte dich vor diesem Kennerly. Wenn er nichts weiß, dann erfindet er etwas.«

Als er gegangen war, wandte sie sich dem Spülbecken zu und spürte das heiße, warme Fließen ihrer Tränen der Dankbarkeit.

## 10

Kennerly war zahnlos und unangenehm und mit Töchtern geschlagen. Zwei halb erwachsene sahen den Revolvermann aus dem staubigen Schatten der Stallung heraus an. Ein Baby sabberte glücklich im Staub. Eine, die schon erwachsener war, blond, schmutzig, sinnlich, betrachtete ihn mit abwägender Neugier, während sie mit der ächzenden Pumpe neben dem Gebäude Wasser pumpte.

Der Stallknecht kam ihm auf halbem Weg zwischen seinem Unternehmen und der Straße entgegen. Sein Benehmen schwankte zwischen Feindseligkeit und einer Art feigen Kriechens – wie ein Straßenköter, der zu oft getreten worden ist.

»Es ist versorgt«, sagte er, und bevor der Revolvermann antworten konnte, wandte sich Kennerly seiner Tochter zu: »Geh ins Haus, Soobie! Mach zum Teufel, daß du ins Haus kommst!«

Soobie schleppte ihren Eimer mürrisch auf den an die Stallung angrenzenden Schuppen zu.

»Sie meinten das Maultier«, sagte der Revolvermann.

»Ja, Sir. Ich habe schon eine ganze Weile kein Maultier mehr gesehen. Gab 'ne Zeit, da wuchsen sie wild, soviel man haben wollte, aber die Welt hat sich weiter gedreht. Hab' nur ein paar Ochsen und die Kutschenpferde gesehen, und ... Soobie, bei Gott, ich prügle dich windelweich!«

»Ich beiße nicht«, sagte der Revolvermann freundlich.

Kennerly wand sich ein wenig. »Hat nichts mit Ihnen zu tun. Nein, Sir, das hat nichts mit *Ihnen* zu tun.« Er grinste anzüglich. »Sie ist nur von Natur aus einfältig. Sie hat den Teufel im Leib. Sie ist wild.« Seine Augen wurden dunkel. »Die letzten Tage brechen an. Sie wissen, wie es in der Schrift geschrieben steht. Kinder werden ihren Eltern nicht mehr gehorchen, und eine Seuche wird über die Massen kommen.«

Der Revolvermann nickte, dann deutete er nach Süden. »Was ist dort drüben?«

Kennerly grinste erneut und entblößte Zahnfleisch und ein paar lockere gelbe Zähne. »Grenzbewohner. Gras. Wüste. Was sonst?« Er kicherte, und sein Blick maß den Revolvermann kalt.

»Wie groß ist die Wüste?«

»Groß.« Kennerly bemühte sich, ernst dreinzuschauen. »Vielleicht dreihundert Meilen. Vielleicht tausend. Kann ich Ihnen nicht sagen, Mister. Dort draußen gibt es nichts, abgesehen von Teufelsgras und möglicherweise Dämonen. Der andere Bursche ist dorthin gegangen. Derjenige, der Norty wiederhergestellt hat, als er krank war.«

»Krank? Ich habe gehört, daß er tot war.«

Kennerly grinste weiter. »So, so. Vielleicht. Aber wir sind erwachsene Menschen, nicht?«

»Aber Sie glauben an Dämonen.«

Kennerly sah beleidigt drein. »Das ist etwas ganz anderes.«

Der Revolvermann nahm den Hut ab und wischte sich über die Stirn. Die Sonne war heiß und brannte unablässig herunter. Kennerly schien es nicht zu bemerken. Im dünnen Schatten der Stallung schmierte sich das Baby ernst Schmutz ins Gesicht.

»Sie wissen nicht, was nach der Wüste kommt?«

Kennerly zuckte die Achseln. »Irgend jemand wird es schon wissen. Vor fünfzig Jahren ist die Kutsche durch einen Teil hindurchgefahren. Hat mein Papa gesagt. Er sagte, dort seien Berge. Andere sprechen von einem Ozean ... einem grünen Ozean mit Monstern. Und manche sagen, dort sei das Ende der Welt.

Dort sei nichts anderes als Lichter, die einen Menschen blind machen, und das Antlitz Gottes mit offenem Mund, um sie aufzufressen.«

»Dummes Zeug«, sagte der Revolvermann kurz angebunden.

»Sicher«, heulte Kennerly eilfertig. Er katzbuckelte erneut, haßte, fürchtete, wollte gefällig sein.

»Kümmern Sie sich darum, daß mein Maultier versorgt ist.« Er schnippte Kennerly eine weitere Münze zu, die Kennerly im Flug auffing.

»Klar. Bleiben Sie noch eine Weile?«

»Könnte sein.«

»Diese Allie ist verdammt nett, wenn sie es sein will, was?«

»Haben Sie etwas gesagt?« fragte der Revolvermann geistesabwesend.

Plötzlich dämmerte Entsetzen in Kennerlys Augen, gleich Zwillingsmonden, die über dem Horizont aufgehen. »Nein, Sir, kein Wort. Und es tut mir leid, falls doch.« Er erblickte Soobie, die sich aus dem Fenster herauslehnte, und wirbelte zu ihr herum. »Jetzt prügle ich dich windelweich, du kleine Schlampe! Bei Gott! Ich ...«

Der Revolvermann ging davon; er wußte, daß sich Kennerly umgedreht hatte, um ihm nachzusehen, und er wußte, daß er jetzt herumwirbeln und einige wahre und unverhohlene Empfindungen auf das Gesicht des Stallknechts destilliert sehen konnte. Er ließ es sein. Es war heiß. Die einzige Gewißheit der Wüste war ihre Größe. Und in dieser Stadt war nicht alles überstanden. Noch nicht.

# 11

Sie lagen im Bett, als Sheb die Tür auftrat und mit dem Messer hereinkam.

Es war vier Tage her, und sie waren wie hinter einem blendenden Dunst vergangen. Er aß. Er schlief. Er machte Sex mit Allie. Er fand heraus, daß sie die Fiedel spielte, und er ließ sie für sich spielen. Sie saß im milchigen Licht des Tagesanbruchs am Fenster und spielte stockend etwas, das gut gewesen wäre, wenn sie mehr Übung gehabt hätte. Er verspürte eine wachsende (wenn auch seltsam geistesabwesende) Zuneigung für sie und dachte, daß dies die Falle sein könnte, die der Mann in Schwarz für ihn zurückgelassen hatte. Er las trockene und vergilbte alte Ausgaben von Zeitschriften mit verblichenen Bildern. Er dachte kaum an irgend etwas.

Er hörte den kleinen Klavierspieler nicht heraufkommen – seine Reflexe hatten nachgelassen. Auch das schien nicht wichtig zu sein, wenngleich es ihm andernorts und zu einer anderen Zeit sehr erschreckt hätte.

Allie war nackt, das Laken unter ihre Brüste gesunken, und sie hatte sich gerade auf den Liebesakt vorbereitet.

»Bitte«, sagte sie. »Ich möchte es wie vorhin, ich möchte ...«

Die Tür flog krachend auf, und der Klavierspieler machte einen lächerlichen x-beinigen Spurt zum Gegner. Allie schrie nicht, obgleich Sheb ein fünfundzwanzig Zentimeter langes Tranchiermesser in der Hand hatte. Sheb gab ein Geräusch von sich, ein unartikuliertes Brabbeln. Er hörte sich an wie ein Mann, der in einem Eimer voll Schlamm ertränkt wird. Er stieß das Messer mit beiden Händen herab, und der Revolvermann packte seine Handgelenke und drehte sie herum. Das Messer flog davon. Sheb stieß einen schrillen, kreischenden Laut aus, wie eine rostige Tür. Seine Hände flatterten mit marionettengleichen Bewegungen, beide Handgelenke waren gebrochen. Der Wind schmirgelte gegen das Fenster. Allies leicht matter und verzerrter Spiegel an der Wand reflektierte das Zimmer.

»Sie gehörte mir!« Er weinte. »Sie gehörte mir zuerst! Mir!«

Allie sah ihn an und stieg aus dem Bett. Sie legte sich eine Decke um, und der Revolvermann empfand einen Augenblick Mitleid mit dem Mann, der sich selbst ausgestoßen von dem, was er einst besessen hatte, sehen mußte. Er war nur ein kleiner Mann, und ohnmächtig.

»Es war für dich«, schluchzte Sheb. »Es war nur für dich, Allie. Du kamst zuerst, und es war alles für dich. Ich ... ah, o Gott, gütiger Gott ...« Die Worte lösten sich in einem Krampf der Undeutlichkeit auf, danach in Tränen. Er wippte hin und her und hielt die gebrochenen Arme an den Bauch.

»Psst. Psst. Laß mal sehen.« Sie kniete neben ihn. »Gebrochen. Sheb, du Arschloch. Hast du nicht gewußt, daß du nicht kräftig bist?« Sie half ihm auf die Beine. Er versuchte, die Hände vor das Gesicht zu halten, aber sie gehorchten ihm nicht, und er weinte unverhohlen. »Komm rüber zum Tisch und laß mich sehen, was ich tun kann.«

Sie führte ihn zum Tisch und schiente die Handgelenke mit Ästen aus der Feuerholzkiste. Er weinte schwach und ohne Willenskraft und ging hinaus, ohne sich noch einmal umzuschauen.

Sie kam wieder zum Bett. »Wo waren wir stehengeblieben?«

»Nein«, sagte er.

Sie sagte geduldig: »Du hast es gewußt. Man kann nichts machen. Und was bleibt uns sonst?« Sie berührte seine Schulter. »Ich bin froh, daß du so stark bist.«

»Nicht jetzt«, sagte er mit belegter Stimme.

»Ich kann dich stark machen ...«

»Nein«, sagte er. »Das kannst du nicht.«

## 12

Am nächsten Abend war die Bar geschlossen. Es war das, was in Tull als Sabbat galt. Der Revolvermann ging zu der winzigen, windschiefen Kirche beim Friedhof, während Allie die Tische mit starkem Desinfektionsmittel abwischte und die Schirme der Petroleumlampe mit Seifenlauge spülte.

Eine seltsam purpurne Dämmerung hatte sich herabgesenkt, und von der Straße aus gesehen sah die innen erleuchtete Kirche beinahe wie ein Hochofen aus.

»Ich gehe nicht mit«, hatte Allie kurz angebunden gesagt. »Die Frau, die predigt, hat eine vergiftete Religion. Sollen die Ehrbaren hingehen.«

Er stand im Schatten des Eingangs und sah hinein. Die Bänke waren entfernt worden, die Gemeinde stand (er sah Kennerly und seine Brut; Castner, den Besitzer des bescheidenen Konservenladens in der Stadt, und seine knochige Frau; ein paar Barbesucher; ein paar Stadtfrauen, die er vorher noch nie gesehen hatte; und überraschenderweise Sheb). Sie sangen abgehackt und *a cappella* einen Psalm. Er sah die Frau auf der Kanzel, die wie ein Gebirge wirkte, erstaunt an. Allie hatte gesagt: »Sie lebt allein und besucht kaum jemanden. Kommt nur an Sonntagen heraus, um das Höllenfeuer zu servieren. Ihr Name ist Sylvia Pittston. Sie ist verrückt, aber sie hat sie in ihrem Bann. Sie wollen es so. Es paßt zu ihnen.«

Keine Beschreibung konnte die Leibesfülle der Frau einfangen. Brüste wie Erdwälle. Eine gewaltige Säule von einem Hals, gekrönt von einem teigigen weißen Mond von einem Gesicht, in dem Augen blinzelten, die so riesig und so dunkel waren, daß sie wie grundlose Bergseen wirkten. Ihr Haar hatte eine wunderbar kräftige dunkelbraune Farbe und war auf dem Kopf zu einer beiläufigen, irren Hochfrisur aufgetürmt; es wurde von einer Haarnadel gehalten, die so groß war, daß sie ein Fleischspieß hätte sein können. Sie trug ein Kleid, das aus Sackleinwand gemacht zu sein schien. Die Arme, die das Gesangbuch hielten, waren Balken. Ihre Haut war milchig, makellos, herrlich. Er dachte, daß sie über dreihundert Pfund wiegen mußte. Er verspürte ein plötzliches rotglühendes Verlangen nach ihr, das ihn erzittern ließ, und er wandte den Kopf ab und sah weg.

»Shall we gather at the river,
The beautiful, the beautiful,

The riiiver,
Shall we gather at the river,
That flow by the Kingdom of God.«

Der letzte Ton der letzten Strophe verklang, es folgte ein Augenblick des Blätterns und Hustens.

Sie wartete. Als sie zur Ruhe gekommen waren, breitete sie die Hände über ihnen aus, als wollte sie sie segnen. Es war eine beschwörende Geste.

»Meine lieben kleinen Brüder und Schwestern in Christus.«

Das war ein quälender Satz. Der Revolvermann verspürte einen Augenblick gemischte Gefühle von Nostalgie und Furcht, verbunden mit einem unheimlichen Gefühl des *déjà vu* – er dachte: Ich habe das geträumt. Wann? Er schüttelte den Gedanken ab. Das Publikum – alles in allem vielleicht fünfundzwanzig Personen – war totenstill geworden.

»Das Thema unserer heutigen Meditation ist der Versucher.« Ihre Stimme klang lieblich, melodiös, die Sprechstimme eines ausgebildeten Soprans.

Ein leises Rascheln lief durch das Publikum.

»Mir ist«, sagte Sylvia Pittston nachdenklich, »mir ist, als würde ich jeden in der Schrift persönlich kennen. Ich habe in den vergangenen fünf Jahren fünf Bibeln abgenutzt, und zahllose davor. Ich mag die Geschichte, und ich mag die Personen der Geschichte. Ich ging Arm in Arm mit Daniel in der Löwengrube. Ich stand neben David, als er von der im Teich badenden Bathseba in Versuchung geführt wurde. Ich war mit Schadrach, Meschach und Abednego im Feuerofen. Ich erschlug zweitausend mit Samson und wurde mit Paulus auf der Straße nach Damaskus geblendet. Ich weinte mit Maria auf dem Berg Golgatha.«

Ein leises, zischelndes Seufzen im Publikum.

»Ich habe sie gekannt und geliebt. Es gibt nur einen – *einen*...« – sie hielt einen Finger hoch – »... einen Mitspieler im größten aller Dramen, den ich nicht kenne. Nur *einen*, der mit im Schatten verborgenem Gesicht draußen steht. Nur *einen*, der meinen Leib erzittern und meine Seele verzagen läßt. Ihn fürchte ich. Ich kenne seine Gedanken nicht, und ich fürchte ihn. Ich fürchte den Versucher.«

Wieder ein Seufzen. Eine Frau hatte die Hand vor den Mund geschlagen, als wollte sie einen Laut unterdrücken, und wippte, wippte.

»Der Versucher, der als Schlange auf dem Bauch von Eva kam und grinste und sich wand. Der Versucher, der unter den Kindern Israel wandelte, während Moses auf dem Berg war, der ihnen einflüsterte, ein Götzenbild aus Gold zu machen, ein goldenes Kalb, und es mit Schmutz und Hurerei anzubeten.«

Stöhnen, Nicken.

»Der Versucher! Er stand mit Jezebel auf dem Balkon und sah zu, wie König Ahaz schreiend in den Tod stürzte, und er und sie grinsten, als die Hunde sich versammelten und sein Lebensblut aufleckten. O meine kleinen Brüder und Schwestern, haltet Ausschau nach dem Versucher.«

»Ja, o Jesus...« Der Mann, den er als ersten gesehen hatte, als er hierher kam, der mit dem Strohhut.

»Er ist immer da gewesen, meine Brüder und Schwestern. Aber ich kenne seine Gedanken nicht. Und ihr kennt seine Gedanken nicht. Wer könnte die schreckliche Dunkelheit begreifen, die dort wirbelt, den Stolz, der einem Bollwerk gleicht, die titanische Blasphemie, die unheilige Wonne? Und den Wahnsinn! Den zyklopischen, stammelnden Wahnsinn, der durch die gräßlichsten Verlangen und Begierden der Menschheit geht und kriecht und sich windet?«

»O Jesus Erlöser ...«

»*Er* war es, der unseren Herrn auf den Berg führte ...«

»Ja ...«

»*Er* war es, der ihn in Versuchung führte und ihm die ganze Welt und die Freuden der Welt zeigte.«

»Jaaa ...«

»*Er* wird zurückkehren, wenn die letzten Tage der Welt anbrechen ... und sie werden anbrechen, meine Brüder und Schwestern, könnt ihr sie spüren?«

»Jaaa ...«

Die Gemeinde wurde zum wogenden, schluchzenden Meer; die Frau schien auf alle und keinen zu deuten.

»*Er* wird als der Antichrist kommen, um die Menschen in die lodernden Eingeweide der Verdammnis zu führen, zum blutigen Ende des Bösen, wenn der Stern Wehmut strahlend am Himmel steht, wenn Galle die Eingeweide der Kinder zerfrißt, wenn der Schoß der Weiber Ungeheuer gebiert, wenn des Menschen Werke zu Blut werden ...«

»Ahhh ...«

»Ah, Gott ...«

»Gooooo ...«

Eine Frau fiel zu Boden, ihre Füße trampelten auf das Holz. Einer ihrer Schuhe flog davon.

»*Er* ist es, der hinter jeglicher Fleischeslust steht... *er!* Der Versucher!«

»Ja, Herr!«

Ein Mann sank auf die Knie, hielt sich den Kopf und kreischte.

»Wenn ihr trinkt, wer hält die Flasche?«

»*Der Versucher!*«

»Wenn ihr euch an einen Pharo- oder Watch-Me-Tisch setzt, wer dreht die Karten um?«

»*Der Versucher!*«

»Wenn ihr im Fleisch eines anderen Leibes wütet, wenn ihr euch selbst befleckt, wem verkauft ihr dann eure Seele?«

»*Ver...*«

»*Dem...*«

»O Jesus... Oh...«

»*...sucher...*«

»Ah... ah... ah...«

»Und wer ist er?« schrie sie (aber ruhig im Inneren, er konnte die Ruhe, die Meisterschaft, die Beherrschung, die Überlegenheit spüren. Er dachte plötzlich mit Entsetzen und unerschütterlicher Gewißheit: Er hat einen Dämon in ihr gelassen. Sie ist besessen. Und er spürte durch seine Angst hindurch wieder das heiße Wallen sexuellen Verlangens).

Der Mann, der sich den Kopf hielt, sprang auf und stolperte nach vorne.

»Ich bin in der Hölle!« schrie er zu ihr hinauf. Sein Gesicht zuckte und wand sich, als würden Schlangen unter der Haut kriechen. »Ich habe die Ehe gebrochen! Ich habe gespielt! Ich habe Gras geraucht! Ich habe *gesündigt!* Ich...« Aber seine Stimme schwoll zu einem gräßlichen, hysterischen Wimmern an, das die Artikulation zunichte machte. Er hielt sich den Kopf, als könnte er jeden Augenblick wie eine überreife Melone platzen.

Das Publikum verstummte, als wäre ein Zeichen gegeben worden, sie erstarrten in ihren beinahe erotischen ekstatischen Haltungen.

Sylvia Pittston griff hinab und berührte leicht seinen Kopf. Die Schreie des Mannes hörten sofort auf, als ihre weißen, makellosen und sanften Finger durch sein Haar strichen. Er sah benommen zu ihr empor.

»Wer war bei dir, als du gesündigt hast?« fragte sie. Ihre Augen sahen in seine, sie waren so tief, so sanft, so kalt, daß man darin ertrinken konnte.

»Der ... der Versucher.«

»Der wie genannt wird?«

»Der Satan genannt wird.« Ein rauhes, triefendes Flüstern.

»Wirst du entsagen?«

Eifrig: »Ja! Ja! O mein Erlöser Jesus!«

Sie wiegte seinen Kopf; er sah sie mit den leeren, glänzenden Augen eines Fanatikers an. »Wenn er durch diese Tür dort kommen würde ...«, sie hämmerte einen Finger in den Schatten des Eingangs, wo der Revolvermann stand, » ... würdest du vor seinem Angesicht entsagen?«

»Beim Namen meiner Mutter!«

»Glaubst du an die ewige Liebe von Jesus Christus?«

Er fing an zu weinen. »Worauf du pissen kannst.«

»Das vergibt er dir, Jonson.«

»Lobet den Herrn«, sagte Jonson noch weinend.

»Ich weiß, daß er dir vergibt, ebenso wie ich weiß, daß er die Reuelosen aus seinem Palast in den Ort der brennenden Dunkelheit verstoßen wird.«

*»Lobet den Herren.«* Die ausgelaugte Gemeinde sprach es feierlich aus.

»Ebenso wie ich weiß, daß dieser Versucher, dieser Satan, dieser Herr der Fliegen und Schlangen niedergeworfen und zerschmettert werden wird ... wirst du ihn zerschmettern, wenn du ihn siehst, Jonson?«

»Ja, und lobet den Herren!« weinte Jonson.

»Werdet ihr ihn zerschmettern, wenn ihr ihn seht, Brüder und Schwestern?«

»Jaa ...« Befriedigt.

»Wenn ihr ihn morgen die Hauptstraße entlangschlendern seht?«

»Lobet den Herrn ...«

Gleichzeitig zog sich der beunruhigte Revolvermann von der Eingangstür zurück und machte sich auf den Weg in die Stadt.

Der klare Geruch der Wüste hing in der Luft. Es war beinahe Zeit weiterzuziehen. Beinahe.

## 13

Wieder im Bett.

»Sie wird dich nicht empfangen«, sagte Allie. Sie klang ängstlich. »Sie empfängt niemanden. Sie kommt nur am Sonntagabend heraus, um allen eine Heidenangst zu machen.«

»Wie lange ist sie schon hier?«

»Seit zwölf Jahren oder so. Sprechen wir nicht von ihr.«

»Woher kam sie? Aus welcher Richtung?«

»Ich weiß nicht.« Sie log.

»Allie?«

*»Ich weiß nicht!«*

»Allie?«

»Also gut! Sie kam von den Grenzbewohnern! Aus der Wüste!«

»Das dachte ich mir.« Er entspannte sich ein wenig. »Wo wohnt sie?«

Ihre Stimme sank an Lautstärke. »Wirst du mich lieben, wenn ich es dir sage?«

»Du kennst die Antwort darauf.«

Sie seufzte. Es war ein alter, vergilbter Laut, als würde man Seiten umblättern. »Sie hat ein Haus jenseits des Hügels hinter der Kirche. Eine kleine Hütte. Dort wohnte der ... der echte Pfarrer, bevor er ausgezogen ist. Ist das genug? Bist du jetzt zufrieden?«

»Nein, noch nicht.« Und er wälzte sich auf sie.

## 14

Es war der letzte Tag, und das wußte er.

Der Himmel hatte die häßlich purpurne Farbe einer Prellung und wurde von den ersten Ausläufern der Dämmerung auf unheimliche Weise von oben gefärbt. Allie schlich herum wie ein Gespenst, zündete Lampen an, wendete die Getreideschnitten, die in der

Pfanne brutzelten. Er hatte brutal mit ihr geschlafen, nachdem sie ihm gesagt hatte, was er wissen wollte, und sie hatte das bevorstehende Ende gespürt und mehr gegeben, als sie jemals zuvor gegeben hatte, und sie hatte es in der heraufziehenden Dämmerung voller Verzweiflung gegeben, hatte es mit der unermüdlichen Energie einer Sechzehnjährigen gegeben. Aber heute morgen war sie blaß und wieder am Rand des Klimakteriums.

Sie servierte ihm wortlos. Er aß hastig, kaute, schluckte, ließ jedem Bissen heißen Kaffee folgen. Allie ging zur Flügeltür und sah sehr lange in den Morgen hinaus, zu den stummen Bataillonen langsamer Wolken.

»Heute wird es sich bedecken.«

»Überrascht mich nicht.«

»Bist du jemals überrascht?« fragte sie ironisch, drehte sich um und sah ihm zu, wie er den Hut nahm. Er setzte ihn auf und ging an ihr vorbei.

»Manchmal«, sagte er zu ihr. Er sah sie nur noch einmal lebend wieder.

## 15

Als er Sylvia Pittstons Hütte erreichte, war der Wind vollkommen erstorben, und die ganze Welt schien zu warten. Er war lange genug im Wüstengebiet, daß er wußte, je länger die Ruhe, desto heftiger würde der Wind sein, wenn er schließlich beschloß zu wehen. Ein seltsam fahles Licht lag über allem.

An der windschiefen und müden Tür der Hütte war ein großes Holzkreuz festgenagelt. Er klopfte und wartete. Keine Antwort. Er klopfte noch einmal. Keine Antwort. Er schritt zurück und trat die Tür mit einem heftigen Tritt des rechten Fußes ein. Drinnen wurde ein kleiner Riegel herausgerissen. Die Tür schlug gegen eine schlampig getäfelte Wand und ängstigte Ratten, die fiepsend flohen. Sylvia Pittston saß in der Diele, saß auf einem gigantischen Hartholzschaukelstuhl und sah ihn mit ihren großen, dunklen Augen ruhig an. Das Licht des Sturms fiel in gräßlichen Halbtönen auf ihr Gesicht. Sie trug einen Schal. Der Schaukelstuhl gab leise quietschende Geräusche von sich.

Sie sahen einander einen langen, zeitlosen Augenblick an.

»Du wirst ihn niemals erwischen«, sagte sie. »Du schreitest auf dem Weg des Bösen.«

»Er war bei dir«, sagte der Revolvermann.

»Und in meinem Bett. Er sprach in der Zunge zu mir. Er ...«

»Er hat dich gevögelt.«

Sie zeigte keine Regung. »Du schreitest auf dem Weg des Bösen, Revolvermann. Du stehst im Schatten. Du hast gestern abend im Schatten des heiligen Ortes gestanden. Dachtest du, ich könnte dich nicht sehen?«

»Warum hat er den Grasesser geheilt?«

»Er war ein Engel Gottes. Das hat er gesagt.«

»Ich hoffe, er hat gelächelt, als er das zu dir gesagt hat.«

Sie zog die Lippen von den Zähnen zurück, eine unbewußte, wilde Geste. »Er sagte mir, daß du ihm folgen würdest. Er sagte mir, was ich tun muß. Er sagte, du bist der Antichrist.«

Der Revolvermann schüttelte den Kopf. »Das hat er nicht gesagt.«

Sie lächelte lasziv zu ihm auf. »Er sagte, du würdest mit mir ins Bett gehen wollen. Willst du?«

»Ja.«

»Der Preis ist dein Leben, Revolvermann. Er hat mir ein Kind gemacht ... das Kind eines Engels. Wenn du in mich eindringst ...« Sie beendete den Satz mit ihrem lasziven Lächeln. Gleichzeitig gestikulierte sie mit ihren riesigen, gebirgsähnlichen Hüften. Sie erstreckten sich unter ihrem Gewand wie Säulen aus feinstem Marmor.

Die Wirkung war betörend.

Der Revolvermann legte die Hände auf die Kolben seiner Revolver. »Du hast einen Dämon in dir, Weib. Ich kann ihn austreiben.«

Die Reaktion erfolgte augenblicklich. Sie preßte sich in den Stuhl, und ein frettchenähnlicher Ausdruck blitzte auf ihrem Gesicht auf. »Faß mich nicht an! Komm mir nicht zu nahe. Wage nicht, Hand an die Braut Gottes zu legen!«

»Möchtest du wetten?« sagte der Revolvermann grinsend. Er kam auf sie zu.

Das Fleisch des riesigen Leibes bebte. Ihr Gesicht war eine Karikatur wahnsinnigen Entsetzens geworden, und sie hielt ihm mit überkreuzten Fingern das Zeichen des Auges entgegen.

»Die Wüste«, sagte der Revolvermann. »Sage mir, was kommt nach der Wüste?«

»Du wirst ihn niemals erwischen! Niemals! Niemals! Du wirst verbrennen! Das hat er mir gesagt!«

»Ich werde ihn erwischen«, sagte der Revolvermann. »Das wissen wir beide. Was liegt jenseits der Wüste?«

»Nein!«

»Antworte mir!«

»Nein!«

Er glitt nach vorne, sank auf die Knie und ergriff ihre Schenkel. Sie kniff die Beine wie einen Schraubstock zusammen. Sie gab merkwürdige, lüsterne Klagelaute von sich.

»Dann also der Dämon«, sagte er.

*»Nein . . .«*

Er zwängte ihre Schenkel auseinander und zog einen seiner Revolver aus dem Halfter.

»Nein! Nein! Nein!« Ihr Atem ging in kurzen, wilden Grunzlauten.

»Antworte mir.«

Sie schaukelte mit dem Stuhl, und der Boden bebte. Gebete und zusammenhanglose Bruchstücke von Schimpfworten kamen über ihre Lippen.

Er stieß den Lauf des Revolvers nach vorne. Er konnte mehr spüren als hören, wie sie entsetzt Luft in die Lungen sog. Ihre Hände schlugen auf seinen Kopf; ihre Füße trommelten auf den Boden. Und gleichzeitig versuchte der riesenhafte Leib, den Eindringling zu nehmen und zu umschließen.

Draußen beobachtete niemand sie, außer dem purpurnen Himmel.

Sie kreischte etwas Schrilles und Unartikuliertes.

»Was?«

»*Berge!*«

»Was ist mit ihnen?«

»Er rastet ... auf der anderen Seite ... h-h- heiliger *Jesus!* ... um K-kräfte zu sammeln. M-m-meditieren, verstehst du? Oh ... ich ... ich ...«

Der ganze gewaltige Fleischberg bewegte sich plötzlich vorwärts und aufwärts, doch er achtete sorgfältig darauf, daß er sich nicht von ihrem inneren Fleisch berühren ließ.

Dann schien sie zu welken und wurde kleiner, und sie weinte, während ihre Hände im Schoß ruhten.

»Na also«, sagte er und stand auf. »Dem Dämon ist gedient, was?«

»Geh. Du hast das Kind getötet. Geh. Geh.«

Unter der Tür blieb er stehen und drehte sich um. »Kein Kind«, sagte er knapp. »Kein Engel, kein Dämon.«

»Laß mich allein.«

Das tat er.

## 16

Als er bei Kennerly ankam, war der nördliche Horizont merkwürdig verschleiert, und er wußte, daß das Staub war. Über Tull war die Luft ruhig und totenstill.

Kennerly erwartete ihn auf der häckselbedeckten Bühne, die der Boden seiner Stallung war. »Brechen Sie auf?« Er grinste den Revolvermann verächtlich an.

»Ja.«

»Doch nicht während des Sturms?«

»Ihm voraus.«

»Der Wind ist schneller als ein Mann auf einem Maultier. Im offenen Gelände kann er Sie umbringen.«

»Ich möchte jetzt das Maultier«, sagte der Revolvermann schlicht.

»Gewiß.« Aber Kennerly wandte sich nicht ab, er stand lediglich da, als suchte er nach noch etwas, das er sagen konnte, und grinste sein kriecherisches, haßerfülltes Grinsen; sein Blick ging in die Höhe und über die Schulter des Revolvermannes.

Der Revolvermann trat beiseite und wirbelte gleichzeitig herum, und der schwere Ast aus dem Feuerholz, den das Mädchen Soobie geschwungen hatte, traf lediglich seinen Ellbogen. Durch die Wucht ihres Schlages verlor sie den Halt, und das Holz fiel polternd zu Boden. In der explosiven Höhe des Heubodens flatterten schattenhafte Rauchschwalben auf.

Das Mädchen sah ihn dümmlich an. Ihre Brüste drängten in überreifer Pracht gegen die vom Waschen ausgebleichte Bluse, die sie anhatte. Ein Daumen suchte mit traumartiger Langsamkeit den Hafen ihres Mundes.

Der Revolvermann drehte sich wieder zu Kennerly um. Kennerlys Grinsen war breit. Seine Haut war wächsern gelb. Die Augen rollten in den Höhlen. »Ich ...«, begann er mit einem verschleimten Flüstern und konnte nicht weitersprechen.

»Das Maultier«, drängte der Revolvermann sanft.

»Gewiß, gewiß, gewiß«, flüsterte Kennerly, dessen Grinsen nun Ungläubigkeit ausdrückte. Er schlurfte zu ihm.

Er ging dorthin, wo er Kennerly im Auge behalten konnte. Der Stallknecht brachte das Maultier und gab ihm die Zügel. »Du gehst rein und kümmerst dich um deine Schwester«, sagte er zu Soobie.

Soobie schüttelte den Kopf und bewegte sich nicht.

Der Revolvermann ließ sie dort stehen, wo sie sich über den kotbesudelten Boden hinweg ansahen, er mit seinem ekligen Grinsen, sie mit dummem, leblosen Trotz. Die Hitze draußen war immer noch wie ein Hammer.

## 17

Er führte das Maultier zur Straßenmitte, seine Stiefel wirbelten Staubwölkchen auf. Seine Wasserschläuche hatte er auf den Rücken des Maultiers geschnallt.

Bei Sheb's hielt er an, aber Allie war nicht da. Das Haus war verlassen, wegen des Sturms verbarrikadiert, aber immer noch schmutzig von gestern nacht. Sie hatte noch nicht zu putzen angefangen, und die Bar war so stinkend wie ein nasser Hund.

Er füllte seinen Lastsack mit Getreideschrot, getrocknetem und geröstetem Getreide und der Hälfte des rohen Hackfleischs aus dem Kühlschrank. Er stapelte vier Goldstücke auf die Brettertheke. Allie kam nicht herunter. Shebs Klavier entbot ihm mit seinen gelben Zähnen ein stummes Lebewohl. Er ging wieder nach draußen und wuchtete den Lastsack auf den Rücken seines Maultiers. Seine Kehle war wie zugeschnürt. Es könnte ihm gelingen, der Falle auszuweichen, aber die Chancen standen gering. Immerhin war er der Versucher.

Er ging an den zugenagelten, wartenden Häusern vorbei und spürte die Blicke durch die Ritzen und Fugen hindurch. Der Mann in Schwarz hatte in Tull Gott gespielt. War das ein Sinn für die Komik des Kosmos, oder eine Frage der Verzweiflung? Das war eine Frage von nicht unerheblicher Bedeutung.

Hinter ihm ertönte ein schriller, gequälter Schrei, und plötzlich wurden Türen aufgerissen. Gestalten schnellten heraus. Also war die Falle zugeschnappt. Männer in Overalls und Männer in schmutzigen Kattunhosen. Frauen in Pluderhosen und ausgebleichten Kleidern. Sogar Kinder, die hinter ihren Eltern einhertapsten. Und in jeder Hand war ein Holzknüppel oder ein Messer.

Seine Reaktion war automatisch, ohne Zögern, angeboren. Er wirbelte auf den Absätzen herum, während seine Hände die Revolver aus dem Halfter zogen, deren Kolben schwer und sicher in seiner Hand lagen. Es war Allie, und selbstverständlich mußte es Allie sein, die mit verzerrtem Gesicht auf ihn zukam, in dem die Narbe im düsteren Licht eine höllische Purpurfärbung angenommen hatte. Er sah, daß sie als Geisel genommen worden war; das verzerrte, grimassenschneidende Gesicht von Sheb sah über ihre Schultern wie der Vertraute einer Hexe. Sie war sein Schild und Opfer. Er sah alles klar und ohne Schatten im gefrorenen unsterblichen Licht der sterilen Ruhe, und er hörte sie:

»Er hat mich, o Jesus, schieß nicht, bitte schieß nicht, *schieß* . . .«

Aber seine Hände waren geübt. Er war der letzte seiner Rasse, und nicht nur sein Mund kannte die Hochsprache. Die Revolver donnerten ihre schwere, atonale Musik in die Luft. Ihr Mund klappte herunter, sie sank in sich zusammen, und die Revolver feuerten erneut. Shebs Kopf schnellte nach hinten. Sie fielen beide in den Staub.

Stöcke flogen durch die Luft und regneten herab. Er strauchelte, wehrte sie ab. Einer, durch den ein Nagel geschlagen war, riß ihm den Arm auf, und Blut floß. Ein Mann mit Bartstoppeln und Schwitzflecken unter den Achselhöhlen, der ein Küchenmesser in einer Hand hielt, warf sich ihm entgegen. Der Revolvermann erschoß ihn, und der Mann sackte auf die Straße. Seine Zähne klapperten hörbar, als das Kinn aufprallte.

»SATAN!« schrie jemand. »DER VERFLUCHTE! UNTERWERFT IHN!«

»DER VERSUCHER!« schrie eine andere Stimme. Stöcke regneten auf ihn herab. Ein Messer drang in seinen Stiefel ein und blieb wippend stecken. »DER VERSUCHER! DER ANTICHRIST!«

Er ballerte sich eine Gasse durch ihre Mitte und lief, während Menschen zu Boden fielen; seine Hände suchten mit grauenhafter Sicherheit ihr Ziel. Zwei Männer und eine Frau fielen, und er lief durch die Lücke, die sie freigemacht hatten.

Er führte die fiebrige Parade quer über die Straße und zu dem baufälligen Kaufhaus und Barbierladen an, der Sheb's gegenüberlag. Er sprang auf den Gehweg, wirbelte wieder herum und feuerte den Rest seiner Ladung in die heranbrandende Menge. Hinter ihnen lagen Sheb und Allie und die anderen gekreuzigt im Staub.

Sie zögerten oder besannen sich nicht, wenngleich jeder Schuß, den er abfeuerte, ein lebenswichtiges Organ traf und obwohl sie einen Revolver wahrscheinlich nur auf Bildern in alten Zeitschriften gesehen hatten.

Er wich zurück und bewegte seinen Körper wie ein Tänzer, um den Wurfgeschossen auszuweichen. Im Gehen lud er mit einer Schnelligkeit nach, die seinen Fingern ebenfalls antrainiert war. Sie wuselten emsig zwischen Patronengurt und Zylinder her. Der Mob kam auf den Gehweg, und er trat in das Warenhaus und schlug die Tür zu. Das große Schaufenster rechts davon barst nach innen, und drei Männer drängten sich hindurch. Ihre Gesichter waren fanatisch und ausdruckslos, die Augen von verzehrendem Feuer erfüllt. Er erschoß sie alle, auch die beiden, die ihnen folgten. Sie stürzten ins Fenster, hingen auf den Glasscherben, versperrten die Öffnung.

Die Tür krachte und erbebte unter ihrem Druck, und er konnte *ihre* Stimme hören: »DER KILLER! EURE SEELEN! DAS BOCKSBEIN!«

Die Tür wurde aus den Angeln gerissen und fiel einwärts, sie erzeugte ein tonloses Händeklatschen. Staub stob vom Boden empor. Männer, Frauen und Kinder drangen auf ihn ein. Speichel und Feuerholz flogen. Er schoß seine Revolver leer, und sie fielen wie Kegel. Er wich zurück, stieß ein Mehlfaß um, rollte es ihnen entgegen, ging in den Barbierladen, warf einen Topf mit kochendem Wasser, in dem zwei gekerbte Rasiermesser lagen. Sie drängten weiter heran und kreischten wütend und unverständlich. Irgendwo trieb Sylvia Pittston sie an, ihre Stimme schwoll in zufälliger Modulation auf und ab. Er feuerte Geschosse in Dampfkammern, nahm den Geruch von Rasuren und Haarschnitten wahr, roch sein eigenes Fleisch, als die Schwielen an seinen Fingerspitzen versengt wurden.

Er ging zur Hintertür hinaus auf die Veranda. Jetzt hatte er das flache Buschland hinter sich, welches die Stadt achtlos leugnete, die sich an seine gewaltige Wampe schmiegte. Drei Männer mit breitem Verrätergrinsen auf den Gesichtern hasteten um die Ecke. Sie sahen ihn und sahen, daß er sie sah, und ihr Grinsen erlosch in dem Augenblick, bevor er sie niedermähte. Eine heulende Frau war ihnen gefolgt. Sie war groß und dick und den Zechbrüdern im Sheb's als Tante Mill bekannt. Der Revolvermann pustete sie um, und sie landete mit hurenhaft gespreizten Beinen und über die Schenkel gerutschtem Rock.

Er ging die Stufen hinunter und schritt rückwärts in die Wüste, zehn Schritte, zwanzig. Die Hintertür des Barbierladens flog auf, und sie brodelten heraus. Er erhaschte einen Blick auf Sylvia Pittston. Er eröffnete das Feuer. Sie fielen in Scharen, sie fielen nach hinten, sie kippten über das Geländer in den Staub. Im unsterblichen Purpurlicht des Tages warfen sie keine Schatten. Er merkte, daß er schrie. Er hatte die ganze Zeit geschrien. Seine Augen fühlten sich wie geborstene Kugellager an. Seine Eier waren zum Unterleib geschrumpelt. Seine Beine waren aus Holz. Seine Ohren waren aus Eisen.

Die Revolver waren leer, und sie brodelten ihm entgegen, in ein Auge und eine Hand umgemodelt, und er stand da und schrie und lud nach, sein Verstand war weit entfernt und abwesend und ließ die Hände den Trick des Nachladens allein ausführen. Konnte er die Hand heben und ihnen sagen, daß er fünfundzwanzig Jahre damit verbracht hatte, diesen und andere Tricks zu lernen, ihnen von den Revolvern und dem Blut erzählen, das sie gesegnet hatte? Nicht mit dem Mund. Aber seine Hände konnten ihre eigene Geschichte erzählen.

Sie waren bis auf Wurfweite herangekommen, als er mit Laden fertig war, und ein Stock traf ihn an der Stirn und brachte Blutstropfen aus einer Schürfwunde zum Vorschein. In zwei Sekunden würden sie ihn ergreifen können. Er sah Kennerly in vorderster Front; Kennerlys jüngere Tochter, die vielleicht sieben war; Soobie; zwei männliche Barbesucher; eine Barbesucherin namens Amy Feldon. Er gab es ihnen allen, und denjenigen hinter ihnen. Ihre Leiber plumpsten wie Vogelscheuchen. Blut und Gehirn spritzten in Strömen.

Sie hielten einen Augenblick verwirrt inne, das Antlitz des Mobs zerfiel in einzelne bestürzte Gesichter. Ein Mann lief kreischend einen großen Kreis. Eine Frau mit Blasen an den Händen hob den Kopf und kicherte fiebrig zum Himmel empor. Der Mann, den er erstmals ernst auf den Stufen des Kaufhauses hatte sitzen gesehen, füllte seine Hose plötzlich mit einer erstaunlichen Ladung.

Er hatte Zeit, einen Revolver nachzuladen.

Dann lief Sylvia Pittston auf ihn zu und schwenkte in jeder Hand ein Holzkreuz. »TEUFEL! TEUFEL!

TEUFEL! KINDERMORDER! UNGEHEUER! VERNICHTET IHN, BRÜDER UND SCHWESTERN! VERNICHTET DEN KINDERMORDENDEN VERSUCHER!« Er feuerte einen Schuß in jedes Kreuz und zersplitterte die Balken, dann vier in den Kopf der Frau. Sie schien wie eine Ziehharmonika in sich zusammenzufallen und zu wabern wie ein Hitzeflimmern.

Sie sahen sie alle einen Augenblick wie ein Gemälde an, während die Finger des Revolvermannes den Ladetrick ausführten. Seine Fingerspitzen zischten und verbrannten. Fein säuberliche Kreise waren in die Kuppe eines jeden eingebrannt.

Jetzt waren es weniger; er war durch sie gegangen wie die Sense eines Mähers. Er dachte, nach dem Tod der Frau würden sie sich zerstreuen, aber jemand warf ein Messer. Der Griff traf ihn genau zwischen die Augen und warf ihn um. Sie liefen als grapschendes, bösartiges Knäuel auf ihn zu. Er feuerte seine Revolver wieder leer, während er in seinen eigenen leeren Hülsen lag. Sein Kopf schmerzte, und er sah große braune Ringe vor den Augen. Er schoß einmal daneben und brachte elf zu Fall.

Aber diejenigen, die übriggeblieben waren, waren über ihm. Er feuerte die vier Kugeln ab, die er hatte nachladen können, und dann schlugen sie ihn und stachen auf ihn ein. Er schüttelte ein paar von seinem linken Arm ab und rollte sich weg. Seine Hände fingen an, ihren unfehlbaren Trick auszuführen. Er wurde in die Schulter gestochen. Er wurde in den Rücken gestochen. Sie hieben ihm auf die Rippen. Er wurde in den Arsch gestochen. Ein kleiner Junge drängelte sich auf ihn zu und brachte ihm die einzige tiefe Schnittwunde über der Wadenwölbung bei. Der Revolvermann pustete ihm den Kopf weg.

Sie zerstreuten sich, und er gab es ihnen noch einmal. Diejenigen links zogen sich in Richtung der sandfarbenen, erodierten Gebäude zurück, und die Hände führten immer noch ihren Trick aus, gleich übereifrigen Hunden, die einem ihren Überrolltrick nicht einmal oder zweimal, sondern die ganze Nacht vorführen wollten, und die Hände mähten sie nieder, während sie flohen. Der Letzte schaffte es bis zu den Stufen der Hintertür des Barbierladens, dort traf ihn die Kugel des Revolvermannes in den Hinterkopf.

Schweigen kehrte wieder ein, erfüllte den zerklüfteten Raum.

Der Revolvermann blutete aus etwa zwanzig verschiedenen Wunden, die allesamt oberflächlich waren, abgesehen vom Schnitt in der Wade. Er verband sie mit einem Streifen seines Hemdes, dann richtete er sich auf und begutachtete sein Blutbad.

Sie bildeten einen gekrümmten, zickzackförmigen Pfad von der Hintertür des Barbierladens bis zu der Stelle, wo er stand. Sie lagen in allen möglichen Haltungen da. Keiner von ihnen schien zu schlafen.

Er folgte ihrem Pfad zurück und zählte dabei. Im Laden lag ein Mann und hielt das geborstene Süßigkeitenglas, das er mit sich heruntergerissen hatte, in liebevoller Umarmung.

Er blieb dort stehen, wo er angefangen hatte, in der Mitte der leeren Hauptstraße. Er hatte neununddreißig Männer, vierzehn Frauen und fünf Kinder erschossen. Er hatte alle und jeden in Tull erschossen.

Die erste trockene Windbö trug ihm einen widerlich süßlichen Geruch in die Nase. Er folgte ihm, dann sah er auf und nickte. Norts verwesender Leichnam lag mit gespreizten Gliedern auf dem Bretterdach von Sheb's, wo er mit Holzpflöcken gekreuzigt worden war. Mund und Augen waren offen. Ein großer, purpurner gespaltener Huf war ihm auf die Haut seiner fettigen Stirn gedrückt worden.

Er schritt aus der Stadt hinaus. Sein Maultier stand etwa vierzig Meter entfernt am Rand dessen, was von der Kutschenstraße übriggeblieben war. Der Revolvermann führte es zu Kennerlys Stallung zurück. Draußen spielte der Wind eine Ragtime-Melodie. Er versorgte das Maultier und ging zu Sheb's zurück. Im rückwärtigen Schuppen fand er eine Leiter, stieg aufs Dach und machte Nort los. Der Leichnam war leichter als ein Sack voller Stöcke. Er schleppte ihn hinunter zum gewöhnlichen Volk. Dann begab er sich wieder nach drinnen, aß Hamburger und trank drei Bier, während das Licht erlosch und der Sand zu fliegen anfing. In dieser Nacht schlief er in dem Bett, in dem er und Allie gelegen hatten. Er träumte nicht. Am nächsten Morgen war der Wind verschwunden, und die grelle und vergeßliche Sonne war wieder ganz die alte. Der Wind hatte die Leichen wie Steppenhexen nach Süden geweht. Am späten Vormittag zog auch er weiter, nachdem er alle seine Wunden verbunden hatte.

# 18

Er dachte, Brown wäre eingeschlafen. Das Feuer war zu einem schwachen Glimmen niedergebrannt, und der Vogel, Zoltan, hatte den Kopf unter den Flügel gesteckt.

Als er gerade aufstehen und einen Strohsack in der Ecke ausbreiten wollte, sagte Brown: »Also. Nun hast du es erzählt. Fühlst du dich jetzt besser?«

Der Revolvermann zuckte zusammen. »Weshalb sollte ich mich schlecht fühlen?«

»Du sagtest, du bist ein Mensch. Kein Dämon. Oder hast du gelogen?«

»Ich habe nicht gelogen.« Er spürte das widerstrebende Eingeständnis in sich: Er mochte Brown. Ehrlich. Und er hatte den Grenzbewohner in keiner Weise belogen. »Wer bist du, Brown? In Wirklichkeit, meine ich.«

»Nur ich«, sagte er unbekümmert. »Warum mußt du glauben, daß du so geheimnisvoll bist?«

Der Revolvermann zündete sich eine Zigarette an und antwortete nicht.

»Ich glaube, du bist deinem Mann in Schwarz sehr nahe«, sagte Brown. »Ist er verzweifelt?«

»Ich weiß nicht.«

»Bist du es?«

»Noch nicht«, sagte der Revolvermann. Er sah Brown mit einer Spur Trotz an. »Ich tue, was ich tun muß.«

»Das ist gut«, sagte Brown, drehte sich um und schlief ein

## 19

Am Morgen gab Brown ihm zu essen und schickte ihn seines Weges. Bei Tageslicht war er mit seiner mageren, braungebrannten Brust, dem bleistiftdünnen Brustbein und der lockigen roten Haartracht eine erstaunliche Gestalt. Der Vogel kauerte auf seiner Schulter.

»Das Maultier?« fragte der Revolvermann.

»Ich esse es«, sagte Brown.

»Einverstanden.«

Brown streckte ihm die Hand hin, und der Revolvermann schüttelte sie. Der Grenzbewohner nickte nach Süden und sagte: »Gute Reise.«

»Ganz bestimmt.«

Sie nickten einander zu, und dann schritt der Revolvermann davon, und sein Körper war mit Revolver und Wasserschläuchen beladen. Er sah einmal zurück.

Brown jätete wie von Sinnen in seinem kleinen Maisfeld. Die Krähe saß auf dem Flachdach seiner Behausung wie eine wasserspeiende Fratze.

## 20

Das Feuer war niedergebrannt, und die Sterne begannen zu verblassen. Der Wind schritt rastlos dahin.

Der Revolvermann zuckte im Schlaf und lag wieder still. Er träumte einen durstigen Traum. In der Dunkelheit waren die Silhouetten der Berge unsichtbar.

Seine Schuldgefühle waren verschwunden. Die Wüste hatte sie ausgebrannt.

Statt dessen dachte er immer häufiger an Cort, der ihm das Schießen beigebracht hatte. Cort hatte Schwarz und Weiß unterscheiden können.

Er bewegte sich wieder und erwachte. Er blinzelte in das tote Feuer, dessen eigene Form die andere, geometrischere überlagerte. Er wußte, er war ein Romantiker, und dieses Wissen hütete er eifersüchtig.

Das ließ ihn natürlich wieder an Cort denken. Er wußte nicht, wo Cort war. Die Welt hatte sich weiter gedreht.

Der Revolvermann schulterte seinen Lastsack und zog mit ihm weiter.

# Zweiter Teil
# DAS RASTHAUS

# 1

Den ganzen Tag ging ihm schon ein Kinderlied durch den Kopf, die Art von Lied, die einen wahnsinnig machen kann, die nicht lockerläßt, die spöttelnd außerhalb der Apsis des bewußten Verstandes steht und dem vernünftigen Wesen darin Grimassen schneidet. Das Lied lautete:

*Es grünt so grün, wenn Spaniens Blüten blühen.*
*Und Freud und Leid sind Lohn für uns're Mühen.*
*Doch es grünt so grün, wenn Spaniens Blüten blühen.*

*Ob mit normalem oder verrücktem Sinn,*
*Die Welt, die wird stets weiterziehn,*
*Doch alles drängt zum alten hin,*
*Und bist du gewieft oder hinterm Ohr grün,*
*Es grünt so grün, wenn Spaniens Blüten blühen.*

*In Liebe wir ziehn, doch in Ketten wir fliehn,*
*Und wenn Spaniens Blüten blühen, grünt es grün.*

Er wußte, weshalb ihm das Lied eingefallen war. Er hatte wiederholt von seinem Zimmer im Schloß und seiner Mutter geträumt, die es ihm vorgesungen hatte, wenn er ernst in seinem winzigen Bett vor dem Fenster mit den vielen Farben lag. Sie sang es ihm nicht zur Schlafenszeit, denn alle Jungs, die mit der Hochsprache geboren werden, müssen allein mit der Dunkelheit fertig werden, aber sie sang es ihm vor seinem Mittagsschlaf, und er erinnerte sich an das schwere graue Regenlicht, das auf der Überwurfdecke Farben warf; er konnte die Kälte des Zimmers und die schwere Wärme der Decken fühlen, die Liebe für seine Mutter und ihre roten Lippen, die einprägsame Melodie der Verse und ihre Stimme.

Jetzt fiel es ihm wieder ein und machte ihn verrückt wie Hitzepickel und ließ ihn in seinen Gedanken seinem eigenen Schwanz hinterherjagen. Sein Wasservorrat war erschöpft, und er wußte, er war wahrscheinlich ein toter Mann. Er hatte nie damit gerechnet, daß es soweit kommen würde, und es tat ihm leid. Seit dem Nachmittag achtete er nur noch auf seine Füße und nicht mehr auf den vor ihm liegenden Weg. Hier draußen war selbst das Teufelsgras verkümmert und gelb. An verschiedenen Stellen war die Kruste zu Staub zerkrümelt. Die Berge waren nicht erkennbar deutlicher geworden, wenngleich sechzehn Tage verstrichen waren, seit er das Haus des letzten Grenzbewohners verlassen hatte, eines normal-verrückten jungen Mannes am Rand der Wüste. Er hatte einen Raben gehabt, erinnerte sich der Revolvermann, aber der Name des Raben fiel ihm nicht mehr ein.

Er sah zu, wie sich seine Füße hoben und senkten, lauschte dem Nonsenslied, das sich in seinem Verstand zu bemitleidenswerter Verstümmelung sang, und fragte sich, wann er zum ersten Mal hinfallen würde. Er wollte nicht hinfallen, auch wenn es niemand sehen konnte. Das war eine Frage des Stolzes. Ein Revolvermann weiß, was Stolz ist – der unsichtbare Knochen, der den Hals steif hält.

Er blieb unvermittelt stehen und sah auf. Sein Kopf

summte, und einen Augenblick schien sein ganzer Körper zu schweben. Am fernen Horizont träumten die Berge. Aber vor ihm war noch etwas anderes, etwas viel Näheres. Möglicherweise nur fünf Meilen entfernt. Er blinzelte, aber seine Augen waren sandverklebt und blind vom grellen Sonnenlicht. Er schüttelte den Kopf und ging weiter. Das Lied kreiste und summte. Etwa eine Stunde später fiel er hin und schürfte sich die Hände auf. Er sah die winzigen Blutstropfen auf seiner sich abschälenden Haut ungläubig an. Das Blut sah nicht dünner aus; es schien auf stumme Weise lebensfähig zu sein. Es schien beinahe ebenso schmuck wie die Wüste zu sein. Er strich die Tropfen voll blindem Haß weg. Schmuck? Warum nicht? Das Blut war nicht durstig. Dem Blut wurde gedient. Dem Blut wurden Opfer dargebracht. Blutopfer. Das Blut mußte nichts weiter tun als fließen ... fließen ... fließen.

Er betrachtete die Tropfen, die auf die Kruste gefallen waren, und beobachtete, wie sie mit unziemlicher Hast aufgesogen wurden. Wie schmeckt dir dieses Blut? Macht es dich an?

O Jesus, du bist völlig hinüber.

Er stand auf und hielt die Hände vor die Brust, und das Ding, das er vorhin gesehen hatte, war fast direkt vor ihm und entlockte ihm einen überraschten Schrei – einen staubersticken Krähenruf. Es war ein Gebäude. Nein; zwei Gebäude, die von einem umgestürzten Lattenzaun umgeben waren. Das Holz schien alt und bis zur Elfenhaftigkeit zerbrechlich zu sein; es war Holz, das in Sand umgewandelt wurde. Eines der Gebäude war ein Stall gewesen – die Form war klar und unmißverständlich. Das andere war ein Haus, oder ein Gasthaus. Ein Rasthaus der Postkutschenlinie. Das baufällige Sandhaus (der Wind hatte das Holz so sehr mit Sand verkrustet, daß es wie eine Sandburg aussah, welche die Sonne bei Ebbe gebacken und zu einer vorübergehenden Bleibe gehärtet hatte) warf einen schmalen Schatten, und in diesem Schatten saß jemand und lehnte sich an das Gebäude. Und das Gebäude schien sich unter der Last seines Gewichts zu biegen.

Also er. Endlich. Der Mann in Schwarz.

Der Revolvermann stand mit den Händen an der Brust da, bemerkte die deklamatorische Haltung aber nicht und glotzte. Und anstelle des gewaltigen Flügelschlags der Aufregung, den er erwartet hatte – oder sogar Angst, oder Ehrfurcht –, spürte er lediglich ein vages, atavistisches Schuldgefühl angesichts des tobenden Hasses seines eigenen Blutes vor wenigen Augenblicken, sowie den endlosen Ringelreihen des Kinderliedes:

*... es grünt so grün ...*

Er ging einen Schritt und zog einen Revolver.

*... wenn Spaniens Blüten blühen.*

Die letzte Viertelmeile legte er laufend zurück, ohne einen Versuch zu unternehmen, sich zu verstecken; es war nichts da, hinter dem er sich hätte verstecken können. Sein kurzer Schatten eilte ihm voraus. Ihm war nicht bewußt, daß sein Gesicht zu einer grauen, grinsenden Totenmaske der Erschöpfung geworden war; er sah nur die Gestalt im Schatten. Erst später kam ihm der Gedanke, daß die Gestalt im Schatten hätte tot sein können.

Er kickte eine der windschiefen Zaunlatten durch – sie brach lautlos, beinahe unterwürfig entzwei – und lief über den stummen und sengenden Vorplatz des Stalls, wobei er den Revolver hochhob.

»Keine Bewegung! Keine Bewegung! Keine ...«

Die Gestalt bewegte sich unruhig und stand auf. Der Revolvermann dachte: Mein Gott, er ist zu einem Nichts geschwunden, was ist mit ihm passiert? Denn der Mann in Schwarz war um ganze sechzig Zentimeter geschrumpft, sein Haar war weiß geworden.

Er blieb wie vom Donner gerührt stehen, sein Kopf summte unmelodisch. Sein Herzschlag raste mit irrer Geschwindigkeit, und er dachte: Ich werde genau hier sterben ...

Er sog die weißglühende Luft in die Lungen und ließ einen Augenblick den Kopf hängen. Als er ihn wieder hob, sah er, daß es überhaupt nicht der Mann in Schwarz war, sondern ein kleiner Junge mit sonnengebleichtem Haar, der ihn mit Augen ansah, denen jegliches Interesse zu fehlen schien. Der Revolvermann sah ihn verständnislos an und schüttelte dann verneinend den Kopf. Doch der Junge überlebte seine Weigerung zu glauben; er stand immer noch da, in Bluejeans mit einem Flicken auf dem Knie und ein derb gewobenes braunes Hemd gekleidet.

Der Revolvermann schüttelte noch einmal den Kopf und ging mit gesenktem Kopf auf den Stall zu, ohne den Revolver aus der Hand zu nehmen. Er konnte noch nicht denken. Sein Kopf war mit Sandkörnern gefüllt, dumpf pochende Kopfschmerzen bildeten sich darin. Das Innere des Stalls war still und dunkel und explodierte vor Hitze. Der Revolvermann sah sich mit riesigen, verschwimmenden Glupschaugen um. Der Revolvermann machte eine trunkene Kehrtwendung und erblickte den Jungen, der unter der geborstenen Tür stand und ihn betrachtete. Eine riesige Lanzette des Schmerzes bohrte sich traumgleich in seinen Kopf, schnitt von einer Schläfe zur anderen und teilte sein Gehirn wie eine Orange. Er steckte den Revolver wieder in den Halfter, schwankte, hielt die Hände hoch, als wollte er Phantome abwehren, und fiel vornüber aufs Gesicht.

Als er erwachte, lag er auf dem Rücken und hatte ein Bündel lockeres, geruchloses Heu unter dem Kopf. Es war dem Jungen nicht gelungen, ihn zu bewegen, aber er hatte es ihm so angenehm wie möglich gemacht. Und ihm war kühl. Er sah an sich herab und stellte fest, daß sein Hemd von Feuchtigkeit dunkel verfärbt war. Er leckte sich das Gesicht und schmeckte Wasser. Er blinzelte danach.

Der Junge kauerte neben ihm. Als er sah, daß die Augen des Revolvermannes offen waren, griff er hinter sich und reichte dem Revolvermann eine verbeulte Blechkanne voll Wasser. Er nahm sie mit zitternden Händen und genehmigte sich einen kleinen Schluck – nur einen ganz kleinen. Als der unten in seinem Magen angelangt war, trank er ein wenig mehr. Dann schüttete er sich den Rest über das Gesicht und gab prustende Laute von sich. Die hübschen Lippen des Jungen kräuselten sich zu einem Lächeln.

»Möchten Sie was essen?«

»Noch nicht«, sagte der Revolvermann. Er hatte immer noch die üblen Kopfschmerzen des Hitzschlags in sich, und das Wasser lag ihm unbehaglich im Magen, als wüßte es nicht, wohin es gehen sollte. »Wer bist du?«

»Mein Name ist John Chambers. Sie können mich Jake nennen.«

Der Revolvermann richtete sich auf, und die üblen Schmerzen schwollen an und wurden bohrend. Er beugte sich nach vorne und verlor einen kurzen Kampf mit seinem Magen.

»Es gibt noch mehr«, sagte Jake. Er nahm die Kanne und ging in den rückwärtigen Teil des Stalls. Er blieb stehen und lächelte den Revolvermann unsicher an. Der Revolvermann nickte ihm zu, dann senkte er den Kopf und stützte ihn mit den Händen. Der Junge war gut gebaut, hübsch und vielleicht neun Jahre alt. Ein Schatten lag über seinem Gesicht, aber heutzutage lag über jedem Gesicht ein Schatten.

Im hinteren Teil des Stalls fing ein pochendes Summen an, und der Revolvermann hob argwöhnisch den Kopf und legte die Hände auf die Revolvergriffe. Das Geräusch dauerte etwa fünfzehn Sekunden an, dann verebbte es. Der Junge kam mit der Kanne zurück – die jetzt gefüllt war.

Der Revolvermann trank wieder zögernd, doch dieses Mal ging es etwas besser. Seine Kopfschmerzen ließen nach.

»Ich wußte nicht, was ich mit Ihnen machen sollte, als Sie hingefallen waren«, sagte Jake. »Draußen dachte ich ein paar Sekunden lang, Sie würden mich erschießen.«

»Ich hielt dich für jemand anderen.« – »Den Priester?«

Der Revolvermann sah auf. »Welchen Priester?«

Der Junge sah ihn an und runzelte ein wenig die Stirn. »Der Priester. Er schlug sein Lager im Hof auf. Ich war drüben im Haus. Ich mochte ihn nicht, daher bin ich nicht herausgekommen. Er kam in der Nacht und zog am nächsten Tag weiter. Ich hätte mich auch vor dir versteckt, aber ich schlief, als du gekommen bist.« Er sah düster über den Kopf des Revolvermannes hinweg. »Ich mag keine Menschen. Sie bringen mich durcheinander.«

»Wie sah der Priester aus?«

Der Junge zuckte die Achseln. »Wie ein Priester. Er hatte schwarze Sachen an.«

»Kapuze und Soutane?«

»Was ist eine Soutane?«

»Ein Gewand.«

Der Junge nickte. »Gewand und Kapuze.«

Der Revolvermann beugte sich nach vorne, und etwas in seinem Gesichtsausdruck veranlaßte den Jungen, ein wenig zurückzuschrecken. »Wie lange ist das her?«

»Ich ... ich ...«

Der Revolvermann sagte geduldig: »Ich werde dir nicht weh tun.«

»Ich weiß nicht. Ich kann mir die Zeit nicht merken. Jeder Tag ist wie der andere.«

Der Revolvermann fragte sich zum ersten Mal bewußt, wie der Junge an diesen Ort gekommen war, mitten in die trockene und mörderische Wüste, die sich meilenweit ringsum erstreckte. Aber das sollte nicht seine Sorge sein, wenigstens vorerst nicht. »Dann schätze. Ist es lange her?«

»Nein. Nicht lange. Ich bin noch nicht lange hier.«

Das Feuer in ihm loderte wieder empor, und er griff mit etwas zitternden Händen nach der Kanne. Ein Stück des Kinderliedes ging ihm wieder durch den Kopf, doch dieses Mal sah er nicht das Gesicht seiner Mutter vor sich, sondern das von der Narbe entstellte Gesicht Alices, die in der jetzt entvölkerten Stadt Tull seine Geliebte gewesen war. »Wie lange? Eine Woche? Zwei? Drei?«

Der Junge sah ihn geistesabwesend an. »Ja.«

»Was nun?«

»Eine Woche. Oder zwei. Ich bin nicht herausgekommen. Er hat nicht einmal etwas getrunken. Ich dachte, er könnte der Geist eines Priesters sein. Ich hatte Angst. Ich hatte fast die ganze Zeit Angst.« Sein Gesicht erbebte wie ein Kristall kurz vor dem endgültig letzten Ton, der ihn zum Bersten bringt. »Er hat nicht einmal ein Feuer gemacht. Er saß einfach nur da. Ich weiß nicht einmal, ob er geschlafen hat.«

Nahe! Er war ihm näher, als er es jemals gewesen war. Obwohl er im höchsten Grade ausgetrocknet war, fühlten sich seine Hände leicht feucht an; schmierig.

»Ich habe Dörrfleisch«, sagte der Junge.

»In Ordnung«, sagte der Revolvermann. »Gut.«

Der Junge stand auf, um es zu holen, und seine Knie knackten ein wenig. Er ist voller Saft, dachte der Revolvermann. Er trank wieder aus der Kanne. Er ist voller Saft, und er stammt nicht von hier.

Jake kam mit einem Stapel Dörrfleisch auf einem von der Sonne gebleichten Brettchen zurück. Das Fleisch war zäh, knorpelig und so salzig, daß die offenen Lippen des Revolvermannes brannten. Er aß und trank bis er sich träge fühlte, dann lehnte er sich zurück. Der Junge aß nur wenig.

Der Revolvermann sah ihn unverwandt an, und der Junge betrachtete ihn ebenfalls. »Woher kommst du, Jake?« fragte er schließlich.

»Ich weiß nicht.« Der Junge runzelte die Stirn. »Ich wußte es. Als ich hierher kam, da wußte ich es. Aber inzwischen ist alles verschwommen, wie ein Alptraum, wenn man aufgewacht ist. Ich habe jede Menge Alpträume.«

»Hat dich jemand hergebracht?«

»Nein«, sagte der Junge. »Ich war einfach hier.«

»Deine Worte ergeben überhaupt keinen Sinn«, sagte der Revolvermann unverblümt.

Der Junge schien mit einem Mal kurz davor zu sein, in Tränen auszubrechen. »Ich kann nichts dafür. Ich war einfach hier. Und jetzt wirst du weggehen, und ich werde hier verhungern, weil du fast mein ganzes Essen aufgegessen hast. Ich habe nicht darum gebeten, hier zu sein. Es gefällt mir nicht. Es ist unheimlich.«

»Hör auf mit deinem Selbstmitleid. Hilf dir selbst.«

»Ich habe nicht darum gebeten, hier zu sein«, erwiderte der Junge voll betroffenem Trotz.

Der Revolvermann aß noch ein Stück Dörrfleisch, aus dem er das Salz herauskaute, bevor er es schluckte. Der Junge war hierher verschlagen worden, und der Revolvermann war davon überzeugt, daß er die Wahrheit sagte – er hatte nicht darum gebeten. Zu dumm. Er selbst ... *er* hatte darum gebeten. Aber er hatte nicht darum gebeten, daß das Spiel so schmutzig werden würde. Er hatte nicht darum gebeten, seine Revolver auf die unbewaffnete Bevölkerung von Tull richten zu dürfen; hatte nicht darum gebeten, Allie erschießen zu dürfen, deren Gesicht von dieser seltsamen, leuchtenden Narbe entstellt gewesen war; hatte nicht darum gebeten, vor die Wahl zwischen der Besessenheit seiner Pflicht und krimineller Unmoral gestellt zu werden. Der Mann in Schwarz hatte in seiner Verzweiflung angefangen, böse Drähte zu ziehen, falls der Mann in Schwarz der Drahtzieher hinter dieser Sache war. Es war nicht fair, unbeteiligte Außenstehende herbeizuholen und sie dazu zu bringen, auf einer seltsamen Bühne Dialogzeilen zu sprechen, die sie nicht verstanden. Allie, dachte er, Allie war wenigstens in ihrer eigenen selbsttäuschenden Weise in dieser Welt gewesen. Aber dieser *Junge* ... dieser gottverdammte *Junge* ...

»Sag mir, woran du dich erinnern kannst«, bat er Jake.

»Das ist nicht viel. Und es ergibt keinen Sinn.«

»Sag es mir. Vielleicht kann ich den Sinn erkennen.«

»Da war ein Ort ... derjenige vor diesem. Ein hoher Ort mit vielen Zimmern und einem Dachgarten, wo man hohe Gebäude und Wasser sehen konnte. Im Wasser stand eine Statue.«

»Eine Statue im Wasser?«

»Ja. Eine Frau mit Krone und Fackel.«

»Erfindest du das?«

»Muß wohl so sein«, antwortete der Junge resigniert. »Da waren Dinge, mit denen man auf der Straße fahren konnte. Große und kleine. Gelbe. Eine ganze Menge gelbe. Ich ging zu Fuß zur Schule. Neben den Straßen waren Betonwege. Fenster, in die man hineinschauen konnte, und Puppen mit Kleidern an. Die Puppen verkauften die Kleider. Ich weiß, das hört sich verrückt an, aber die Puppen verkauften die Kleider.«

Der Revolvermann schüttelte den Kopf und suchte im Gesicht des Jungen nach Lügen. Er fand keine.

»Ich ging zu Fuß zur Schule«, wiederholte der Junge beharrlich. »Und ich hatte eine ...« Er kniff die Augen zusammen, seine Lippen bewegten sich suchend, » ... eine braune ... Bücher ... tasche. Ich hatte Essen dabei. Und ich trug ...«, wieder dieses Suchen, schmerzvolles Suchen, » ... eine Krawatte.«

»Eine was?«

»Ich weiß nicht.« Die Finger des Jungen machten eine langsame, unbewußte Geste des Knüpfens am Hals – eine Geste, die der Revolvermann mit Hängen assoziierte. »Ich weiß nicht. Es ist alles fort.« Er wandte den Blick ab.

»Darf ich dich in Schlaf versetzen?« fragte der Revolvermann.

»Ich bin nicht müde.«

»Ich kann dich müde machen, und ich kann dafür sorgen, daß du dich wieder erinnerst.«

Jake fragte zweifelnd: »Wie kannst du das machen?«

»Damit.«

Der Revolvermann nahm eine Patrone aus dem Gürtel und wirbelte sie zwischen den Fingern. Die Bewegung war geschickt und ging wie geschmiert. Die Patrone wirbelte mühelos vom Daumen zum Zeigefinger, vom Zeigefinger zum Mittelfinger, vom

Mittelfinger zum Ringfinger, vom Ringfinger zum kleinen Finger. Sie verschwand und kam wieder zum Vorschein; schien einen Sekundenbruchteil zu verharren und wanderte dann zurück. Die Patrone spazierte über die Finger des Revolvermannes. Die Finger selbst bewegten sich wie ein Perlenvorhang im Wind. Der Junge sah zu, seine anfänglichen Zweifel wichen offenem Entzücken, dann Faszination, schließlich dämmernder, stummer Ausdruckslosigkeit. Die Augen fielen zu. Die Patrone tanzte hin und her. Jake machte die Augen wieder auf, verfolgte den unablässigen, behenden Tanz zwischen den Fingern des Revolvermannes noch eine Weile, dann fielen die Augen wieder zu. Der Revolvermann machte weiter, aber der Junge machte die Augen nicht noch einmal auf. Der Junge atmete mit unerschütterlicher, träger Ruhe. War das ein Teil davon? Ja. Es hatte eine gewisse Schönheit, eine Logik, gleich den weißen spitzenähnlichen Auswüchsen an den Rändern harter blauer Eisblocks. Er schien den Klang von Glocken im Wind zu hören. Der Revolvermann schmeckte nicht zum ersten Mal den glatten, bleischweren Geschmack kranker Seelen. Die Patrone in seinen Fingern, die er mit so unbekannter Anmut manipuliert hatte, war plötzlich untot, gräßlich, die Spur eines Ungeheuers. Er ließ sie in die Handfläche fallen und ballte mit schmerzhafter Anstrengung die Faust. Dinge wie Vergewaltigung existierten in dieser Welt. Vergewaltigung und Mord und unaussprechliche Praktiken, und sie alle waren für das Gute, für das verdammte Gute, für den Mythos, für den Gral, für den Turm. Ah, irgendwo befand sich der Turm, streckte seine schwarze Masse himmelwärts, und der Revolvermann hörte in seinen von der Wüste versengten Ohren den lieblichen Klang von Glocken im Wind.

»Wo bist du?« fragte er.

*Jake Chambers geht mit seinem Schulranzen die Treppe hinunter. Erdkunde, Wirtschaftsgeographie. Ein Notizblock, ein Kugelschreiber, ein Frühstückspaket, das die Köchin seiner Mutter, Mrs. Greta Shaw für ihn in der Küche aus Chrom und Kunststoff gemacht hat, wo ewig der Ventilator surrt und fremde Gerüche aufsaugt. In diesem Frühstückspaket hat er ein Erdnußbutter- und ein Geleebrot, ein Salat-und-Zwiebelbrot mit Sauce bolognaise und vier Oreo-Plätzchen. Seine Eltern hassen ihn nicht, aber sie scheinen ihn übersehen zu haben. Sie haben abgedankt und ihn Mrs. Greta Shaw, dem Kindermädchen, im Sommer einem Privatlehrer und die restliche Zeit der SCHULE übergeben (die privat und ordentlich und, vor allem, weiß ist). Keiner dieser Menschen hatte vorgegeben, etwas anderes zu sein, als das, was er ist – Profis, die besten auf ihrem Gebiet. Keiner hat ihn je an ein besonders gütiges Herz gedrückt, wie es in den historischen Romanen geschieht, die seine Mutter liest, und in die Jake auf der Suche nach ›heißen Stellen‹ auch schon hineingelesen hat. Hysterische Romane nennt sein Vater sie manchmal, und manchmal ›Unterwäsche-Ripper‹. Das mußt ausgerechnet du sagen, sagt seine Mutter mit grenzenloser Verachtung hinter einer verschlossenen Tür, wo Jake lauscht. Sein Vater arbeitet. Sein Vater arbeitet für das Fernsehen, und Jake könnte ihn in einer Reihe anderer Männer identifizieren. Wahrscheinlich.*

*Jake weiß nicht, daß er alle Profis haßt, aber er haßt sie.*

*Menschen haben ihn stets durcheinandergebracht. Er mag Treppen und benützt nicht den Fahrstuhl im Haus, den man selbst bedienen kann. Seine Mutter, die auf sexy Weise mager ist, geht oft mit üblen Freunden ins Bett.*

*Jetzt ist er auf der Straße, Jake Chambers ist auf der Straße, er hat ›den Gehweg betreten.‹ Er ist sauber und hat gute Manieren, ist ansehnlich und feinfühlig. Er hat keine Freunde; nur Bekannte. Er hat sich nie die Mühe gemacht, darüber nachzudenken, aber es kränkt ihn. Er weiß nicht und begreift nicht, daß sein langes Zusammensein mit den Profis ihn dazu gebracht hat, viele ihrer Merkmale anzunehmen. Mrs. Greta Shaw macht sehr professionelle Brote. Sie viertelt sie und schneidet die Brotkrusten weg, so daß er beim Essen während der vierten Turnstunde aussieht, als sollte er bei einer Cocktailparty sein und einen Drink in der anderen Hand halten und nicht einen Sportroman aus der Schulbibliothek. Sein Vater verdient eine Menge Geld, weil er ein Meister des ›Tötens‹ ist – das bedeutet, eine zugkräftige Sendung gegen eine weniger gute bei einem Sender der Konkurrenz zu plazieren. Sein Vater raucht vier Schachteln Zigaretten täglich. Sein Vater hustet nicht, aber er hat ein verkniffenes Grinsen, das den Fleischmessern ähnelt, die sie in Supermärkten verkaufen.*

*Die Straße entlang. Seine Mutter läßt Geld für ein Taxi da, aber wenn es nicht regnet, geht er jeden Tag zu Fuß und schwingt seinen Schulranzen, ein kleiner Junge, der mit seinem blonden Haar und den blauen Augen sehr amerikanisch aussieht. Die Mädchen sind bereits auf ihn aufmerksam geworden (mit der Billigung seiner Mutter), und er scheut nicht mit der kindischen Arroganz kleiner Jungen vor ihnen zurück. Er spricht mit unwissentlicher Professionalität zu ihnen, und sie lassen verwirrt von ihm ab.*

*Er mag Erdkunde und kegelt nachmittags. Sein Vater besitzt Aktien einer Firma, die automatische Anlagen zum Aufstellen der Kegel herstellt, aber die Kegelbahn, der Jake den Vorzug gibt, verwendet diese Anlage nicht. Er denkt nicht, daß er darüber nachgedacht hat, aber er hat es getan.*

*Während er die Straße entlang geht, kommt er an Brendio's vorbei, wo die Schaufensterpuppen Pelzmäntel, zweireihig geknöpfte Edwardianische Anzüge und manche überhaupt nichts anhaben; einige sind ›splitternackt‹. Diese Schaufensterpuppen – diese ›Modelle‹ – sind vollkommen professionell, und er haßt alles Professionelle. Er ist noch so jung, daß er noch nicht gelernt hat, sich selbst zu hassen, aber die Veranlagung ist da; der Same wurde in den verbitterten Boden seines Herzens gepflanzt.*

*Er kommt zur Ecke und bleibt mit dem Ranzen an seiner Seite stehen. Der Verkehr rast brüllend vorbei – grunzende Busse, Taxis, Volkswagen, ein großer Lastwagen. Er ist nur ein Junge, aber kein durchschnittlicher, und er sieht den Mann, der ihn tötet, aus dem Augenwinkel. Es ist der Mann in Schwarz, und er sieht nicht sein Gesicht, nur das wallende Gewand, die ausgestreckten Hände. Er fällt mit ausgestreckten Armen auf die Straße, ohne dabei den Ranzen loszulassen, in dem sich Mrs. Greta Shaws außerordentlich professionelles Frühstück befindet. Ein kurzer Blick durch eine getönte Windschutzscheibe auf das entsetzte Gesicht eines Geschäftsmannes, welcher einen dunkelblauen Hut aufhat, in dessen Hutband eine kleine, kecke Feder steckt. Eine alte Frau auf der anderen Straßenseite schreit – sie hat einen schwarzen Hut mit Netz auf. Das schwarze Netz hat nichts Keckes an sich; es erinnert an den Schleier einer Trauernden.*

*Jake empfindet lediglich Überraschung und ein übliches*

*Gefühl vollkommener Bestürzung – ist dies das Ende? Er fällt heftig auf die Straße und sieht einen fünf Zentimeter von seinen Augen entfernten asphaltierten Riß. Der Schulranzen wird ihm aus der Hand gerissen.*

*Er überlegt gerade, ob er die Knie aufgeschürft hat, als der Wagen des Geschäftsmannes mit dem blauen Hut mit der kecken Feder ihn überfährt. Es ist ein großer blauer Cadillac Baujahr 1976 mit Breitreifen. Er hat fast dieselbe Farbe wie der Hut des Geschäftsmanns. Er bricht Jakes Rücken, zerdrückt den Magen und treibt ihm das Blut wie einen Hochdruckstrahl aus dem Mund. Er dreht den Kopf und sieht die grellen Bremslichter des Cadillacs und den Rauch, der von den blockierenden Hinterreifen aufsteigt. Das Auto hat auch den Schulranzen überfahren und eine breite schwarze Spur darauf hinterlassen. Er dreht den Kopf auf die andere Seite und sieht einen großen gelben Ford, der mit quietschenden Reifen Zentimeter von ihm entfernt zum Stillstand kommt.*

*Ein Schwarzer, der mit einem Handwagen Brezeln und Getränke verkauft hat, kommt im Laufschritt auf ihn zugerannt.*

*Aus Jakes Nase, Ohren, Augen und Rektum läuft Blut. Seine Genitalien wurden zerdrückt. Er überlegt verärgert, wie schlimm seine Knie wohl aufgeschürft sind. Jetzt läuft der Fahrer des Cadillacs stammelnd auf ihn zu.*

*Irgendwo sagt eine schreckliche, ruhige Stimme, die Stimme des Untergangs: »Ich bin Priester. Lassen Sie mich durch. Ein Akt der Reue …«*

*Er sieht das schwarze Gewand und verspürt plötzlich Entsetzen. Er ist es, der Mann in Schwarz. Er wendet mit letzter Kraft das Gesicht ab. Irgendwo spielt ein Radio ein Stück der Rockgruppe Kiss. Er sieht seine eigene Hand auf dem Asphalt, sie ist klein, weiß, wohlgeformt. Er hat nie Nägel gekaut.*

*Während er seine Hand betrachtet, stirbt Jack.*

Der Revolvermann saß mit gerunzelter Stirn nachdenklich da. Er war müde, sein ganzer Körper schmerzte, sein Denken war ärgerlich schleppend. Ihm gegenüber schlief der erstaunliche Junge, der immer noch gleichmäßig atmete, mit im Schoß gefalteten Händen. Er hatte seine Geschichte emotionslos erzählt, nur am Ende hatte er gezittert, als er zu dem ›Priester‹ und dem ›Akt der Reue‹ gekommen war. Selbstverständlich hatte er dem Revolvermann nichts von seiner Familie und seinem bestürzenden persönlichen Zwiespalt erzählt, aber etwas war dennoch durchgesickert – es war genügend durchgesickert, daß man die ungefähre Form erahnen konnte. Die Tatsache, daß eine Stadt, wie der Junge sie beschrieben hatte, niemals existiert hatte (und wenn, dann bestenfalls in prähistorischen Mythen), war längst nicht der beunruhigendste Teil der Geschichte, aber er war beunruhigend. Alles war beunruhigend. Der Revolvermann hatte Angst vor den daraus resultierenden Schlußfolgerungen.

»Jake?«

»Hm-hmm?«

»Möchtest du dich daran erinnern, wenn du aufwachst, oder möchtest du es vergessen?«

»Vergessen«, sagte der Junge sofort. »Ich habe geblutet.«

»Gut. Du wirst jetzt schlafen, verstanden? Komm, leg dich hin.«

Jake, der klein und friedfertig und harmlos aussah,

legte sich hin. Der Revolvermann glaubte nicht, daß er harmlos war. Er hatte eine tödliche Aura um sich, und den Gestank von vorherbestimmtem Schicksal. Diese Aura mochte er nicht, aber den Jungen mochte er. Er mochte ihn sehr.

»Jake?«

»Psst. Ich will schlafen.«

»Ja. Und wenn du aufwachst, wirst du dich an nichts erinnern.«

»Gut.«

Der Revolvermann betrachtete ihn kurze Zeit und dachte dabei an seine eigene Kindheit, die ihm stets so vorkam, als hätte eine andere Person sie erlebt – eine Person, die durch eine osmotische Linse gesprungen und zu jemand anderem geworden war –, die ihm aber momentan schmerzlich nahe schien. Im Stall des Rasthauses war es sehr heiß, und er trank vorsichtig noch etwas Wasser. Er stand auf und schlenderte in den rückwärtigen Teil des Gebäudes, wo er innehielt, um in einen der Pferdeställe zu sehen. In der Ecke lag ein kleiner Stapel weißes Heu, sowie eine ordentlich zusammengelegte Decke, aber es roch nicht nach Pferd. In dem Stall roch es nach überhaupt nichts. Die Sonne hatte jeden Geruch ausgeblutet und nichts zurückgelassen. Die Luft war völlig neutral.

Im hinteren Teil des Stalles befand sich ein kleiner, dunkler Raum, in dessen Mitte eine Maschine aus rostfreiem Stahl stand. Sie war nicht von Rost oder Verfall angegriffen. Sie sah wie ein Butterstampfer aus. Links ragte ein verchromtes Rohr heraus, das über einem Abfluß im Boden aufhörte. Der Revolvermann hatte ähnliche Pumpen an anderen trockenen

Orten gesehen, aber noch niemals eine so große. Er konnte nicht abschätzen, wie tief sie hatten bohren müssen, um Wasser zu finden, das im geheimen und in ewiger Schwärze unter der Wüste floß. Warum hatten sie die Pumpe nicht abgebaut, als das Rasthaus aufgegeben worden war?

Vielleicht Dämonen.

Er erschauerte unvermittelt, ein plötzliches Zucken seines Rückens. Er bekam eine Gänsehaut, die wieder verschwand. Er ging zur Bedienungseinrichtung und drückte auf den Knopf mit der Aufschrift EIN. Die Maschine fing an zu summen. Nach etwa einer halben Minute rülpste ein Strahl kalten, klaren Wassers aus dem Rohr und ergoß sich in den Abfluß, damit es dem Kreislauf wieder zugeführt wurde. Etwa zehn Liter flossen aus dem Rohr, bevor die Pumpe sich mit einem Klick wieder abschaltete. Sie war etwas, das sich an diesem Ort und in dieser Zeit so fremd ausnahm wie wahre Liebe, und dennoch so konkret wie ein Gottesurteil war, eine stumme Erinnerung an die Zeit, als die Welt sich noch nicht weiter gedreht hatte. Sie wurde wahrscheinlich von Kernenergie angetrieben, da es im Umkreis von tausend Meilen keine Elektrizität gab und selbst Trockenbatterien schon vor langer Zeit ihre Ladung verloren gehabt hätten. Das gefiel dem Revolvermann nicht.

Er ging zurück und setzte sich neben den Jungen, der eine Hand unter die Wange geschoben hatte. Hübscher Junge. Der Revolvermann trank noch etwas Wasser und überkreuzte die Beine, so daß er nach Art der Indianer dasaß. Der Junge hatte jegliches Zeitgefühl verloren, so wie der Grenzbewohner am Rand der Wüste, der den Vogel bei sich gehabt hatte (Zoltan, erinnerte sich der Revolvermann unvermittelt, der Name des Vogels war Zoltan), aber es schien kein Zweifel an der Tatsache zu bestehen, daß er dem Mann in Schwarz nähergekommen war. Der Revolvermann fragte sich nicht zum ersten Mal, ob der Mann in Schwarz ihn aus seinen eigenen unerfindlichen Gründen aufholen ließ. Vielleicht spielte ihm der Revolvermann in die Hände. Er versuchte sich vorzustellen, wie die Konfrontation aussehen mochte, konnte es aber nicht.

Ihm war sehr heiß, aber nicht mehr übel. Das Kinderlied fiel ihm wieder ein, aber dieses Mal dachte er nicht an seine Mutter, sondern an Cort – an Cort, dessen Gesicht von den Narben von Steinen und Kugeln und stumpfen Gegenständen verunstaltet war. Den Narben des Krieges. Er fragte sich, ob Cort jemals eine Liebe empfunden hatte, welche diesen monumentalen Narben gleichgekommen war. Er bezweifelte es. Er dachte an Aileen und an Marten, den unvollkommenen Zauberer.

Der Revolvermann war kein Mensch, der an die Vergangenheit dachte; nur eine schemenhafte Vorstellung von der Zukunft und seiner eigenen emotionalen Ausstattung bewahrten ihn davor, ein Geschöpf ohne Fantasie zu sein, ein Langweiler. Daher erstaunte ihn der gegenwärtige Verlauf seiner Gedanken. Jeder Name beschwor andere herauf – Cuthbert, Paul, der alte Jonas; und Susan, das liebreizende Mädchen am Fenster.

Der Klavierspieler in Tull (der auch tot war, wie alle in Tull, von seiner Hand getötet) war in die alten Stücke vernarrt gewesen, und nun summte der Revolvermann eines tonlos beim Atmen:

*Love o love o careless love*
*See what careless love has done.*

Der Revolvermann lachte verwirrt. *Ich bin der Letzte der grünen, warm getönten Welt.* Doch trotz aller Sehnsucht empfand er kein Selbstmitleid. Die Welt hatte sich gnadenlos weitergedreht, aber seine Beine waren immer noch kräftig, und der Mann in Schwarz war ihm näher. Der Revolvermann nickte ein.

Als er aufwachte, war es fast dunkel, und der Junge war fort.

Der Revolvermann stand auf, wobei er seine Gelenke knacken hörte, und ging zur Stalltür. Auf der Veranda des Gasthauses tanzte eine winzige Flamme in der Dunkelheit. Er schritt darauf zu, und sein Schatten war lang und schwarz und folgte ihm im ockerfarbenen Licht des Sonnenuntergangs.

Jake saß neben einer Petroleumlampe. »Das Öl war in einem Faß«, sagte er, »aber ich hatte Angst davor, es im Haus anzuzünden. Es ist alles so trocken ...«

»Das hast du richtig gemacht.« Der Revolvermann setzte sich; er sah den Staub der Jahre, der um seinen Körper herum emporstob, dachte aber nicht darüber nach. Die Flamme der Lampe zeigte das Gesicht des Jungen in feinen Schattierungen. Der Revolvermann holte den Tabaksbeutel heraus und drehte eine Zigarette. »Wir müssen miteinander reden«, sagte er.

Jake nickte.

»Du wirst wahrscheinlich wissen, daß ich hinter dem Mann her bin, den du gesehen hast.«

»Wirst du ihn umbringen?«

»Ich weiß nicht. Ich muß ihn dazu bringen, mir etwas zu sagen. Ich werde ihn dazu zwingen müssen, mich irgendwo hinzubringen.«

»Wohin?«

»Zu einem Turm«, sagte der Revolvermann. Er hielt die Zigarette über den Kegel der Lampe und zog daran; der Rauch wehte mit dem aufkommenden Nachtwind davon. Jake sah ihm nach. Sein Gesicht zeigte weder Angst noch Neugier, aber auch eindeutig keine Begeisterung.

»Ich werde morgen weiterziehen«, sagte der Revolvermann. »Du wirst mich begleiten müssen. Wieviel Fleisch ist noch da?«

»Nur eine Handvoll.«

»Getreide?«

»Ein wenig.«

Der Revolvermann nickte. »Gibt es einen Keller?«

»Ja.« Jake sah ihn an. Die Pupillen seiner Augen waren zu gewaltiger, zerbrechlicher Größe angeschwollen. »Man muß an dem Ring im Fußboden ziehen, aber ich bin nicht nach unten gegangen. Ich hatte Angst, die Leiter würde brechen und ich könnte nicht mehr nach oben. Außerdem riecht es schlecht. Es ist der einzige Raum hier, wo es riecht.«

»Wir stehen früh auf und schauen nach, ob sich dort unten etwas befindet, das sich mitzunehmen lohnt. Dann machen wir uns aus dem Staub.«

»In Ordnung.« Der Junge machte eine Pause, dann sagte er: »Ich bin froh, daß ich dich nicht getötet habe, als du geschlafen hast. Ich hatte eine Gabel und dachte daran, es zu tun. Aber ich habe es nicht getan, und jetzt werde ich keine Angst mehr vor dem Einschlafen haben müssen.«

»Wovor hast du denn Angst?«

Der Junge sah ihn geheimnisvoll an. »Gespenster. Daß *er* zurückkommen könnte.«

»Der Mann in Schwarz«, sagte der Revolvermann. Es war keine Frage.

»Ja. Ist er ein böser Mensch?«

»Das kommt auf den eigenen Standpunkt an«, sagte der Revolvermann abwesend. Er stand auf und trat seine Zigarette auf der Kruste aus. »Ich gehe schlafen.«

Der Junge sah ihn schüchtern an. »Kann ich bei dir im Stall schlafen?«

»Aber sicher.«

Der Revolvermann stand auf den Stufen und sah nach oben, und der Junge kam zu ihm. Der Polarstern war zu sehen, und der Mars. Dem Revolvermann war, als könnte er die Augen schließen und das erste Krächzen der Singvögel des Frühlings hören, den grünen und beinahe sommerlichen Geruch des Rasens nach dem ersten Mähen riechen (und möglicherweise das lässige Klicken von Krocketbällen hören, während die Damen vom Ostflügel, die in der dem Dunkel entgegenfunkelnden Dämmerung lediglich ihre Leibchen anhatten, um Punkte spielten), als könnte er beinahe Aileen sehen, die durch die Lücke in den Hecken kam ...

Es paßte gar nicht zu ihm, daß er so sehr an die Vergangenheit dachte.

Er drehte sich um und ergriff die Lampe. »Gehen wir schlafen«, sagte er. Sie gingen gemeinsam zum Stall.

Am nächsten Morgen erforschte er den Keller.

Jake hatte recht; er roch übel. Er hatte einen feuchten, sumpfigen Geruch, der den Revolvermann nach der antiseptischen Geruchlosigkeit der Wüste und des Stalls mit Übelkeit und einem Schwindelgefühl erfüllte. Der Keller roch nach Kohl und Rüben und Kartoffeln mit blicklosen Augen, die in ewige Fäulnis übergegangen waren. Die Leiter dagegen machte einen stabilen Eindruck, und er stieg hinunter.

Der Boden bestand aus gestampfter Erde, und sein Kopf berührte fast die Deckenbalken. Hier unten existierten noch Spinnen, beängstigend große mit graugescheckten Leibern. Viele waren mutiert. Einige hatten Augen auf Stielen, andere bis zu sechzehn Beinen.

Der Revolvermann sah sich um und wartete darauf, daß sich seine Augen an die Dunkelheit gewöhnten.

»Alles klar?« rief Jake nervös herunter.

»Ja.« Er konzentrierte sich auf eine Ecke. »Warte. Hier sind Dosen.«

Er ging mit eingezogenem Kopf vorsichtig in die Ecke. Dort stand ein alter Karton mit einer heruntergeklappten Seite. Bei den Dosen handelte es sich um Gemüsekonserven – grüne Bohnen, weiße Bohnen ... und drei Dosen Corned beef.

Er nahm einen Arm voll und ging zur Leiter zurück. Er stieg halb hinauf und reichte sie Jake, der sich niederkniete, um sie entgegenzunehmen. Dann ging er weitere holen.

Beim dritten Mal hörte er das Stöhnen im Fundament.

Er drehte sich um, spähte um sich und spürte ein traumähnliches Entsetzen über sich hinwegbranden, ein Gefühl, das erregend und abstoßend zugleich war, wie Sex im Wasser – ein Ertrinken in einem anderen.

Das Fundament bestand aus riesigen Sandsteinquadern, die wahrscheinlich gleichmäßig ausgerichtet gewesen waren, als das Rasthaus erbaut wurde, die aber inzwischen zu trunkenen, unebenmäßigen Winkeln verrutscht waren. Die Mauer sah aus, als wäre sie mit seltsamen, mäandernden Hieroglyphen überzogen. An einer Nahtstelle von zwei dieser zickzackförmigen Fugen rann ein dünner Strom Sand herab, als würde sich jemand auf der anderen Seite mit sabbernder, schmerzhafter Anstrengung durchgraben.

Das Stöhnen schwoll an und ab, es wurde lauter, bis der ganze Keller davon erfüllt zu sein schien, ein abstraktes Geräusch stechender Schmerzen und äußerster Anstrengung.

»Komm herauf!« kreischte Jake. »O Jesus, Mister, komm herauf!«

»Geh weg«, sagte der Revolvermann ruhig.

*»Komm herauf!«* kreischte Jake noch einmal.

Der Revolvermann antwortete nicht. Er griff mit der rechten Hand zum Gurt.

Jetzt war ein Loch in der Mauer; ein Loch, das so groß wie eine Münze war. Er konnte durch den Vorhang seines eigenen Entsetzens Jakes stampfende Füße hören, als der Junge weglief. Dann versiegte das Rieseln des Sandes. Das Stöhnen hörte auf, dafür konnte man das Geräusch unablässigen, keuchenden Atmens vernehmen.

»Wer bist du?« fragte der Revolvermann. Keine Antwort.

Dann nahm seine Stimme den alten donnernden Befehlston an, und Roland verlangte in der Hochsprache zu wissen: »Wer bist du, Dämon? Sprich, wenn du sprechen willst. Meine Zeit ist knapp; meine Hände werden ungeduldig.«

»Mach langsam«, sagte eine schleppende, rauhe Stimme in der Mauer. Der Revolvermann spürte, wie das traumgleiche Entsetzen tiefer und beinahe greifbar wurde. Es war die Stimme von Alice, der Frau, bei der er in der Stadt Tull gewohnt hatte. Aber sie war tot; er hatte sie selbst mit einem Einschußloch zwischen den Augen niedersinken sehen. Abwärts sinkende Fäden schienen vor seinen Augen zu schwimmen. »Sei vorsichtig am Paß, Revolvermann. Solange du mit dem Jungen unterwegs bist, hat der Mann in Schwarz deine Seele in der Tasche.«

»Was meinst du damit? Sprich weiter!«

Aber das Atmen hatte aufgehört.

Der Revolvermann stand einen Augenblick erstarrt da, dann ließ sich eine der großen Spinnen auf seinen Arm herab und krabbelte hektisch zur Schulter hinauf. Er wischte sie mit einem unwillkürlichen Grunzen fort und setzte sich in Bewegung. Er wollte es nicht tun, aber der Brauch war strikt und unübertretbar. Tod von den Toten, wie das alte Sprichwort sagte; nur ein Leichnam darf sprechen. Er ging zu dem Loch und stieß dagegen. Der Sandstein bröckelte an den Rändern ohne Anstrengung ab, und er stieß die Hand durch die Mauer, ohne dabei die Muskeln sonderlich anstrengen zu müssen. Und berührte etwas Festes mit vorstehenden und verwitterten Erhebungen. Er zog es heraus. Er hielt einen an einem Gelenk verfaulten Kieferknochen in der Hand. Die Zähne standen hierhin und dorthin.

»Nun gut«, sagte er leise. Er schob ihn grob in die Rückentasche und ging zur Leiter zurück, wo er die letzten Dosen linkisch hochtrug. Er ließ die Falltür offen. Die Sonne würde hereinscheinen und die Spinnen töten.

Jake hatte den Stallhof zur Hälfte durchquert und kauerte auf der rissigen, körnigen Kruste. Er schrie, als er den Revolvermann sah, wich einen Schritt zurück und lief dann weinend auf ihn zu »Ich dachte, es hätte dich erwischt, es hätte dich erwischt, ich dachte, es hätte dich ...«

»Nein.« Er hielt den Jungen an sich und spürte das Gesicht heiß an seiner Brust, die Hände trocken auf dem Brustkasten. Später dachte er, daß er hier angefangen hatte, den Jungen liebzugewinnen – und natürlich mußte der Mann in Schwarz das alles die ganze Zeit geplant haben.

»War es ein Dämon?« Die Stimme klang erstickt.

»Ja. Ein sprechender Dämon Wir müssen aber nicht mehr dorthin zurück. Komm mit.«

Sie gingen in den Stall, und der Revolvermann machte aus der Decke, unter der er geschlafen hatte, einen behelfsmäßigen Rucksack – sie war warm und kratzte, aber er hatte nichts anderes. Nachdem er das getan hatte, füllte er die Wasserschläuche an der Pumpe.

»Du trägst einen der Wasserschläuche«, sagte der Revolvermann. »Nimm ihn über die Schultern – wie ein Fakir seine Schlange trägt. Siehst du?«

»Ja.« Der Junge sah voller Verehrung zu ihm auf. Er hob einen der Wasserschläuche auf.

»Zu schwer?«

»Nein. Prima.«

»Sag mir jetzt die Wahrheit. Ich kann dich nicht tragen, wenn du einen Hitzschlag bekommst.«

»Ich bekomme keinen Hitzschlag. Alles in Ordnung.« Der Revolvermann nickte.

»Wir gehen zu den Bergen, nicht?«

»Ja.«

Sie traten hinaus in die unbarmherzig sengende Sonne. Jake, dessen Kopf sich auf Höhe der Ellbogen des Revolvermannes befand, ging ein Stück voraus und rechts von ihm, die wildlederverstärkten Ecken des Wasserschlauchs hingen ihm fast bis zu den Schienbeinen herab. Der Revolvermann trug zwei Wasserschläuche überkreuzt auf dem Rücken und die Schlinge mit den Konserven unter der Achselhöhle, sein linker Arm drückte sie an den Körper.

Sie schritten durch das gegenüberliegende Tor des Rasthofs und fanden die verwehte Spur der Kutschenroute wieder. Sie waren vielleicht fünfzehn Minuten gegangen, als Jake sich umdrehte und den beiden Gebäuden zuwinkte. Sie schienen sich im gewaltigen Raum der Wüste niederzukauern.

»Lebt wohl!« rief Jake. »Lebt wohl!«

Sie schritten aus. Der Kutschenweg führte um eine

festgebackene Sandmoräne herum, und als sich der Revolvermann umdrehte, war das Rasthaus verschwunden. Wieder einmal war die Wüste um ihn herum, und ausschließlich sie.

Das Rasthaus lag drei Tage hinter ihnen; die Berge waren jetzt trügerisch deutlich. Sie konnten sehen, wie die Wüste in Vorgebirge überging, die ersten kahlen Hänge, das Urgestein, das voll dumpfem, erodiertem Triumph aus der Erde emporwuchs. Weiter oben stieg das Land wieder sanfter an, und der Revolvermann konnte zum ersten Mal seit Monaten oder Jahren Grün sehen – echtes, lebendes Grün. Gras, Zwergkiefern, vielleicht sogar Weiden, die alle von der Schneeschmelze weiter oben am Leben erhalten wurden. Dahinter freilich begann erneut die Vorherrschaft der Felsen, die mit zyklopenhafter, kunterbunter Pracht bis zu den gleißenden Schneekappen anstiegen. Links wies eine gewaltige Kluft den Weg zu den kleineren, erodierten Sandsteinfelsen und Hochebenen und Klippen auf der anderen Seite. Dieser Einschnitt wurde von der fast unablässigen grauen Membran von Regenschauern verhüllt. Abends saß Jake die wenigen Minuten, bevor er einschlief, fasziniert da und betrachtete den gleißenden Schwertkampf der fernen weißen und purpurnen Blitze, die in der Klarheit der Nachtluft erstaunlich aussahen.

Sie kamen in regelmäßigen Abschnitten an den symmetrischen Überresten der Lagerfeuer des Mannes in Schwarz vorbei, und der Revolvermann hatte den Eindruck, daß diese Überbleibsel nun viel frischer waren. In der dritten Nacht war der Revolvermann sicher, daß er den fernen Widerschein eines anderen Lagerfeuers irgendwo in den ansteigenden Hängen des Vorgebirges erkennen konnte.

Am vierten Tag ihres Aufbruchs vom Rasthaus strauchelte Jake gegen zwei Uhr und wäre um ein Haar gestürzt.

»Halt, setz dich hin«, sagte der Revolvermann.

»Nein, alles in Ordnung.«

»Setz dich.«

Der Junge setzte sich gehorsam. Der Revolvermann kauerte sich dicht neben ihm nieder, so daß Jake in seinem Schatten saß.

»Trink.« – »Ich soll erst wieder, wenn ...« – »Trink.«

Der Junge trank drei Schluck. Der Revolvermann machte einen Zipfel der Decke naß, die schon deutlich leichter geworden war, und legte dem Jungen den feuchten Stoff auf Handgelenke und Stirn, die fiebrig trocken waren.

»Von jetzt an machen wir jeden Nachmittag um diese Zeit Rast. Fünfzehn Minuten. Möchtest du schlafen?«

»Nein.« Der Junge sah ihn beschämt an. Der Revolvermann erwiderte den Blick ausdruckslos. Er holte geistesabwesend eine Patrone aus dem Gurt und wirbelte sie zwischen den Fingern. Der Junge sah ihm fasziniert zu.

»Das ist gut«, sagte er.

Der Revolvermann nickte. »Auf jeden Fall.« Er machte eine Pause. »Als ich in deinem Alter war, wohnte ich in einer befestigten Stadt, habe ich dir das schon gesagt?«

Der Junge schüttelte schläfrig den Kopf. »Doch, doch. Und dort war ein böser Mann …«

»Der Priester?«

»Nein«, sagte der Revolvermann, »aber ich glaube inzwischen, daß die beiden irgendwie verwandt waren. Vielleicht sogar Halbbrüder. Marten war ein Zauberer … wie Merlin. Erzählt man sich dort, wo du herkommst, von Merlin?«

»Merlin und Arthur und die Ritter der Tafelrunde«, sagte Jake verträumt.

Der Revolvermann spürte, wie ihn eine garstige Regung durchlief. »Ja«, sagte er. »Ich war sehr jung.«

Aber der Junge war eingeschlafen, er saß aufrecht und hatte die Hände ordentlich im Schoß gefaltet.

»Wenn ich mit den Fingern schnippe, wirst du aufwachen. Du wirst ausgeruht und erfrischt sein. Hast du verstanden?«

»Ja.«

»Dann leg dich hin.«

Der Revolvermann holte Tabak aus dem Beutel und drehte sich eine Zigarette. Etwas fehlte. Er suchte auf seine sorgfältige, gründliche Art danach und fand es. Was fehlte war das Gefühl der Eile, das ihn fast in den Wahnsinn getrieben hatte, das Gefühl, daß er jeden Augenblick zurückgelassen werden konnte, daß die Fährte abreißen und er mit einem abgerissenen Stück Schnur zurückbleiben würde. Das alles war jetzt verschwunden, und der Revolvermann kam allmählich zu der Überzeugung, daß der Mann in Schwarz erwischt werden wollte.

Was würde dann werden?

Die Frage war zu unbestimmt, sein Interesse zu

wecken. Cuthbert hätte Interesse daran gehabt, großes Interesse, aber Cuthbert war nicht mehr, und der Revolvermann konnte nur auf die Weise weitermachen, die er kannte.

Er sah den Jungen an, während er rauchte, und sein Verstand wanderte zu Cuthbert zurück, der stets gelacht hatte – er war sogar lachend in den Tod gegangen –, und zu Cort, der niemals gelacht hatte, und zu Marten, der manchmal gelächelt hatte – ein dünnes, stummes Lächeln, das seinen ureigenen beängstigenden Schimmer gehabt hatte ... gleich einem Auge, das sich in der Nacht öffnet und Blut offenbart. Und dann war da natürlich noch der Falke gewesen. Der Falke hieß David, nach der Legende von dem Jungen mit der Schleuder. Er war ziemlich sicher, daß David lediglich das Bedürfnis nach Mord, Gemetzel und Schrecken zu verbreiten wußte. David war, wie der Revolvermann auch, kein Dilettant; er spielte eine zentrale Rolle auf dem Spielfeld.

Doch in letzter Instanz war David, der Falke, Marten wahrscheinlich näher gewesen als sonst jemand ... und seine Mutter, Gabrielle, hatte das wahrscheinlich gewußt.

Der Magen des Revolvermannes schien schmerzhaft gegen sein Herz zu drücken, aber sein Gesichtsausdruck veränderte sich nicht. Er sah dem Zigarettenrauch nach, der in die heiße Wüstenluft emporstieg und verschwand, und seine Gedanken wanderten in die Vergangenheit zurück.

## 2

Der Himmel war weiß, makellos weiß, und der Geruch von Regen hing in der Luft. Der Geruch der Hecken und des wachsenden Grüns war stark und süß. Es war Frühling.

David saß auf Cuthberts Arm, eine kleine Kampfmaschine mit strahlend goldenen Augen, die ins Nichts hinaussahen. Die Wildlederleine, mit der seine Beine gefesselt waren, war sorglos um Cuthberts Arm geschlungen.

Cort stand abseits von den beiden Jungen, eine schweigsame Gestalt in geflickten Lederhosen und einem grünen Baumwollhemd, das von seinem alten, breiten Infanteriegürtel gehalten wurde.

Das Grün seines Hemdes verschmolz mit den Hecken und den wogenden Rasenflächen der Gärten, wo die Damen noch nicht angefangen hatten, um Punkte zu spielen.

»Mach dich bereit«, flüsterte Roland Cuthbert zu.

»Wir sind bereit«, sagte Cuthbert zuversichtlich. »Oder etwa nicht, Davey?«

Sie sprachen die Niedersprache, die Sprache von Küchenjungen und Landjunkern; der Tag, da ihnen gestattet werden würde, in Gegenwart anderer ihre eigene Sprache zu sprechen, war noch in weiter Ferne. »Es ist ein schöner Tag dafür. Kannst du den Regen riechen? Es ist...«

Cort hob völlig unvermittelt den Käfig an seiner Seite und machte die Klappe auf. Die Taube flog heraus und strebte mit raschen, flatternden Flügelschlägen himmelwärts. Cuthbert zog an der Leine, doch er war langsam; der Falke war bereits hochgeflogen, und sein Start war linkisch. Der Falke korrigierte mit einem raschen Flügelschlag. Er schoß in die Höhe, höher als die Taube, er war schnell wie eine Kugel.

Cort kam wie beiläufig zu den beiden Jungen herüber und schwang seine gewaltige Faust nach Cuthberts Ohr. Der Junge kippte ohne einen Laut um, wenngleich er die Lippen über das Zahnfleisch hochzog. Blut troff langsam aus seinem Ohr auf das saftige grüne Gras.

»Du warst langsam«, sagte er.

Cuthbert bemühte sich, auf die Beine zu kommen. »Tut mit leid, Cort. Es ist nur, ich ...« – Cort schlug wieder zu, und Cuthbert stürzte wieder. Nun floß das Blut schneller.

»Sprich die Hochsprache«, sagte er leise. Seine Stimme klang tonlos und vom Trinken ein wenig rauh. »Sprich deinen Akt der Reue in der Sprache der Zivilisation, für die bessere Männer gestorben sind, als du je einer sein wirst, Wurm.«

Cuthbert stand wieder auf. Glitzernde Tränen standen in seinen Augen, aber seine Lippen waren fest zu einer schmalen Linie des Hasses zusammengepreßt, die nicht zitterte.

»Ich bedauere«, sagte Cuthbert mit einer Stimme atemloser Selbstbeherrschung. »Ich habe das Antlitz meines Vaters vergessen, dessen Revolver ich eines Tages zu tragen hoffe.«

»Ganz recht, Balg«, sagte Cort. »Du wirst darüber nachdenken, was du falsch gemacht hast, und dein Nachdenken durch Hunger unterstützen. Kein Abendessen. Kein Frühstück.«

»Seht!« rief Roland. Er deutete nach oben.

Der Falke war jetzt über der fliegenden Taube. Er schwebte einen Augenblick mit ausgestreckten, muskulösen Schwingen reglos in der ruhigen, weißen Frühlingsluft. Dann legte er die Flügel an und stieß wie ein Stein herab. Die beiden Vögel prallten zusammen, und Roland bildete sich einen Augenblick ein, er könnte Blut in der Luft sehen ... aber das konnte er sich auch nur eingebildet haben. Der Falke stieß einen kurzen Triumphschrei aus. Die Taube flatterte wirbelnd zu Boden, und Roland lief auf die Stelle zu, wo der Vogel landete, und ließ Cort und den gezüchtigten Cuthbert hinter sich zurück.

Der Falke war neben seiner Beute gelandet und hackte selbstgefällig in die weiße Brust. Ein paar Federn schwebten langsam herab.

»David!« rief der Junge und warf dem Falken ein Stück Kaninchenfleisch aus seinem Beutel zu. Der Falke fing es im Flug auf und verschlang es, indem er Kopf und Hals aufwärts reckte, und Roland versuchte, den Vogel wieder an die Leine zu nehmen.

Der Falke wirbelte beinahe gleichgültig herum und riß einen langen, baumelnden Hautfetzen aus Rolands Arm. Dann machte er sich wieder über seine Mahlzeit her.

Roland formte die Leine mit einem schmerzerfüllten Stöhnen wieder zu einer Schlinge, und dieses Mal wehrte er Davids herabstoßenden, messerscharfen Schnabel mit dem Lederhandschuh ab, den er trug. Er gab dem Falken noch ein Stück Fleisch und streifte ihm die Haube über. David kletterte lammfromm auf sein Handgelenk.

Er stand stolz da und hielt den Falken auf dem Arm.

»Was ist das?« fragte Cort und deutete auf die blutende Wunde an Rolands Unterarm. Der Junge wappnete sich für den Schlag und preßte die Lippen zusammen, damit er nicht schrie, aber es kam kein Schlag.

»Er hat nach mir gepickt«, sagte Roland.

»Du hast ihn gereizt«, sagte Cort. »Der Falke hat keine Angst vor dir, Junge, und der Falke wird nie welche haben. Der Falke ist Gottes Revolvermann.«

Roland sah Cort nur an. Er war kein Junge mit viel Fantasie, und wenn Cort ihm eine Moral hatte vermitteln wollen, so verstand er sie nicht; er war so pragmatisch zu glauben, daß dies eine der wenigen albernen Bemerkungen war, die er Cort jemals hatte von sich geben hören.

Cuthbert kam von hinten näher und streckte Cort hinter dessen Rücken sicher die Zunge heraus. Roland lächelte nicht, sondern nickte ihm zu.

»Geht jetzt«, sagte Cort und nahm den Falken. Er deutete auf Cuthbert. »Aber vergiß nicht dein Nachdenken, Wurm. Und dein Fasten. Heute abend und morgen früh.«

»Ja«, sagte Cuthbert nun steif und förmlich. »Danke für diesen lehrreichen Tag.«

»Du lernst«, sagte Cuthbert, »aber deine Zunge hat die schlechte Angewohnheit, aus deinem dummen Mund herauszuhängen, wenn dir dein Lehrmeister den Rücken zugewendet hat. Vielleicht wird der Tag kommen, da du und sie lernen, wohin ihr beide gehört.« Er schlug Cuthbert erneut, diesesmal direkt zwischen die Augen und so heftig, daß Roland das dumpfe Plumpsen hören konnte – das Geräusch, das der Hammer erzeugt, wenn ein Küchenjunge ein Faß Bier anzapft. Cuthbert fiel rückwärts auf den Rasen, und seine Augen waren anfangs umwölkt und benommen. Dann klärten sie sich, und er sah brennend zu Cort auf, sein Haß war unverhohlen, und in der Mitte eines jeden Auges leuchtete ein Stecknadelkopf, der so hell war wie das Blut der Taube.

Cuthbert nickte und verzog die Lippen zu einem so furchteinflößenden Lächeln, wie Roland es noch niemals gesehen hatte.

»Dann gibt es noch Hoffnung für dich«, sagte Cort. »Wenn du der Meinung bist, daß du es kannst, dann komm zu mir, Wurm.«

»Woher habt Ihr es gewußt?« sagte Cuthbert zwischen zusammengebissenen Zähnen hervor.

Cort drehte sich so heftig zu Roland herum, daß dieser um ein Haar einen Schritt zurückgewichen wäre – und dann hätten sie beide auf dem Gras gelegen und das frische Grün mit ihrem Blut verziert. »Ich sah dein Spiegelbild in den Augen dieses Wurms«, sagte er. »Vergiß das nicht, Cuthbert. Die letzte Lektion des heutigen Tages.«

Cuthbert nickte noch einmal, und er hatte immer noch dieses furchteinflößende Lächeln im Gesicht. »Ich bedauere«, sagte er. »Ich habe das Antlitz ...«

»Laß diesen Mist«, sagte Cort, der das Interesse verloren hatte. Er wandte sich an Roland. »Geht jetzt. Wenn ich eure dummen Wurmgesichter noch länger ansehen muß, kotze ich mir die Gedärme heraus.«

»Komm«, sagte Roland.

Cuthbert schüttelte den Kopf, um ihn zu klären, und stand auf. Cort schritt bereits mit seinem ausgreifenden, o-beinigen Gang den Hügel hinab, er sah mächtig und irgendwie prähistorisch aus. Die rasierte und polierte Fläche auf seinem Kopf ragte hinter einer Schräge auf, verschwand.

»Ich werde den Hurensohn umbringen«, sagte Cuthbert immer noch lächelnd. Auf seiner Stirn wuchs auf geheimnisvolle Weise eine große purpurne, knotige Beule.

»Du nicht und ich nicht«, sagte Roland und fing plötzlich auch an zu grinsen. »Du kannst mit mir zusammen in der Westküche essen. Der Koch wird uns etwas geben.«

»Er wird es Cort sagen.«

»Er ist kein Freund von Cort«, sagte Roland und zuckte die Achseln. »Und wenn schon?«

Cuthbert grinste zurück. »Klar. Sicher. Ich wollte schon immer wissen, wie die Welt aussieht, wenn man den Kopf verkehrt herum und auf den Rücken gedreht auf den Schultern trägt.«

Sie gingen gemeinsam über den grünen Rasen zurück und warfen Schatten im milden weißen Frühlingslicht.

Der Koch in der Westküche hieß Hax. Er war ein Riese in weißer Kleidung voller Essensflecken, ein Mann mit der Gesichtsfarbe von Rohöl, dessen Herkunft ein Viertel schwarz, ein Viertel gelb, ein Viertel von den heute fast vergessenen südlichen Inseln (die Welt hatte sich weitergedreht) und ein Viertel Gott weiß was war. Er schlurfte in seinen großen, kalifenähnlichen Hausschuhen wie ein Traktor im ersten Gang durch drei Räume mit hohen Decken, die voller Dampf waren. Er gehörte zu jenen seltenen Erwachsenen, die mit Kindern ganz gut zurechtkommen und sie alle gleich gern haben – nicht auf eine überzuckerte Weise, sondern auf eine geschäftsmäßige Art, zu der manchmal eine Umarmung gehört, so wie ein Handschlag zum Abschluß eines guten Geschäfts. Er hatte sogar die Jungen gern, die die Ausbildung angefangen hatten, auch wenn diese anders als andere Kinder waren – nicht immer überschwenglich und irgendwie gefährlich, nicht so wie Erwachsene, sondern vielmehr, als wären sie gewöhnliche Kinder mit einer Spur Wahnsinn –, und Cuthbert war nicht der erste Schüler von Cort, dem er heimlich zu essen gegeben hatte. In diesem Augenblick stand er vor seinem riesigen, üppigen Elektroherd – einem von insgesamt sechs noch funktionierenden Geräten auf dem Anwesen. Dies war sein persönliches Reich, und hier stand er und sah den beiden Jungen zu, wie sie die Fleischstücke in Soße hinunterschlangen, die er für sie gemacht hatte. Hinter ihm, vor ihm und rings um ihn herum huschten Küchenjungen, Dienstboten und verschiedene Unterlinge durch die schäumende, feuchte Luft, klapperten mit Pfannen, rührten Eintopfgerichte um und verrichteten in anderen Ecken Sklavenarbeit über Kartoffeln und Gemüse. In einem spärlich erleuchteten Alkoven der Küche verteilte eine Putzfrau mit teigigem, kläglichem Gesicht und von einem Lappen zusammengehaltenem Haar mit einem Mop Wasser auf dem Fußboden.

Ein Küchenjunge kam mit einem Wachsoldaten im Schlepptau herein. »Dieser Mann will was von dir, Hax.«

»Gut.« Hax nickte dem Wachsoldaten zu, dieser erwiderte das Nicken. »Jungs«, sagte er. »Geht rüber zu Maggie, sie wird jedem ein Stück Kuchen geben. Und dann zieht Leine.«

Sie nickten und gingen zu Maggie, die ihnen riesige Kuchenstücke auf Tellern reichte ... aber vorsichtig, als wären sie wilde Hunde, die sie beißen könnten.

»Essen wir sie auf der Treppe«, sagte Cuthbert.

»Einverstanden.«

Sie setzten sich hinter eine breite, schwitzende Steinsäule, wo sie aus der Küche nicht zu sehen waren, und verschlangen den Kuchen mit den Fingern. Augenblicke später sahen sie Schatten auf die gegenüberliegende gekrümmte Wand des breiten Treppenhauses fallen. Roland ergriff Cuthberts Arm. »Komm mit«, sagte er. »Da kommt jemand.« Cuthbert sah auf, sein Gesicht war überrascht und beerenverschmiert.

Aber die Schatten hielten immer noch außerhalb ihres Sehbereichs inne. Es waren Hax und der Wachsoldat. Die Jungen blieben sitzen, wo sie waren. Wenn sie sich jetzt bewegten, konnten sie gehört werden.

» ... der gute Mann«, sagte der Wachsoldat.

»In Farson?«

»In zwei Wochen«, antwortete der Wachsoldat. »Vielleicht dreien. Du mußt mit uns kommen. Es kommt eine Ladung aus dem Frachtdepot ...« Ein besonders lautes Klirren von Töpfen und Pfannen und eine Flut von Schimpfworten für den unglücklichen Küchenjungen, der sie fallengelassen hatte, übertönten den Rest des Gesagten. Schließlich hörten die Jungen den Wachsoldaten schließen: »... vergiftetes Fleisch.«

»Riskant.«

»Frag nicht, was der gute Mann alles für dich tun kann ...«, begann der Wachsoldat.

»... sondern was du für ihn tun kannst«, seufzte Hax. »Frag nicht, Soldat.«

»Du weißt, was es bedeuten könnte«, sagte der Wachsoldat leise.

»Ja. Und ich kenne meine Verantwortung für ihn; du mußt mir keine Moralpredigten halten. Ich habe ihn ebenso gern wie du.«

»Gut. Das Fleisch wird als kurzfristig in deinen Kühlräumen lagerfähig ausgezeichnet sein. Aber du mußt schnell handeln. Das muß dir klar sein.«

»Gibt es in Farson Kinder?« fragte der Koch traurig. Es war eigentlich gar keine Frage.

»Dort sind überall Kinder«, sagte der Wachsoldat sanft. »Uns – und ihm – ist besonders viel an den Kindern gelegen.«

»Vergiftetes Fleisch. Komische Art zu zeigen, wieviel einem an Kindern gelegen ist.« Hax gab ein tiefes, pfeifendes Seufzen von sich. »Werden sie sich krümmen und sich die Bäuche halten und nach ihren Müttern weinen? Ich nehme an, das werden sie.«

»Es wird sein, als würden sie einschlafen«, sagte der Wachsoldat, aber seine Stimme klang zu überzeugt vernünftig.

»Gewiß«, sagte Hax und lachte.

»Du hast selbst gesagt, ›Frag nicht, Soldat.‹ Gefällt es dir, Kinder unter der Herrschaft des Revolvers zu sehen, wo sie doch unter seinen Händen sein könnten, der den Löwen dazu bringt, sich friedlich neben das Lamm zu legen?«

Hax antwortete nicht.

»Mein Wachdienst beginnt in zwanzig Minuten«, sagte der Wachsoldat, dessen Stimme wieder gelassen klang. »Gib mir eine Hammelkeule, und ich werde eines deiner Mädchen kneifen, daß sie kichert. Wenn ich gehe ...«

»Mein Hammel wird dir keine Magenkrämpfe verursachen, Robeson.«

»Wirst du ...« Aber die Schatten entfernten sich, die Stimmen waren nicht mehr zu verstehen.

Ich hätte sie töten können, dachte Roland starr und fasziniert. Ich hätte sie beide mit einem Messer töten, ihre Kehlen wie die von Schweinen durchschneiden können. Er sah auf seine Hände, die nun von Soße und Beeren und vom Schmutz der Lektionen des Tages verschmiert waren.

»Roland.«

Er betrachtete Cuthbert. Sie sahen einander im wohlriechenden Halbdunkel einen langen Augenblick an, und ein Geschmack warmer Verzweiflung stieg in Rolands Hals empor. Seine Empfindungen hätten eine Art Tod sein können – etwas so Brutales und Endgültiges wie der Tod der Taube am weißen Himmel über dem Spielfeld. Hax? dachte er bestürzt. Hax, der mir damals einen Umschlag ums Bein gemacht hat? *Hax?* Dann schlug sein Verstand zu und sperrte den Gedanken aus.

In Cuthberts humorvollem, intelligentem Gesicht sah er nichts – absolut nichts. In Cuthberts nüchternen Augen stand Hax' Untergang zu lesen. In Cuthberts Augen war es schon vorbei. Er hatte ihnen zu essen gegeben, und sie waren zur Treppe gegangen, um zu essen, und dann hatte Hax den Wachsoldaten namens Robeson zu ihrem kleinen verräterischen *tête à ête* in die falsche Ecke der Küche gebracht. Das war alles. In Cuthberts Augen sah Roland, daß Hax für seinen Verrat sterben würde wie eine Natter in der Grube stirbt. Das, und nichts anderes. Überhaupt nichts.

Es waren die Augen eines Revolvermannes.

Rolands Vater war gerade aus dem Hochland zurückgekehrt und wirkte inmitten der Vorhänge und Chifonverzierungen der Hauptempfangshalle, zu der der Junge erst vor kurzem als Zeichen seiner Ausbildung Zutritt erlangt hatte, fehl am Platze. Sein Vater trug schwarze Jeans und ein blaues Arbeitshemd. Seinen staubigen und schmutzigen und an einer Stelle bis zum Futter aufgerissenen Mantel hatte er achtlos über die Schulter geworfen, ohne sich darum zu kümmern, in welch schroffem Gegensatz er zur Eleganz des Raumes stand. Er war zum Verzweifeln mager, und der dichte Schnurrbart unter der Nase schien seinen Kopf nach vorne zu ziehen, während er auf seinen Sohn hinabsah. Die Revolver im kreuzförmig über die Hüfte geschnallten Gurt hingen genau in Reichweite seiner Hände, die abgenutzten Sandelholzgriffe sahen im trüben Licht des Zimmers stumpf und schläfrig aus.

»Der Chefkoch«, sagte sein Vater leise. »Das muß man sich vorstellen! Die Gleise, die im Hochlandbahnhof gesprengt wurden. Das tote Vieh in Hendrickson. Und vielleicht sogar ... Das muß man sich vorstellen! Das muß man sich vorstellen!«

Er sah seinen Sohn genauer an. »Es zerfrißt dich.«

»Wie der Falke«, sagte Roland. »Der zerfrißt einen.« Er lachte – aber nicht, weil die Situation komisch war, sondern weil der Vergleich so zutreffend war.

Sein Vater lächelte.

»Ja«, sagte Roland. »Ich glaube ... es zerfrißt mich.«

»Cuthbert war bei dir«, sagte sein Vater. »Er wird es seinem Vater mittlerweile auch erzählt haben.«

»Ja.«

»Er hat euch zu essen gegeben, wenn Cort ...«

»Ja.«

»Und Cuthbert. Was meinst du, ob es ihn auch zerfrißt?«

»Weiß ich nicht.« Ein solcher Vergleich interessierte ihn nicht. Ihm lag nichts daran, ob seine Empfindungen sich mit denen von anderen deckten.

»Es zerfrißt dich, weil du der Meinung bist, daß du getötet hast?«

Roland zuckte verstockt mit den Schultern, und plötzlich fühlte er sich mit dieser Sondierung seiner Motivation überhaupt nicht mehr glücklich.

»Und dennoch hast du es mir gesagt. Warum?«

Der Junge riß die Augen auf. »Wie hätte ich es nicht tun können? Verrat ist ...«

Sein Vater winkte ungehalten mit der Hand. »Wenn du es wegen etwas so Billigem wie einer Schulbuchregel getan hast, dann war es unwürdig. Lieber würde ich ganz Farson vergiftet sehen.«

»Das habe ich nicht getan!« Die Worte sprudelten

mit Macht aus ihm heraus. »Ich wollte ihn umbringen … sie beide! Lügner! Schlangen! Sie …«

»Nur weiter.«

»Sie haben mir weh getan«, endete er trotzig. »Sie haben mir etwas angetan. Haben etwas verändert. Dafür wollte ich sie töten.«

Sein Vater nickte. »Das ist würdig. Nicht moralisch, aber es ist nicht deine Sache, moralisch zu sein. Tatsächlich …« Er betrachtete seinen Sohn. »Moral mag immer außerhalb deines Verständnisses sein. Du bist nicht gewitzt, wie Cuthbert oder der Junge von Wheeler. Das wird dich großartig machen.«

Der Junge, der alles mit Ungeduld gehört hatte, war erfreut und besorgt zugleich. »Er wird …«

»Hängen.«

Der Junge nickte. »Ich möchte es sehen.«

Roland der Ältere warf den Kopf zurück und lachte. »Nicht so großartig wie ich gedacht habe … oder vielleicht einfach nur dumm.« Er klappte den Mund unvermittelt zu. Ein Arm schoß wie ein Blitzschlag hervor und packte den Arm des Jungen schmerzhaft. Er verzog das Gesicht, zuckte aber nicht zurück.

Sein Vater sah ihn unverwandt an, und der Junge hielt dem Blick stand, auch wenn das schwerer war, als dem Falken die Haube aufzuziehen.

»Also gut«, sagte er und drehte sich abrupt um.

»Vater?«

»Was?«

»Weißt du, von wem sie gesprochen haben? Weißt du, wer der gute Mann ist?«

Sein Vater drehte sich um und sah ihn abschätzend an. »Ja. Ich glaube schon.«

»Wenn du ihn fangen würdest«, sagte Roland auf seine nachdenkliche, fast schwerfällige Weise, »würde außer dem Koch niemand ... gehalsbrochen werden.«

Sein Vater lächelte dünn. »Eine Zeitlang vielleicht nicht. Aber früher oder später muß immer einmal jemand gehalsbrochen werden, wie du es so hübsch genannt hast. Das Volk verlangt danach. Wenn es keinen Schurken gibt, dann müssen die Menschen früher oder später einen dazu machen.«

»Ja«, sagte Roland, der das Konzept sofort begriff – und er vergaß es niemals wieder. »Aber wenn du ihn fangen würdest ...«

»Nein«, sagte sein Vater brüsk.

»Warum?«

Einen Augenblick schien sein Vater im Begriff zu sein, es zu sagen, doch dann schluckte er es wieder. »Ich glaube, wir haben für heute lange genug miteinander gesprochen. Geh jetzt von mir.«

Er wollte seinem Vater sagen, daß er sein Versprechen nicht vergessen sollte, wenn der Zeitpunkt gekommen war, da Hax zum Galgen ging, aber er war einfühlsam gegenüber den Stimmungen seines Vaters. Er vermutete, daß sein Vater ficken wollte. Diese Tür schlug er im Geiste rasch zu. Er wußte, daß sein Vater und seine Mutter diese ... diese Sache miteinander machten, und er war hinreichend darüber informiert, wie der Akt tatsächlich vonstatten ging, aber das geistige Bild, welches der Gedanke immer heraufbeschwor, machte ihn unbehaglich und seltsam schuldbewußt zugleich. Einige Jahre später sollte Susan ihm die Geschichte von Ödipus erzählen, und er würde sie mit seiner stillen Nachdenklichkeit verarbeiten und an das seltsame und blutige Dreieck denken, welches von seinem Vater, seiner Mutter und Marten – der in einigen Vierteln als der gute Mann bekannt war – gebildet wurde. Oder vielleicht war es ein Quadrat, wenn man ihn selbst noch mit einbeziehen wollte.

»Gute Nacht, Vater«, sagte Roland.

»Gute Nacht, mein Sohn«, sagte sein Vater geistesabwesend und fing an, sein Hemd aufzuknüpfen. In seinen Gedanken war der Junge bereits gegangen. Wie der Vater, so der Sohn.

Der Galgenberg befand sich an der Straße nach Farson, was sehr poetisch war – Cuthbert hätte es gefallen, aber Roland nicht. Ihm gefiel der wunderbar geheimnisvolle Galgen, der in den strahlendblauen Himmel ragte, eine schwarze und eckige Silhouette, welche die Kutschenstraße überragte.

Die beiden Jungen waren von den morgendlichen Übungen befreit worden – Cort hatte die Anweisungen ihrer Väter mühsam vorgelesen, indem er die Lippen bewegt und an manchen Stellen genickt hatte. Als er mit beiden fertig gewesen war, hatte er zum blauvioletten Himmel der Dämmerung hinaufgesehen und noch einmal genickt. »Wartet hier«, hatte er gesagt und war zu der windschiefen Steinhütte gegangen, die seine Unterkunft war. Er kam mit einem Stück derbem, ungesäuertem Brot zurück, brach es entzwei und gab jedem Jungen eine Hälfte.

»Wenn es vorbei ist, werdet ihr das unter seine Schuhe legen. Macht genau, was ich euch sage, sonst werde ich euch die ganze nächste Woche über windelweich prügeln.«

Sie verstanden erst, als sie dort ankamen, wohin sie beide auf Cuthberts Wallach geritten waren. Sie waren die ersten, zwei Stunden vor allen anderen, und vier Stunden vor dem Hängen, und der Galgenberg war verlassen – abgesehen von Krähen und Raben. Die Vögel waren überall, und sie waren selbstverständlich alle schwarz. Sie saßen lärmend auf dem harten, hervorstehenden Balken, der über die Falltür ragte – der Vorrichtung des Todes. Sie saßen in einer Reihe entlang der Plattform, sie buhlten um die Plätze auf den Stufen.

»Sie lassen sie hier«, murmelte Cuthbert. »Für die Vögel.«

»Gehen wir hinauf«, sagte Roland.

Cuthbert sah ihn mit so etwas wie Entsetzen an. »Glaubst du ...«

Roland unterbrach ihn mit einer Handbewegung. »Wir sind *Jahre* zu früh. Es wird schon niemand kommen.«

»Also gut.«

Sie schritten langsam auf den Galgen zu, und die Vögel flogen indigniert davon, sie keiften und kreisten wie ein Mob wütender, enteigneter Bauern. Vor dem reinen Licht der Dämmerung waren ihre Körper flach und schwarz.

Roland empfand zum ersten Mal das gewaltige Ausmaß seiner Verantwortung in dieser Frage; dieses Holz war nicht edel, kein Bestandteil der ehrfurchtgebietenden Maschinerie der Zivilisation, sondern lediglich krummes Kiefernholz voll weißem Vogelmist. Er war überall – auf der Treppe, dem Geländer, der Plattform –, und er stank.

Der Junge drehte sich mit aufgerissenen, schreckgeweiteten Augen zu Cuthbert um und sah, daß Cuthbert ihn mit demselben Ausdruck ansah.

»Ich kann nicht«, flüsterte Cuthbert. »Ich kann nicht zusehen.«

Roland schüttelte langsam den Kopf. Dies war eine Lektion, das war ihm klargeworden, nichts Strahlendes, sondern etwas Altes, Rostiges und Mißgestaltetes. Darum hatten ihre Väter sie herkommen lassen. Und Roland legte mit seiner gewohnten störrischen und unartikulierten Schwerfälligkeit die geistigen Hände auf das, was immer es sein mochte.

»Du kannst es, Bert.«

»Ich werde heute nacht kein Auge zutun.«

»Dann wirst du es eben nicht tun«, sagte Roland, der nicht einsah, was das damit zu tun hatte.

Plötzlich ergriff Cuthbert Rolands Hand und sah ihn voll so stummem Leid an, daß Rolands eigene Zweifel zurückkehrten und er sich inbrünstig wünschte, sie wären in jener Nacht nicht in die Westküche gegangen. Sein Vater hatte recht gehabt. Besser jeder Mann, jede Frau und jedes Kind in Farson als das.

Aber um welche Lektion es sich auch handeln mochte, um welches rostige, halb begrabene Ding, er würde es nicht sein lassen oder seinen Griff darum lockern.

»Gehen wir nicht hinauf«, sagte Cuthbert. »Wir haben alles gesehen.«

Und Roland nickte widerwillig und spürte, wie

sich sein Griff um das Ding – was immer es war – lockerte. Er wußte, Cort hätte sie beide umgeschlagen und dann fluchend gezwungen, jeden einzelnen Schritt zu gehen ... und dabei hätten sie das frische Blut die Nasen hochgeschnieft. Cort hätte wahrscheinlich höchstpersönlich einen neuen Strick über den Galgenbaum geworfen und sie gezwungen, auf der Falltür zu stehen, um es zu spüren; und Cort wäre bereit gewesen, sie wieder zu schlagen, sollte einer von ihnen weinen oder die Kontrolle über seine Blase verlieren. Und Cort hätte selbstverständlich recht gehabt. Roland stellte zum ersten Mal fest, daß er seine eigene Kindheit haßte. Er wünschte sich die Größe und die Schwielen und die Sicherheit des Alters.

Bevor er sich abwandte, brach er absichtlich einen Splitter vom Geländer ab und steckte ihn in die Brusttasche.

»Warum hast du das gemacht?« fragte Cuthbert.

Er wollte zu gerne etwas Hochtrabendes antworten: *Oh, das Glück des Galgenbaums ...* aber er sah Cuthbert nur an und schüttelte den Kopf: »Nur damit ich es habe«, sagte er. »Damit ich es immer habe.«

Sie entfernten sich vom Galgen, setzten sich und warteten. Nach etwa einer Stunde fanden sich die ersten ein, größtenteils Familien, die in wackligen Karren und Kutschen gekommen waren und ihr Frühstück dabei hatten – Körbe voll Pfannkuchen, die mit Marmelade aus wilden Erdbeeren gefüllt waren. Roland spürte, wie sein Magen hungrig knurrte, und fragte sich wieder, voller Verzweiflung, wo die Würde und die Erhabenheit waren. Ihm war, als hätte Hax, der in seiner schmutzigen weißen Kleidung in seiner dampfigen unterirdischen Küche herumstolzierte, mehr Würde als die hier. Er betastete den Splitter vom Galgenbaum mit ekelerfüllter Bestürzung. Cuthbert lag neben ihm und wahrte einen gleichgültigen Gesichtsausdruck.

Letztendlich war es gar nicht so schlimm, und Roland war froh darüber. Hax wurde mit einem offenen Wagen hergefahren, aber lediglich seine große Leibesfülle verriet ihn; man hatte ihm ein schwarzes Tuch über den Kopf gehängt. Ein paar warfen Steine, aber die meisten ließen sich nicht bei ihrem Frühstück stören.

Ein Revolvermann, den der Junge nicht kannte (er war froh, daß sein Vater das Los nicht gezogen hatte), führte den dicken Koch wachsam die Stufen hinauf. Zwei Soldaten der Wache waren ihm vorausgegangen und standen auf beiden Seiten der Falltür. Als Hax und der Revolvermann oben angekommen waren, warf der Revolvermann das Seil mit der Schlinge über den Querbalken und legte es dann dem Koch um den Hals, worauf er den Knoten festzog, bis dieser sich direkt unter dem linken Ohr befand. Die Vögel waren alle davongeflogen, aber Roland wußte, daß sie warteten.

»Möchtest du ein Geständnis machen?« fragte der Revolvermann.

»Ich habe nichts zu gestehen«, sagte Hax. Seine Worte waren deutlich vernehmbar, und seine Stimme hatte etwas seltsam Würdevolles, obschon sie von dem Tuch gedämpft wurde, das vor seinem Gesicht hing. Das Tuch flatterte leicht im sanften, angenehmen Wind, der aufgekommen war. »Ich habe das Antlitz meines Vaters nicht vergessen; es hat mich bei allem begleitet.«

Roland betrachtete die Menge genau und war beunruhigt von dem, was er sah – eine Art Sympathie? Vielleicht sogar Bewunderung? Er würde seinen Vater fragen. Wenn Verräter Helden genannt wurden (oder Helden Verräter, mutmaßte er in seiner stirnrunzelnden Art), so mußten dunkle Zeiten gekommen sein. Er wünschte sich, er hätte alles besser verstanden. Er dachte an Cort und das Brot, das Cort ihnen gegeben hatte. Er empfand Verachtung; der Tag würde kommen, da Cort ihm dienen würde. Vielleicht nicht Cuthbert; Cuthbert würde vielleicht unter Corts Trommelfeuer zerbrechen und Page oder Pferdebursche bleiben (oder unendlich viel schlimmer: ein parfümierter Diplomat, der seine Zeit in Empfangszimmern vertrödelte oder in Gegenwart von tatternden Königen oder Prinzen in trügerische Kristallkugeln blickte), aber er nicht. Das wußte er.

»Roland?«

»Ich bin hier.« Er ergriff Cuthberts Hand, und ihre Finger schlossen sich wie Eisen umeinander.

Die Falltür ging auf. Hax stürzte hinab. Und in dem plötzlich eingetretenen Schweigen war ein Laut zu hören: Ein Laut, wie ihn ein explodierender Kiefernknarzen in einer kalten Winternacht im Herd macht.

Aber es war nicht so schlimm. Die Beine des Kochs traten einmal zu einem breiten Y aus; die Menge gab ein zufriedenes Pfeifen von sich; die Wachsoldaten ließen ihre militärische Haltung sein und fingen an, lässig die Sachen einzusammeln. Der Revolvermann ging langsam die Stufen hinunter, stieg auf sein Pferd und ritt davon, wobei er achtlos durch eine Gruppe von Essenden ritt, die auseinander stoben.

Danach löste sich die Menge rasch auf, und nach vierzig Minuten waren die beiden Jungen allein auf dem kleinen Hügel, für den sie sich entschieden hatten. Die Vögel kamen zurück, um ihren neuen Schmaus zu begutachten. Einer ließ sich auf Hax' Schulter nieder, wo er gesellig sitzenblieb und mit dem Schnabel nach dem glitzernden Ring pickte, den Hax stets im rechten Ohr getragen hatte.

»Sieht gar nicht wie er aus«, sagte Cuthbert.

»Doch, das tut er«, sagte Roland überzeugt, während sie mit dem Brot in der Hand zum Galgen gingen. Cuthbert machte einen verlegenen Eindruck.

Sie blieben unter dem Galgenbaum stehen und sahen zu dem baumelnden, kreisenden Leichnam hinauf. Cuthbert streckte eine Hand aus und berührte trotzig einen haarigen Knöchel. Der Leichnam beschrieb eine neue, veränderte Drehbewegung.

Dann brachen sie hastig das Brot und verteilten die Krümel unter den baumelnden Füßen.

Roland sah nur einmal zurück, als sie davonritten. Jetzt hatten sich Tausende Vögel dort eingefunden. Demnach war das Brot – was er nur vage begriff – symbolisch.

»Es war gut«, sagte Cuthbert plötzlich. »Es ... es ... es hat mir gefallen. Wirklich.«

Das schockierte Roland nicht, wenngleich ihm die Vorstellung nicht besonders zugesagt hatte. Aber er dachte, daß er es möglicherweise verstehen konnte.

»Das weiß ich nicht«, sagte er, »aber es war schon was. Ganz sicher.«

Das Land fiel dem guten Mann die nächsten zehn Jahre nicht in die Hände, und zu dieser Zeit war er selbst Revolvermann, sein Vater war tot, er selbst war zum Muttermörder geworden und die Welt hatte sich weiter gedreht.

## 3

»Schau«, sagte Jake und deutete nach oben.

Der Revolvermann sah auf und spürte einen vergessenen Wirbel in seinem Rücken knacken. Sie waren jetzt seit zwei Tagen im Vorgebirge, und die Wasserschläuche waren fast wieder leer, aber das machte jetzt nichts mehr. Bald würden sie mehr Wasser haben, als sie trinken konnten.

Er folgte dem Vektor von Jakes Finger nach oben, vorbei an dem ansteigenden grünen Hang und zu den kahlen und gleißenden Felsen und Schluchten darüber ... bis zur schneebedeckten Kuppe selbst.

Der Revolvermann sah in weiter Ferne den Mann in Schwarz, lediglich als winzigen Punkt (es hätte einer der Splitter sein können, die einem unablässig vor dem Auge tanzen, wäre die konstante Bewegung nicht gewesen), der sich mit tödlicher Entschlossenheit die Hänge hinaufbewegte, eine winzige Fliege auf einer riesigen Granitmauer.

»Ist er das?« fragte Jake.

Der Revolvermann betrachtete den entpersonalisierten Punkt, der seine ferne Akrobatik vollführte, und empfand lediglich eine Vorahnung von Kummer.

»Das ist er, Jake.«

»Glaubst du, daß wir ihn erwischen?«

»Auf dieser Seite nicht. Auf der anderen. Aber sicher nicht, wenn wir hier stehenbleiben und darüber reden.«

»Sie sind so hoch«, sagte Jake. »Was liegt auf der anderen Seite?«

»Ich weiß nicht«, sagte der Revolvermann nachdenklich. »Ich glaube nicht, daß das überhaupt jemand weiß. Vielleicht wußten sie es einst. Komm jetzt, Junge.«

Sie gingen weiter aufwärts und ließen kleine Geröll- und Sandlawinen in die Wüste hinabrieseln, die sich wie ein endloses Backblech hinter ihnen auszudehnen schien. Vor ihnen, weit voraus, kletterte der Mann in Schwarz immer höher und höher und höher. Es war unmöglich zu sehen, ob er sich umdrehte. Er schien über unmögliche Klüfte zu springen, senkrechte Wände zu erklimmen. Ein- oder zweimal verschwand er, aber sie sahen ihn immer wieder, bis der violette Vorhang der Dämmerung ihn ihren Blicken entzog.

Als sie ihr Nachtlager aufschlugen, sagte der Junge kaum etwas, und der Revolvermann fragte sich, ob der Junge wußte, was er bereits intuitiv gespürt hatte. Er dachte an Cuthberts erhitztes, erschrockenes, aufgeregtes Gesicht vor sich. Er dachte an Brotkrümel. Er dachte an die Vögel. So endet es, dachte er. Immer wieder endet es so. Es gibt Suchen und Straßen, die unablässig weiter führen, und alle enden am selben Ort ... auf dem Schlachtfeld.

Abgesehen vielleicht von der Straße zum Turm.

Der Junge, das Opfer, dessen Gesicht im Schein des winzigen Feuers sehr jung wirkte, war über seinen Bohnen eingeschlafen. Der Revolvermann deckte ihn mit der Pferdedecke zu, dann legte er sich selbst zum Schlafen nieder.

# Dritter Teil
# DAS ORAKEL
# UND
# DIE BERGE

## 1

Der Junge fand das Orakel, und es brachte ihn beinahe um.

Ein feiner Instinkt brachte den Revolvermann aus dem Schlaf in die samtene Dunkelheit zurück, welche sich mit Einbruch der Dämmerung wie ein Leichentuch aus Brunnenwasser über sie gesenkt hatte. Das war gewesen, als er und Jake die grasbewachsene, beinahe ebene Oase über dem ersten Wall des zerklüfteten Vorgebirges erreicht hatten. Selbst auf dem kahlen Felsen darunter, wo sie unter der mörderischen Sonne um jeden Fußbreit gekämpft und gerungen hatten, hatten sie das Zirpen von Grillen hören können, die im ewigen Grün der Weidenhaine über ihnen verführerisch die Beine aneinander gerieben hatten. Der Revolvermann hatte seinen kühlen Kopf bewahrt, und der Junge hatte immerhin die vorgebliche Fassade aufrechterhalten, und das hatte den Revolvermann stolz gemacht. Aber Jake hatte den wilden Blick seiner Augen nicht verheimlichen können, die weiß und glasig gewesen waren, die Augen eines Pferdes, das Wasser wittert und lediglich von dem schwachen Zügel des Verstandes seines Herrn am Durchgehen gehindert wird; eines Pferdes an dem Punkt, an dem nur noch Verständnis und nicht die Sporen es zurückhalten können. Der Revolvermann konnte Jakes Verlangen anhand des Irrsinns ermessen, den das Zirpen der Grillen in seinem eigenen Körper erweckte. Seine Arme schienen nach Schiefer zu suchen, auf dem sie kratzen konnten, und seine Knie schienen darum zu flehen, zu winzigen, in den Wahnsinn treibenden salzigen Wunden zerfetzt zu werden.

Die Sonne hämmerte die ganze Zeit auf sie herunter; selbst als sie bei Sonnenuntergang ein geschwollenes, fiebriges Rot angenommen hatte, schien sie auf perverse Weise durch einen Einschnitt in den Felsen links von ihnen, blendete sie und verwandelte jeden Schweißtropfen in ein Prisma der Schmerzen.

Dann fing das Gras an: anfangs nur gelbe Büschel, die sich dort an dem kargen Boden festklammerten, wo die letzten des Entscheidungskampfes mit ihrem ungebrochenen Lebenswillen hingelangt waren. Weiter oben folgte Hexengras, erst spärlich, dann grün und saftig ... dann der erste süße Geruch von echtem Gras, vermischt mit Timotheusgras und von ersten Krüppelkiefern überschattet. Dort erblickte der Revolvermann geschmeidige braune Bewegungen im Schatten. Er zog, schoß und tötete das Kaninchen, noch bevor Jake seine Überraschung hatte hinausschreien können. Einen Augenblick später hatte er den Revolver wieder ins Halfter gesteckt.

»So«, sagte der Revolvermann. Vor ihnen verdichtete sich das Gras zu einem Dschungel grüner Weiden, der nach der ausgedörrten Sterilität der endlosen Wüstenkruste etwas Schockierendes hatte. Dort war sicher eine Quelle, vielleicht sogar mehrere, und es würde noch kühler sein, aber hier, im offenen Gelände, war es besser. Der Junge hatte sich jeden Schritt, den er konnte, vorangeschleppt, und möglicherweise lebten Vampirfledermäuse in den tiefen Schatten des Hains. Die Fledermäuse konnten den Schlaf des Jungen stören, wie tief er auch immer schlafen mochte, und wenn es tatsächlich Vampire waren, dann wachte möglicherweise keiner von ihnen mehr auf ... jedenfalls nicht in dieser Welt.

Der Junge sagte: »Ich gehe Holz holen.«

Der Revolvermann lächelte. »Nein, das wirst du nicht tun. Setz dich, Jake.« Wessen Ausdruck war das? Der irgendeiner Frau.

Der Junge setzte sich. Als der Revolvermann zurückkam, war Jake im Gras eingeschlafen. Eine große Gottesanbeterin führte auf der drahtigen Krümmung von Jakes Stirnlocke ihre Reinigungszeremonien aus. Der Revolvermann entfachte das Feuer und machte sich auf die Suche nach Wasser.

Der Weidendschungel war tiefer, als er vermutet hatte, und verwirrend im abendlichen Licht. Aber er fand eine Quelle, die von Fröschen und Singvögeln in großer Schar bewacht wurde. Er füllte einen ihrer Wasserschläuche ... und hielt inne. Die Geräusche, welche die Nacht erfüllten, weckten eine unbehagliche Sinnlichkeit in ihm, ein Gefühl, das nicht einmal Allie, die Frau, mit der er in Tull das Bett geteilt hatte, zum Vorschein hatte bringen können. Sinnlichkeit und das Ficken sind schließlich Vettern von allerdünnster Verwandtschaftsbeziehung. Er schrieb es dem unvermittelten, grellen Kontrast zur Wüste zu. Das Dunkel schien so weich, daß es fast dekadent war.

Er kehrte zum Lager zurück und zog das Kaninchen ab, während das Wasser über dem Feuer kochte.

In Verbindung mit ihren letzten Konservendosen ergab das Kaninchen einen herrlichen Eintopf. Er weckte Jake und sah ihm zu, wie er übermüdet, aber heißhungrig aß.

»Wir bleiben morgen hier«, sagte der Revolvermann.

»Aber der Mann, hinter dem du her bist ... der Priester.«

»Er ist kein Priester. Und keine Bange, wir erwischen ihn.«

»Woher weißt du das?«

Der Revolvermann konnte nur den Kopf schütteln. Das Wissen in ihm war stark ... aber es war kein gutes Wissen.

Nach dem Essen spülte er die Dosen, aus denen sie gegessen hatten (und staunte wieder über seine eigene Wasserverschwendung), und als er sich umdrehte, war Jake schon wieder eingeschlafen. Der Revolvermann verspürte wieder das mittlerweile altbekannte An- und Abschwellen in seiner Brust, das er nur mit Cuthbert identifizieren konnte. Cuthbert war in Rolands Alter gewesen, schien jedoch viel jünger zu sein.

Seine Zigarette sank in Richtung Gras, und er schnipp te sie ins Feuer. Er sah es an, das klare gelbe Lodern, das sich so sehr davon unterschied, wie das Teufelsgras brannte. Die Luft war herrlich kühl, und er legte sich mit dem Rücken zum Feuer. Durch den Einschnitt, der ins Gebirge hineinführte, vernahm er die belegte Stimme des fernen, ewigen Donners. Er schlief ein. Und träumte.

*Susan, seine Geliebte, starb vor seinen Augen:*

*Sie starb, während er zusah; zwei Dorfbewohner hielten ihn auf beiden Seiten fest, sein Hals steckte wie der eines Hundes in einem breiten rostigen Halsband aus Eisen. Roland konnte die klamme Feuchtigkeit der Grube sogar durch den starken Gestank des Feuers riechen ... und er konnte die Farbe seines eigenen Wahnsinns erkennen. Susan, das liebreizende Mädchen am Fenster, die Tochter des Pferdekutschers. Sie wurde in den Flammen schwarz, ihre Haut platzte auf.*

*»Der Junge!« schrie sie. »Roland, der Junge!«*

*Er wirbelte herum und riß seine Häscher mit sich. Der Kragen riß ihm den Hals auf und er hörte die würgenden, erstickten Laute, die aus seiner eigenen Kehle kamen. Der ekelerregende Geruch verbrannten Fleisches hing schwer in der Luft.*

*Der Junge sah aus einem Fenster hoch über dem Burghof zu ihm herab, demselben Fenster, an dem Susan, die ihn gelehrt hatte, ein Mann zu sein, einst gesessen und die alten Lieder gesungen hatte; ›Hey Jude‹ und ›Ease on Down the Road‹ und ›A Hundred Leagues to Banberry Cross‹. Er sah aus dem Fenster heraus wie die Alabasterstatue eines Heiligen in einer Kathedrale. Seine Augen waren aus Marmor. Ein Pfahl war durch Jakes Stirn geschlagen worden.*

*Der Revolvermann spürte den erstickenden, schneidenden Schrei, der den Anfang seines Wahnsinns bedeutete, aus der Wurzel seines Magens emporsprießen.*

»Nnnnnnnnnn ...«

Roland stieß einen grunzenden Schrei aus, als er spürte, wie das Feuer ihn versengte. Er saß kerzengerade in der Dunkelheit und spürte immer noch den Traum um sich herum, der ihn würgte wie der Kragen, den er getragen hatte. Er hatte sich hin und her gewälzt und dabei eine Hand in die erlöschenden Kohlen des Feuers fallen lassen. Er legte die Hand ans Gesicht, spürte den Traum entschwinden, sah nur noch das deutliche Bild des alabasterweißen Jake, ein Heiliger für die Dämonen.

*»Nnnnnnnnnn ...«*

Er sah in die geheimnisvolle Dunkelheit des Weidenhains und hielt beide Revolver schußbereit. In der letzten Glut des Feuers waren seine Augen rote Sehschlitze.

*»Nnnnnn-nnn ...«*

Jake.

Der Revolvermann sprang auf und lief los. Eine verbitterte Mondsichel war aufgegangen, und er konnte den Spuren des Jungen im Tau folgen. Er duckte sich unter der ersten Weide hindurch, stapfte durch die Quelle und erklomm das gegenüberliegende Ufer, wo er in der Feuchtigkeit ausrutschte (was sein Körper sogar jetzt genießen konnte). Weidengerten schlugen ihm ins Gesicht. Hier standen die Bäume dichter, der Mond war verdeckt. Baumstämme ragten in lauernden Schatten empor. Das jetzt kniehohe Gras peitschte gegen ihn. Halbverfaulte abgestorbene Zweige griffen nach seinen Schienbeinen, seinen *cojones*. Er hielt einen Augenblick inne, hob den Kopf und schnupperte in der Luft. Der Geist eines Lüftchens half ihm. Der Junge roch natürlich nicht gut, das tat keiner der beiden. Die Nasenflügel des Revolvermannes blähten sich wie die eines Affen. Der Schweißgeruch war schwach, ölig, unmißverständlich. Er stapfte durch eine Grube voll Gras, Brombeersträuchern und herabgefallenen Ästen und sprintete einen Tunnel überhängender Weiden und Sumach entlang. Moos fiel ihm auf die Schultern. Einiges blieb in seufzenden, grauen Ranken an ihm kleben.

Er brach durch die letzte Barrikade der Weiden und trat auf eine Lichtung, wo man zu den Sternen und dem höchsten Gipfel des Massivs hinaufschauen konnte, der totenkopfweiß in unvorstellbarer Höhe aufragte.

Er sah einen Kreis aus hohen, schwarzen Steinen, der im Mondenschein wie eine surrealistische Tierfalle aussah. In der Mitte befand sich ein Tisch aus Stein ... ein Altar. Er war sehr alt und erhob sich auf einem mächtigen Basaltarm aus dem Boden.

Der Junge stand davor und wippte hin und her. Seine Hände an den Seiten zitterten, als wären sie von statischer Elektrizität aufgeladen. Der Revolvermann rief seinen Namen schneidend, und der Junge reagierte mit diesem unartikulierten Laut der Verneinung. Der winzige Klecks des Gesichts, der von der linken Schulter des Jungen fast verborgen wurde, sah entsetzt und strahlend zugleich aus.

Und da war noch etwas.

Der Revolvermann trat in den Kreis, und Jake schrie auf und wich zurück und hob schützend die Arme. Jetzt konnte man sein Gesicht deutlich und unverhüllt erkennen. Der Revolvermann sah Angst und Entsetzen, die sich mit einer beinahe quälenden Grimasse der Freude bekämpften.

Der Revolvermann spürte, wie er ihn berührte – der

Geist des Orakels, der Sukkubus. Seine Lenden wurden plötzlich von rosa Licht überflutet, einem Licht, das weich und hart zugleich war. Er spürte, wie sein Kopf zuckte, seine Zunge anschwoll und selbst für den Speichelfilm, der sie bedeckte, quälend empfindlich wurde.

Er dachte nicht nach, als er den halbverfaulten Kieferknochen aus der Tasche zog, den er im Bau des sprechenden Dämons im Rasthaus gefunden hatte. Er dachte nicht nach, aber es machte ihm keine Angst, rein instinktiv zu handeln. Er hielt das erstarrte, prähistorische Grinsen des Kieferknochens vor sich hoch, den anderen Arm hatte er steif ausgestreckt und bildete mit dem ersten und letzten Finger den gabelförmigen Talisman, das uralte Zeichen des bösen Blicks.

Der Strom der Sinnlichkeit wurde wie ein Vorhang von ihm weggezogen.

Jake schrie erneut.

Der Revolvermann ging zu ihm und hielt den Kieferknochen vor Jakes gebannte Augen. Ein feuchter Schmerzenslaut. Der Junge versuchte, den Blick abzuwenden, konnte es aber nicht. Und mit einem Mal rollte er beide Augen nach oben, bis nur noch das Weiße zu sehen war. Jake brach zusammen. Sein Körper fiel schlaff zu Boden, eine Hand berührte das Orakel fast. Der Revolvermann ließ sich auf ein Knie niedersinken und hob ihn auf. Er war erstaunlich leicht und nach ihrem langen Fußmarsch durch die Wüste so ausgetrocknet wie ein Blatt im November.

Roland konnte die Präsenz, die den Kreis aus Steinen bewohnte, rings um sich herum vor eifersüchtigem Zorn vibrieren spüren – er hatte ihr die Beute weggenommen. Als der Revolvermann aus dem Kreis heraustrat, verschwand das Gefühl frustrierter Eifersucht. Er trug Jake zum Lager zurück. Als sie dort ankamen, war aus der unruhigen Bewußtlosigkeit des Jungen ein tiefer Schlaf geworden. Der Revolvermann verharrte einen Augenblick über der grauen Ruine des Feuers. Das Mondlicht auf Jakes Gesicht erinnerte ihn wieder an einen Kirchenheiligen aus Alabaster von ungewöhnlicher Feinheit. Plötzlich nahm er den Jungen in den Arm, weil er wußte, daß er ihn liebgewonnen hatte. Und es schien ihm fast, als könnte er irgendwo weit über sich das Lachen des Mannes in Schwarz hören.

Jake rief ihn; dadurch wurde er wach. Er hatte den Jungen fest an einen der kräftigen Büsche gefesselt, die in der Nähe wuchsen, und der Junge war hungrig und durcheinander. Dem Stand der Sonne nach zu urteilen, war es beinahe halb zehn.

»Warum hast du mich festgebunden?« fragte der Junge gekränkt, während der Revolvermann die dicken Knoten in der Decke aufknüpfte. »Ich wäre dir schon nicht weggelaufen!«

»Du bist weggelaufen«, sagte der Revolvermann, und Jakes Gesichtsausdruck brachte ihn zum Lachen. »Ich mußte aufstehen und dich holen. Du warst schlafwandeln.«

»Was war ich?« Jake sah ihn argwöhnisch an.

Der Revolvermann nickte und holte den Kieferknochen hervor. Er hielt ihn Jake vor das Gesicht, und der Junge schreckte zurück und hob einen Arm.

»Siehst du das?«

Jake nickte verwirrt.

»Ich muß jetzt eine Weile gehen. Ich könnte den ganzen Tag unterwegs sein. Also hör mir gut zu, Junge. Es ist wichtig. Wenn ich bei Sonnenuntergang nicht zurück bin ...«

Angst leuchtete in Jakes Gesicht auf. »Du läßt mich zurück!«

Der Revolvermann sah ihn nur an.

»Nein«, sagte Jake nach einem Augenblick. »Das wirst du wohl nicht tun.«

»Ich möchte, daß du dich nicht vom Fleck rührst, während ich weg bin. Und wenn du dich komisch fühlst – in irgendeiner Weise seltsam –, dann nimmst du diesen Knochen und hältst ihn in den Händen.«

Haß und Ekel huschten über Jakes Gesicht, verbunden mit Bestürzung. »Das kann ich nicht. Das ... kann ich einfach nicht.«

»Du kannst. Es könnte sein, daß du es mußt. Besonders am Nachmittag. Es ist wichtig. Kapiert?«

»Warum mußt du weggehen?« platzte Jake heraus.

»Ich muß eben.«

Der Revolvermann bekam einen erneuten faszinierenden Eindruck von dem Stahl, der unter der Oberfläche des Jungen lag und der so rätselhaft war wie seine Geschichte, er würde aus einer Stadt kommen, wo die Häuser so hoch waren, daß sie tatsächlich an den Wolken kratzten.

»Na gut«, sagte Jake.

Der Revolvermann legte den Kieferknochen behutsam neben die Überreste des Feuers, wo er wie ein verwittertes Fossil, welches nach einer Nacht von fünftausend Jahren wieder das Tageslicht erblickt, aus dem Gras emporgrinste. Jake weigerte sich, ihn anzusehen. Sein Gesicht war blaß und kläglich. Der Revolvermann überlegte, ob es sich für sie auszahlen würde, wenn er den Jungen hypnotisierte und befragte, aber er kam zu dem Ergebnis, daß es wenig bringen würde. Er wußte ziemlich genau, daß der Geist des Steinringes ein Dämon war, und wahrscheinlich auch ein Orakel. Ein Dämon ohne Gestalt, lediglich eine Art gestaltlose sexuelle Energie mit einem prophetischen Auge. Er fragte sich sardonisch, ob es sich nicht um die Seele von Sylvia Pittston handeln könnte, der riesenhaften Frau, deren religiöser Eifer zur letzten Schießerei in Tull geführt hatte... aber er wußte, daß es nicht so war. Die Steine des Rings waren uralt, das Reich dieses speziellen Dämons war schon lange vor dem frühesten Schatten der Vorzeit abgesteckt worden. Aber der Revolvermann beherrschte die Formen des Sprechens recht gut und glaubte nicht, daß der Junge den Zauber des Kieferknochens würde anwenden müssen. Stimme und Verstand des Orakels würden mit ihm mehr als beschäftigt sein. Und der Revolvermann mußte ungeachtet des Risikos bestimmte Dinge wissen... und das Risiko war hoch. Doch für sich selbst und für Jake mußte er gewisse Dinge mit aller Macht erfahren.

Der Revolvermann machte den Tabaksbeutel auf, kramte darin, schob die getrockneten Blatthäcksel beiseite und fand schließlich ein winziges, in ein Stück weißes Papier eingewickeltes Objekt. Er wog es in der Hand und sah geistesabwesend zum Himmel hinauf. Dann packte er es aus und hielt den Inhalt, eine winzige weiße Tablette mit Kanten, die vom Reisen schon arg abgescheuert waren – in der Hand.

Jake sah ihn neugierig an. »Was ist das?«

Der Revolvermann stieß ein kurzes Lachen aus. »Der Stein der Weisen. Cort hat uns immer die Geschichte erzählt, daß die Alten Götter in die Wüste gepißt und so das Meskalin erschaffen haben.«

Jake sah nur verwirrt drein.

»Eine Droge«, sagte der Revolvermann. »Aber keine, die einen in Schlaf versetzt. Eine, die einen kurze Zeit ganz aufweckt.«

»Wie LSD«, stimmte der Junge eilfertig zu und sah dann noch verwirrter drein.

»Was ist das?«

»Ich weiß nicht«, sagte Jake. »Ist mir gerade eingefallen. Ich glaube, es stammt von ... du weißt schon, vorher.«

Der Revolvermann nickte, aber er hatte seine Zweifel. Er hatte noch nie gehört, daß Meskalin als LSD bezeichnet wurde, nicht einmal in Martens ältesten Büchern.

»Wird es dir schaden?«

»Bisher hat es noch nie geschadet«, sagte der Revolvermann, der sich der Ausflucht bewußt war.

»Gefällt mir nicht.«

»Vergiß es.«

Der Revolvermann kauerte sich vor dem Wasserschlauch nieder, trank einen Mundvoll und schluckte die Pille. Er spürte wie immer sofort eine Reaktion im Mund; er schien vom Speichel überzufließen. Er nahm vor dem erloschenen Feuer Platz.

»Wann geschieht etwas mit dir?« fragte Jake.

»Noch eine ganze Weile nicht. Sei still.«

Also war Jake still und verfolgte mit unverhohlenem Argwohn, wie der Revolvermann sich an das Ritual machte, seine Revolver zu reinigen.

Er steckte sie wieder in die Halfter und sagte: »Dein Hemd, Jake. Zieh es aus und gib es mir.«

Jake zog das Hemd widerstrebend über den Kopf und gab es dem Revolvermann.

Der Revolvermann holte eine Nadel hervor, die im Saum seiner Jeans steckte, und einen Faden aus einer leeren Patronenhülse in seinem Gurt. Er fing an, einen langen Einriß in einem Hemdsärmel zuzunähen. Als er fertig war und das Hemd zurückgab, konnte er spüren, wie das Meskalin zu wirken anfing – sein Magen zog sich zusammen, und er hatte den Eindruck, als würden sämtliche Muskeln seines Körpers eine Skaleneinheit angezogen werden.

»Ich muß gehen«, sagte er und stand auf.

Der Junge erhob sich halb, sein Gesicht war ein Schatten der Sorge, doch dann ließ er sich wieder nieder. »Sei vorsichtig«, sagte er. »Bitte.«

»Vergiß den Kieferknochen nicht«, sagte der Revolvermann. Er legte Jake im Vorübergehen die Hand auf den Kopf und zerzauste das sandfarbene Haar. Die Geste entlockte ihm ein kurzes Lachen.

Jake sah ihm mit besorgtem Lächeln nach, bis er im Weidendschungel verschwunden war.

Der Revolvermann schritt entschlossen auf den Ring aus Steinen zu und hielt nur einmal inne, um Wasser aus der Quelle zu trinken. Er konnte sein Spiegelbild in dem kleinen, von Moos und Wasserlilien eingesäumten Teich sehen und betrachtete sich einen Augenblick so fasziniert wie Narziß. Die verstandesmäßige Reaktion setzte ein, sie verlangsamte den Lauf seiner Gedanken, indem sie die Bedeutung eines jeden Einfalls und einer jeden Sinneswahrnehmung verstärkte. Alles nahm ein Gewicht und einen Umfang an, der bislang nicht zu erkennen gewesen war. Er hielt inne, stand wieder auf und sah durch das verfilzte Geflecht der Weiden. Ein goldener, staubiger Strahl Sonnenlicht fiel schräg herab, und er beobachtete einen Moment das Spiel der winzigen Splitter und Staubkörnchen, bevor er weiterging.

Die Droge hatte ihn häufig verstört: Sein Ich war zu stark (oder vielleicht zu schlicht), Freude daran zu empfinden, wenn es überschattet und zurückgeschält und zur Zielscheibe einfühlsamerer Emotionen gemacht wurde – die ihn kitzelten wie die Schnurrhaare einer Katze. Aber diesesmal fühlte er eine große Ruhe. Das war gut.

Er betrat die Lichtung und schritt, ohne zu zögern, in den Kreis. Dort blieb er stehen und ließ seinen Gedanken freien Lauf. Ja, es kam jetzt schneller, fester. Das Gras schrie ihm grün entgegen; er hatte den Eindruck, er würde überall an Fingern und Handflächen grüne Farbe haben, wenn er sich bückte und mit den Händen hindurchstrich.

Er widerstand einem schalkhaften Drang, das Experiment auszuprobieren.

Aber er hörte keine Stimme des Orakels. Keine sexuelle Erregung.

Er trat vor den Altar und stand einen Augenblick davor. Es war ihm fast unmöglich, zusammenhängend zu denken. Seine Zähne fühlten sich seltsam im

Kopf an. Die Welt enthielt zuviel Licht. Er kletterte auf den Altar und legte sich zurück. Sein Verstand wurde zu einem Dschungel voll seltsamer Gedankenpflanzen, die er vorher niemals gesehen oder auch nur vermutet hatte, einem Weidendschungel, der um eine Meskalinquelle herum gewachsen war. Der Himmel war Wasser und er hing freischwebend darüber. Der Gedanke versetzte ihm ein Schwindelgefühl, das fern und unwichtig schien.

Verse eines alten Gedichts fielen ihm ein, aber kein Kinderlied, nein; seine Mutter hatte Drogen und ihre Notwendigkeit gefürchtet (wie sie Cort und die Notwendigkeit gefürchtet hatte, daß er die Jungen schlug); dieser Vers stammte aus einer der Ansiedlungen im Norden, wo immer noch Menschen inmitten von Maschinen lebten, die für gewöhnlich nicht funktionierten ... und die ab und zu Menschen verschlangen, wenn sie doch funktionierten. Der Vers wurde immer wieder heruntergeleiert und erinnerte ihn (auf eine zusammenhanglose Weise, die typisch für die Wirkung des Meskalin war) an den Schnee, der in einer Glaskugel gefallen war, die er als Kind gehabt hatte, geheimnisvoll und halb fantastisch:

*Fern von der Menschen Zugriff ruht*
*Das Seltsame, die Höllenglut ...*

In den Bäumen, die über die Lichtung hingen, waren Gesichter. Er betrachtete sie voll abstrakter Faszination: Dort war ein grüner, sich windender Drache. Dort eine Waldnymphe mit lockenden Zweigenarmen. Dort ein lebender, von Schleim überwucherter Totenschädel. Gesichter. Gesichter.

Plötzlich bog sich das Gras auf der Lichtung und wogte.

*Ich komme.*

*Ich komme.*

Ein vages Regen seines Fleisches. Wie tief bin ich gesunken, dachte er. Einst liebkoste ich Susan im süßen Heu, und jetzt dies hier.

Sie preßte sich auf ihn, ein Leib aus Wind, eine Brust aus plötzlich wohlriechendem Jasmin, Rosen und Geißblatt.

»Sprich deine Prophezeihung«, sagte er. Sein Mund fühlte sich an, als wäre er voll Metall.

Ein Seufzen. Ein leises Weinen. Die Genitalien des Revolvermannes fühlten sich zusammengeschrumpelt und hart an. Über sich und jenseits der Gesichter in den Bäumen konnte er die Berge sehen – hart und brutal und voller Zähne.

Der Leib drückte sich gegen ihn, rang mit ihm. Er spürte, wie er die Hände zu Fäusten ballte. Sie hatte ihm eine Vision von Susan geschickt. Susan war über ihm, die liebreizende Susan am Fenster, die mit über Schultern und Rücken fallendem Haar auf ihn wartete. Er wandte den Kopf ab, doch ihr Gesicht folgte ihm.

*Jasmin, Rosen, Geißblatt, altes Heu ... der Geruch der Liebe. Liebe mich.*

»Die Prophezeihung«, sagte er.

Bitte, weinte das Orakel. *Sei nicht so kalt. Es ist immer so kalt hier ...*

Hände glitten über seinen Körper, betasteten ihn,

setzten ihn in Brand. Lockten ihn. Eine schwarze Spalte. Die ultimative Hure. Feucht und warm …

Nein. Trocken. Kalt. Steril.

*Zeige eine barmherzige Regung, Revolvermann. Ah, bitte, ich flehe dich an. Barmherzigkeit!*

Hättest du Barmherzigkeit mit dem Jungen?

*Welchem Jungen? Ich kenne keinen Jungen. Ich brauche keine Jungen. O bitte.*

*Jasmin, Rosen, Geißblatt. Trockenes Heu mit seiner Ahnung von Sommerklee. Aus uralten Urnen gegossenes Öl. Lust für das Fleisch.*

»Danach«, sagte er.

*Jetzt. Bitte. Jetzt.*

Er ließ seinen Verstand als Antithese von Gefühlen auf sie eindrängen. Der Leib, der über ihm hing, erstarrte und schien zu schreien. Zwischen seinen Schläfen fand ein kurzes, heftiges Tauziehen statt – sein Verstand war das graue und fasrige Tau.

Lange Augenblicke war außer dem leisen Hauchen seines Atems und der leichten Brise, welche die Gesichter in den Bäumen bewegte, blinzeln und Grimassen schneiden ließ, nichts zu hören. Kein Vogel sang.

Ihr Griff lockerte sich. Wieder ein leises Schluchzen. Jetzt mußte es schnell geschehen, sonst würde sie ihn verlassen. Jetzt zu bleiben, würde eine Schwächung für sie bedeuten; vielleicht sogar ihre ureigene Art von Tod. Er spürte bereits, wie sie sich zurückzog, um den Kreis aus Steinen zu verlassen. Der Wind wogte gequält durch das Gras.

»Prophezeiung«, sagte er – ein schmuckloses Substantiv.

Ein schluchzendes, müdes Seufzen. Er hätte ihr beinahe die Barmherzigkeit gewähren können, um die sie bat, aber ... da war Jake. Wäre er gestern nacht etwas später gekommen, hätte Jake wahnsinnig oder tot sein können.

*Dann schlafe.*

»Nein.«

*Also Halbschlaf.*

Der Revolvermann betrachtete die Gesichter in den Bäumen. Dort wurde zu seiner Unterhaltung ein Schauspiel gegeben. Welten stiegen vor ihm auf und stürzten wieder. Reiche wurden auf glitzerndem Sand erbaut, wo Maschinen für die Ewigkeit in abstrakter elektronischer Ekstase arbeiteten. Reiche gingen unter und fielen. Räder, die sich wie stumme Flüssigkeit gedreht hatten, liefen langsamer, fingen an zu quietschen, fingen an zu kreischen, blieben stehen. Sand erstickte die Edelstahlabflüsse konzentrischer Straßen unter dunklem Himmel voll kalten Juwelen gleichen Sternen. Und über alles wehte der sterbende Wind der Veränderung hinweg und trug den Zimtduft des späten Oktobers mit sich. Der Revolvermann sah zu, wie die Welt sich weiter drehte. Und versank in Halbschlaf.

*Drei. Das ist deine Schicksalszahl.*

Drei?

*Ja, drei ist mystisch. Drei ist im Herzen des Mantras.*

Welche drei?

*Wir sehen nur zum Teil, solchermaßen ist der Spiegel der Weissagung verdunkelt.*

Sag mir, was du kannst.

*Der erste ist jung und dunkelhaarig. Er steht am Rand*

*von Raub und Mord. Ein Dämon hat von ihm Besitz ergriffen. Der Name des Dämons ist HEROIN.*

Was ist das für ein Dämon? Ich kenne ihn nicht, nicht einmal aus Kindergeschichten.

*Wir sehen nur zum Teil, solchermaßen ist der Spiegel der Weissagung verdunkelt. Es gibt andere Welten. Revolvermann, und andere Dämonen. Diese Gewässer sind tief.*

Der zweite?

*Sie kommt auf Rädern. Ihr Verstand ist hart wie Stahl, doch ihr Herz und ihre Augen sind weich. Mehr sehe ich nicht.*

Der dritte?

*In Ketten.*

Der Mann in Schwarz? Wo ist er?

*Nahe. Du wirst mit ihm sprechen.*

Wovon werden wir sprechen?

*Von dem Turm.*

Der Junge? Jake?

...

Erzähl mir von dem Jungen!

*Der Junge ist deine Pforte zum Mann in Schwarz. Der Mann in Schwarz ist deine Pforte zu den Dreien. Die Drei sind dein Weg zum Dunklen Turm.*

Wie? Wie kann das sein? Warum muß es sein?

*Wir sehen nur zum Teil, solchermaßen ist der Spiegel ...*

Gott verfluche dich.

*Kein Gott hat mich verflucht.*

Werd nicht vorlaut, Ding. Ich bin stärker als du.

...

Wie nennt man dich? Sternendirne? Hure der Winde?

*Manche leben von Liebe, welche zu den alten Stätten*

*kommt ... selbst in so traurigen und bösen Zeiten. Manche, Revolvermann, leben von Blut. Sogar, wie ich weiß, vom Blut kleiner Jungen.*

Kann er nicht verschont werden?

*Doch.*

Wie?

*Laß ab, Revolvermann. Brich dein Lager ab und reise nach Westen. Im Westen besteht noch Nachfrage nach Männern, die von der Kugel leben.*

Ich bin durch meines Vaters Revolver und durch Martens Verrat gebunden.

*Marten ist nicht mehr. Der Mann in Schwarz hat seine Seele verschlungen. Das weißt du.*

Ich bin gebunden.

*Dann bist du verflucht.*

Benütze mich für deine Zwecke, Hure.

Eifer.

Der Schatten schwang sich über ihn, umhüllte ihn. Plötzliche Ekstase, welche lediglich von einer Milchstraße der Schmerzen unterbrochen wurde, so schwach und hell wie uralte Sterne, die im Untergang rot wurden. Auf dem Höhepunkt ihres Liebesaktes kamen ungebeten Gesichter zu ihm: Sylvia Pittston, Alice, die Frau aus Tull, Susan, Aileen, hundert andere.

Und schließlich, eine Ewigkeit später, stieß er sie von sich; er war wieder bei klarem Verstand, müde bis auf die Knochen und voller Ekel.

*Nein! Es ist noch nicht genug! Es ...*

»Laß mich in Ruhe«, sagte der Revolvermann. Er richtete sich auf und wäre beinahe vom Altar gestürzt, bevor er auf die Füße kam. Sie faßte ihn zögernd an

*(Geißblatt, Jasmin, duftendes Rosenöl)*

und er stieß sie heftig von sich und fiel auf die Knie. Er richtete sich auf und torkelte trunken zum Rand des Kreises. Er taumelte hinaus und spürte, wie ihm eine gewaltige Last von den Schultern fiel. Er holte erschauernd und schluchzend Atem. Als er sich entfernte, konnte er spüren, wie sie an den Gitterstäben ihres Gefängnisses stand und ihm nachsah, wie er von ihr ging. Er fragte sich, wie lange es dauern mochte, bis wieder jemand die Wüste durchquerte und sie hungrig und allein hier vorfand. Einen Augenblick fühlte er sich zwergenhaft angesichts der Möglichkeiten der Zeit.

## 2

»Du bist krank.«

Jake sprang auf, als der Revolvermann zwischen den letzten Bäumen hervorkam und ins Lager wankte. Jake hatte zusammengekauert vor den Überresten des winzigen Feuers gehockt, hatte den Kieferknochen im Schoß gehabt und untröstlich an den Knochen des Kaninchens genagt. Nun lief er mit einem besorgten Ausdruck auf den Revolvermann zu, der Roland das volle, häßliche Gewicht eines bevorstehenden Verrats spüren ließ – der, wie er spürte, nur der erste von vielen sein mochte.

»Nein«, sagte er. »Nicht krank. Nur müde. Ausgelaugt.« Er deutete abwesend auf den Kieferknochen. »Den kannst du wegwerfen.«

Jake warf ihn rasch und heftig weg und wischte sich anschließend die Hände an seinem Hemd ab.

Der Revolvermann setzte sich – fiel beinahe – nieder; er spürte die schmerzenden Gelenke und den schwerfälligen, trägen Verstand – die unliebsamen Nachwirkungen des Meskalins. Auch in seinen Lenden pochte ein dumpfer Schmerz. Er drehte sich mit sorgfältigen, gedankenlosen Bewegungen eine Zigarette. Jake sah ihm zu. Der Revolvermann verspürte den plötzlichen Impuls, ihm zu sagen, was er erfahren hatte, doch dann verwarf er den Gedanken voller Entsetzen. Er fragte sich, ob ein Teil von ihm – Verstand oder Seele – nicht im Verfall begriffen waren.

»Wir schlafen heute nacht hier«, sagte der Revolvermann. »Morgen klettern wir. Ich gehe später ein Stück weg und sehe zu, ob ich uns etwas zum Essen erlegen kann. Aber jetzt muß ich schlafen. Okay?«

»Klar.«

Der Revolvermann nickte und lehnte sich zurück. Als er erwachte, fielen lange Schatten über die kleine grasbewachsene Lichtung. »Mach ein Feuer«, sagte er zu Jake und warf ihm Feuerstein und Stahl zu. »Kannst du damit umgehen?«

»Ja, ich glaube schon.«

Der Revolvermann schritt zum Weidenhain, dann nach links, an ihm entlang. An einer Stelle, wo sich der Wald zu einer breiten grasbewachsenen Schneise öffnete, trat er in den Schatten zurück und blieb still stehen. Er konnte leise, aber deutlich das *Klick-klick-*

*klick-klick* hören, während Jake Funken schlug. Er stand zehn, fünfzehn, zwanzig Minuten, ohne sich zu bewegen. Dann kamen drei Kaninchen, und der Revolvermann zog. Er erlegte die beiden fettesten, häutete sie, weidete sie aus und trug sie ins Lager.

Jake hatte das Feuer entfacht, das Wasser kochte bereits darüber.

Der Revolvermann nickte ihm zu. »Gute Arbeit.«

Jake errötete vor Freude und gab ihm schweigend Feuerstein und Stahl zurück.

Während der Eintopf kochte, nutzte der Revolvermann das letzte Tageslicht, um zum Weidenhain zurückzugehen. In der Nähe des ersten Teiches schlug er Reben ab, die am sumpfigen Ufer des Wassers wuchsen. Später, wenn das Feuer zu Kohlen niedergebrannt war und Jake schlief, würde er sie zu Seilen flechten, die später von begrenztem Nutzen sein konnten. Aber irgendwie glaubte er nicht, daß ihnen das Klettern besonders schwerfallen würde. Er empfand ein Gefühl der Schicksalshaftigkeit, das er nicht einmal mehr als seltsam betrachtete.

Die Weinreben bluteten grünen Saft auf seine Hände, während er sie zu dem wartenden Jake trug.

## 3

Sie standen mit der Sonne auf und packten innerhalb einer halben Stunde zusammen. Der Revolvermann hoffte, er könnte noch ein Kaninchen schießen, wenn diese sich auf der Schneise zum Fressen einfanden, aber die Zeit war knapp, und es zeigte sich keines. Das Bündel mit ihren verbleibenden Lebensmitteln war jetzt so leicht, daß Jake es mühelos tragen konnte. Er war kräftiger geworden, dieser Junge; das konnte man sehen.

Der Revolvermann trug das Wasser, das er frisch an einer der Quellen geschöpft hatte. Die drei Rebenseile schlang er sich um den Bauch. Sie machten einen großen Bogen um den Kreis aus Steinen (der Revolvermann fürchtete, der Junge könnte neuerliche Angst empfinden, doch als sie auf einer felsigen Anhöhe darüber vorbeigingen, warf Jake ihm lediglich einen flüchtigen Abschiedsblick zu und sah dann einem im Wind schwebenden Vogel nach). Schon bald waren die Bäume weniger hoch und saftig. Die Stämme waren gekrümmt, die Wurzeln schienen in einer gequälten Jagd nach Wasser mit dem Boden zu ringen.

»Alles ist so alt«, sagte Jake düster, als sie eine Rast machten. »Gibt es hier nichts Junges?«

Der Revolvermann lächelte und stieß Jake mit dem Ellbogen an. »Du bist doch jung«, sagte er.

»Wird das Klettern schwer sein?«

Der Revolvermann sah ihn eigentümlich an. »Die Berge sind hoch. Glaubst du nicht, daß das Klettern schwer werden wird?«

Jake sah mit umwölkten und verwirrten Augen zu ihm. »Nein.«

Sie gingen weiter.

Die Sonne stieg zum Zenit, schien dort kürzer zu verweilen als während der ganzen Durchquerung der Wüste, und zog dann weiter und gab ihnen ihre

Schatten zurück. Felsgesimse ragten aus der Erde empor wie die Arme gigantischer, im Erdreich vergrabener Lehnstühle. Das kümmerliche Gras wurde gelb und verbrannt. Schließlich versperrte ihnen ein tiefer, schornsteinartiger Riß den Weg, und sie erklommen einen niederen, verwitterten Felsvorsprung, um um sie herum und über sie hinweg zu gelangen. Der uralte Granit war in Abschnitte geborsten, die stufenähnlich waren, und das Klettern ging leicht vonstatten, wie sie beide intuitiv geahnt hatten. Auf der etwas mehr als einen Meter breiten Kuppe blieben sie stehen und sahen über das abfallende Land zur Wüste zurück, die sich wie eine riesige gelbe Pfote um das Hochland legte. Weiter entfernt gleißte sie wie ein weißes Schild, das das Auge blendete, und verbarg sich noch weiter entfernt hinter waberndem Hitzeflimmern. Der Revolvermann verspürte gelindes Erstaunen darüber, daß diese Wüste ihn um ein Haar umgebracht hätte. Von der Stelle, wo sie im Kühlen standen, machte die Wüste sicher einen monumentalen Eindruck, aber keinen tödlichen.

Sie wandten sich wieder der Aufgabe des Kletterns zu, kletterten über an ein Mikadospiel gemahnende Felswände und hasteten niedergekauert geneigte Felsflächen empor, in denen Quartz und Glimmer funkelten. Der Felsen faßte sich angenehm warm an, aber die Luft war merklich kühler geworden. Am Spätnachmittag hörte der Revolvermann leises Donnergrollen. Doch die steile Silhouette der Berge verbarg den Regen auf der anderen Seite noch. Als die Schatten purpurn wurden, lagerten sie im Überhang eines vorspringenden Felsplateaus. Der Revolvermann verankerte ihre Decke oben und unten und schuf so einen behelfsmäßigen Windfang. Sie saßen an dessen Rand und sahen zu, wie der Himmel eine Decke über die Welt breitete. Jake ließ die Beine über den Vorsprung baumeln. Der Revolvermann drehte sich seine Zigarette und sah Jake halb belustigt an.

»Dreh dich nicht im Schlaf herum«, sagte er, »sonst wirst du in der Hölle aufwachen.«

»Werde ich nicht«, antwortete Jake ernst. »Meine Mutter hat gesagt ...« Er verstummte.

»Was hat sie gesagt?«

»Daß ich wie ein Toter schlafe«, beendete Jake seinen Satz. Er sah den Revolvermann an, und dieser sah, daß der Mund des Jungen zitterte, so sehr bemühte er sich, Tränen zurückzuhalten – *nur ein Junge,* dachte er, und der Schmerz durchbohrte ihn wie der Eispickel, den einem zuviel kaltes Wasser manchmal in die Stirn treiben kann. *Nur ein Junge. Warum?* Dumme Frage. Wenn ein an Leib oder Seele verletzter Junge Cort diese Frage gestellt hatte, dieser uralten, mitgenommenen Kampfmaschine, deren Aufgabe es gewesen war, den Söhnen von Revolvermännern die Anfänge dessen beizubringen, was sie wissen mußten, hatte Cort geantwortet: *Warum ist ein krummer Buchstabe, der nicht gerade gemacht werden kann ... kümmere dich nicht um das Warum, steh einfach auf, Dummkopf. Steh auf! Der Tag ist noch jung!*

»Warum bin ich hier?« fragte Jake. »Warum habe ich alles vergessen, was vorher war?«

»Weil der Mann in Schwarz dich hierher geholt hat«, sagte der Revolvermann. »Und wegen des

Turms. Der Turm steht an einer Art... Energiebrennpunkt. In der Zeit.«

»Das verstehe ich nicht!«

»Ich auch nicht«, sagte der Revolvermann. »Aber es ist etwas geschehen. Nur in meiner eigenen Zeit. Die Welt hat sich weitergedreht, pflegen wir zu sagen... das haben wir stets gesagt. Aber jetzt dreht sie sich schneller. Etwas ist mit der Zeit geschehen.«

Sie saßen schweigend nebeneinander. Ein leichter, aber dennoch beißender Wind zupfte an ihren Beinen. Irgendwo in einer Felsspalte erzeugte er ein hohles *huuuuuuu.*

»Woher kommst du?« fragte Jake.

»Aus einem Land, das nicht mehr existiert. Kennst du die Bibel?«

»Jesus und Moses. Klar doch.«

Der Revolvermann lächelte. »Ganz recht. Mein Land hatte einen biblischen Namen – es hieß Neu-Kanaan. Das Land, wo Milch und Honig fließen. Im biblischen Kanaan sollte es so große Trauben gegeben haben, daß die Menschen sie auf Schlitten transportieren mußten. So groß wurden unsere nicht, aber es war ein fruchtbares Land.«

»Ich weiß von Odysseus«, sagte Jake zögernd. »Kam er auch in der Bibel vor?«

»Vielleicht«, sagte der Revolvermann. »Die Schrift ging verloren – mit Ausnahme der Teile, die ich auswendig lernen mußte.«

»Aber die anderen ...«

»Es gibt keine anderen«, sagte der Revolvermann. »Ich bin der letzte.«

Ein kleiner, siechender Mond ging auf und warf

seinen schlitzäugigen Blick in das Durcheinander der Felswände, in dem sie saßen.

»War es schön? Deine Heimat ... dein Land?«

»Wunderschön«, sagte der Revolvermann abwesend. »Es gab Felder und Flüsse und Morgennebel. Aber das ist nur hübsch. Meine Mutter pflegte das zu sagen ... und daß das einzig wirklich Schöne Ordnung und Liebe und Licht sind.«

## 4

Jake gab einen unverbindlichen Laut von sich.

Der Revolvermann rauchte und dachte daran, wie es gewesen war – die Nächte im riesigen Mittelsaal, Hunderte prunkvoll gekleideter Gestalten, die im langsamen, gemessenen Walzerschritt gingen, oder mit den schnelleren, leichtfüßigeren Bewegungen der *Polkam,* in seinen Armen Aileen, deren Augen strahlender als die kostbarsten Edelsteine waren, der Schein der kristallgeschmückten elektrischen Lichter, das sich in den frisch frisierten Haaren der Kurtisanen und ihrer halb zynischen Freier brach. Der Saal war riesig gewesen, eine Insel des Lichts, deren Alter unermeßlich war, wie das des ganzen Mittleren Palastes, der aus beinahe einhundert aus Stein gebauten Schlössern bestand. Zwölf Jahre war es her, seit er ihn zum letzten Mal gesehen hatte, und als er ihn endgültig hinter sich gelassen und das Gesicht abgewendet und die erste Spur des Mannes in Schwarz verfolgt hatte, da hatte Roland großes

Leid empfunden. Schon damals, vor zwölf Jahren, waren die Mauern eingestürzt gewesen, wuchs Unkraut in den Gärten, nisteten Fledermäuse zwischen den größten Balken des Mittelsaales, hallte das leise Huschen und Zwitschern von Schwalben durch die Galerien. Die Wiesen, wo Cort ihnen Bogenschießen und Revolverschießen und die Falkenjagd beigebracht hatte, waren Heu und Timotheusgras und wilden Reben gewichen. In der riesigen und hallenden Küche, wo Hax dereinst seinen eigenen schäumenden und wohlschmeckenden Hof gehalten hatte, hatte sich eine groteske Kolonie langsamer Mutanten eingenistet, die ihn aus der barmherzigen Dunkelheit von Speisekammern und gewaltigen Säulen heraus angeglotzt hatten. Der warme, vom beißenden Geruch bratenden Rind- und Schweinefleisches erfüllte Dampf war der klammen Feuchtigkeit von Moos gewichen, und in den Ecken, wo nicht einmal die Langsamen Mutanten sich hinwagten, wuchsen riesige weiße Pilze. Die gewaltige Eichentür des Kellers stand offen, und von dort war der durchdringendste Geruch von allen gekommen, ein Geruch, der mit seiner platten Endgültigkeit sämtliche harten Tatsachen von Verfall und Auflösung zu symbolisieren schien: der ätzende, scharfe Geruch von Wein, der zu Essig geworden war. Es hatte keine Mühe gekostet, das Gesicht gen Süden zu wenden und das alles hinter sich zu lassen – aber es hatte ihm im Herzen weh getan.

»War Krieg?« fragte Jake.

»Noch besser«, sagte der Revolvermann und schnippte die letzte Glut seiner Zigarette fort. »Es war eine Revolution. Wir haben die Schlacht gewonnen und den Krieg verloren. Niemand hat den Krieg gewonnen, es sei denn die Plünderer. Es muß noch Jahre später reichlich zu holen gegeben haben.«

»Ich wünsche mir, ich hätte dort gelebt«, sagte Jake sehnsüchtig.

»Es war eine andere Welt«, sagte der Revolvermann. »Und jetzt ist Schlafenszeit.«

Der Junge, der nur noch ein dunkler Schatten war, drehte sich auf die Seite und kuschelte sich unter eine lose über ihn geworfene Decke. Der Revolvermann saß noch etwa eine Stunde Wache bei ihm und hing seinen langsamen, ernsten Gedanken nach. Dieses Meditieren war etwas Neues für ihn, etwas Ungewöhnliches, etwas auf eine melancholische Weise Angenehmes, aber dennoch völlig ohne praktischen Wert: Für Jakes Probleme gab es keine andere Lösung als die, welche das Orakel vorhergesagt hatte – und das war schlichtweg unmöglich. Die Situation mochte etwas Tragisches an sich haben, aber das sah der Revolvermann nicht; er sah nur die schicksalhafte Vorherbestimmung, die immerzu dagewesen war. Schließlich gewann sein natürlicherer Charakter wieder die Oberhand, und er schlief tief und traumlos.

# 5

Am folgenden Tag fiel das Klettern schwerer, während sie sich weiter auf das schmale V des Gebirgspasses zuarbeiteten. Der Revolvermann bewegte sich gemächlich, immer noch ohne Eile. Auf dem harten Gestein unter ihnen war keine Spur des Mannes in Schwarz zu sehen, aber der Revolvermann wußte, daß er vor ihnen diesen Weg genommen hatte – nicht nur aufgrund der Route seines Aufstiegs, als er und Jake ihn winzig und insektenähnlich vom Vorgebirge aus gesehen hatten. Sein Geruch wurde von jeder kalten Windbö heruntergetragen. Es war ein öliger, zynischer Geruch, der in seiner Nase so bitter schmeckte wie das Aroma des Teufelsgrases.

Jakes Haar war viel länger geworden und lockte sich am Halsansatz. Er kletterte verbissen und bewegte sich sicher und ohne erkennbare Höhenangst, wenn sie Klüfte überquerten oder sich ihren Weg an Felsüberhängen hinauf bahnten. Er war schon zweimal an Stellen hinaufgeklettert, die der Revolvermann nicht bezwingen konnte. Dort hatte Jake eines der Seile verankert, so daß sich der Revolvermann Hand für Hand hatte hochziehen können.

Am darauffolgenden Morgen kletterten sie durch eine kalte, klamm-feuchte Wolkenbank, die die Sicht auf die darunterliegenden Berghänge verbarg. In den tieferen Felsnischen lag fester, körniger Schnee. Er glitzerte wie Quartz, und seine Beschaffenheit war so trocken wie Sand. An diesem Nachmittag fanden sie einen einzigen Fußabdruck in einem der Schneeflecken. Jake betrachtete ihn einen Augenblick voll entsetzter Faszination, dann sah er auf, als rechnete er damit, den Mann in Schwarz selbst zu sehen, der in seinem eigenen Fußabdruck Gestalt annahm. Der Revolvermann tippte ihm auf die Schulter und deutete geradeaus. »Geh. Der Tag geht zu Ende.«

Später schlugen sie im letzten Tageslicht ihr Lager auf einem breiten, flachen Sims nordöstlich des Passes auf, der ins Herz des Gebirges hineinschnitt. Die Luft war eisig kalt; sie konnten die Wölkchen ihres Atems sehen, und das feuchte Donnergrollen im rotpurpurnen Abendrot war surrealistisch und ein wenig irrsinnig.

Der Revolvermann dachte, der Junge könnte anfangen, ihm Fragen zu stellen, aber Jake stellte keine Fragen. Der Junge schlief fast auf der Stelle ein. Der Revolvermann folgte seinem Beispiel. Er träumte wieder von dem dunklen Ort in der Erde, dem Kerker, und von Jake als Heiligenbild aus Alabaster mit einem Nagel durch die Stirn. Er erwachte stöhnend und griff instinktiv nach dem Kieferknochen, der nicht mehr da war, und er rechnete damit, das Gras des uralten Hains zu spüren. Statt dessen spürte er Felsen und die dünne, kalte Höhenluft in den Lungen. Jake schlief neben ihm, aber sein Schlaf war unruhig: Er warf sich hin und her und murmelte unverständliche Worte und jagte seine eigenen Phantome. Der Revolvermann legte sich schweren Herzens nieder und schlief ebenfalls wieder.

## 6

Sie waren eine weitere Woche unterwegs, bevor sie das Ende vom Anfang erreichten – für den Revolvermann ein bewegter, zwölf Jahre dauernder Prolog vom endgültigen Untergang seiner Heimat bis zum Auserwählen der anderen drei. Für Jake war das Tor ein seltsamer Tod in einer anderen Welt gewesen. Für den Revolvermann war es ein noch seltsamerer Tod gewesen – die endlose Jagd nach dem Mann in Schwarz durch eine Welt ohne Karten oder Erinnerung. Cuthbert und die anderen waren nicht mehr, alle dahin: Randolph, Jamie und Curry, Aileen, Susan, Marten (ja, auch ihn hatten sie nach unten gezerrt, und Revolverschüsse waren zu hören gewesen, doch selbst das hatte einen bitteren Beigeschmack gehabt). Bis schließlich nur noch drei der alten Welt übriggeblieben waren, drei gleich gräßliche Karten aus einem schrecklichen Tarotblatt: der Revolvermann, der Mann in Schwarz und der Dunkle Turm.

Eine Woche nachdem Jake den Fußabdruck gesehen hatte, sahen sie den Mann in Schwarz einen kurzen Augenblick der Zeit. In diesem Augenblick war dem Revolvermann, als könnte er die tiefe Bedeutung des Dunklen Turms selbst beinahe begreifen, denn dieser Augenblick schien sich zur Ewigkeit zu dehnen.

Sie gingen weiter nach Südwesten und kamen an einen Punkt etwa auf halbem Weg durch das zyklopenhafte Gebirgsmassiv, und gerade als das Vorankommen zum ersten Mal wirklich schwierig zu werden schien (die scheinbar vorspringenden eisbedeckten Simse und steilen Felsvorsprünge über ihnen weckten ein unangenehmes Schwindelgefühl in dem Revolvermann), schritten sie wieder am Rand des schmalen Passes abwärts. Ein eckiger, zickzackförmiger Pfad führte sie auf den Grund der Schlucht, wo ein an den Ufern vereister Gebirgsbach sich mit wilder, schiefergrauer Wildheit aus dem Hochland herab ergoß.

An diesem Nachmittag hielt der Junge inne und sah den Revolvermann an, der angehalten hatte, um sich in dem Gebirgsbach das Gesicht zu waschen.

»Ich rieche ihn«, sagte Jake.

»Ich auch.«

Vor ihnen hatte der Berg seine letzte Verteidigung aufgebaut – eine riesige, unbezwingbare Granitplatte, welche bis in wolkenverhangene Unendlichkeiten anstieg. Der Revolvermann rechnete jeden Augenblick damit, daß eine Biegung des Baches sie zu einem tiefen Wasserfall und unbesteigbar glattem Fels bringen würde – Sackgasse. Doch die Luft hier besaß die seltsam vergrößernde Eigenschaft, die hochgelegenen Orten eigen ist, und es dauerte noch einen ganzen Tag, bis sie das gewaltige Granitantlitz erreichten.

Der Revolvermann verspürte wieder das grauenhafte Ziehen der Erwartung, das Gefühl, daß endlich alles innerhalb seiner Reichweite lag. Am Ende mußte er sich zurückhalten, um nicht in Laufschritt zu verfallen.

»Warte!« Der Junge blieb unvermittelt stehen. Sie befanden sich vor einer scharfen Haarnadelkurve des Baches; er schäumte und gischtete mit Macht um den erodierten Hang eines riesigen Sandsteinblocks herum. Sie waren den ganzen Morgen im Schatten des Gebirges dahingeschritten, während die Schlucht immer schmaler geworden war.

Jake zitterte heftig, sein Gesicht war blaß geworden.

»Was ist denn los?«

»Laß uns umkehren«, flüsterte er. »Laß uns rasch umkehren.«

Das Gesicht des Revolvermannes war hölzern.

»Bitte?« Das Gesicht des Jungen war verzerrt, sein Kiefer zitterte vor unterdrücktem Schmerz. Sie konnten sogar durch die Felsschicht ein Donnern hören, das so konstant wie Maschinen in der Erde klang. Der Ausschnitt des Himmels, den sie noch sehen konnten, hatte über ihnen eine turbulente, gotische Graufärbung angenommen – warme und kalte Luftströmungen trafen aufeinander und bekämpften sich.

»Bitte, *bitte!*« Der Junge hob eine Faust, als wollte er dem Revolvermann auf die Brust schlagen.

»Nein.«

Das Gesicht des Jungen nahm einen verwunderten Ausdruck an. »Du wirst mich umbringen. Er hat mich das erste Mal umgebracht, und du wirst mich jetzt umbringen.«

Der Revolvermann spürte die Lüge auf den Lippen. Er sprach sie aus: »Dir wird nichts geschehen.« Und eine größere Lüge. »Ich werde aufpassen.«

Jakes Gesicht wurde grau, er sagte nichts mehr. Er streckte widerstrebend die Hand aus, und er und der Revolvermann gingen um die Haarnadelkurve herum. Sie standen der letzten steilen Felswand und dem Mann in Schwarz von Angesicht zu Angesicht gegenüber. Er stand nicht mehr als sechs Meter über ihnen, direkt rechts neben dem Wasserfall, der sich aus einem großen, zerklüfteten Loch im Felsen ergoß. Unsichtbarer Wind zerrte und zupfte an seinem Kapuzengewand. Er hielt einen Stab in einer Hand. Die andere Hand streckte er ihnen zu einem spöttischen Willkommensgruß entgegen. Er wirkte wie ein Prophet, und speziell auf dem Felsgesimse unter dem dahinrasenden Himmel wie ein Prophet des Untergangs; seine Stimme war die Stimme von Jeremias.

»Revolvermann! Wie genau du die alten Prophezeiungen erfüllst! Guten Tag und guten Tag und guten Tag!« Er lachte, und das Lachen hallte über das Donnern des Wasserfalls.

Der Revolvermann hatte ohne nachzudenken und offenbar ohne ein Klicken motorischer Relais die Revolver gezogen. Der Junge kauerte rechts hinter ihm, ein winziger Schatten.

Roland feuerte dreimal, bevor er seine verräterischen Hände unter Kontrolle bringen konnte – die Echos warfen ihre Bronzetöne gegen das Felsental, das sie umgab, und übertönten das Tosen von Wind und Wasser.

Ein Granitschauer stob über den Kopf des Mannes in Schwarz hinweg; ein zweiter links von seiner Kapuze; ein dritter rechts von ihm. Er hatte dreimal sauber danebengeschossen.

Der Mann in Schwarz lachte – ein volles, herzliches Lachen, das die verklingenden Echos der Schüsse herauszufordern schien. »Würdest du alle deine Antworten so leichtfertig umbringen, Revolvermann?«

»Komm herunter«, sagte der Revolvermann. »Überall sind ringsumher Antworten.«

Wieder dieses laute, höhnische Lachen. »Ich habe keine Angst vor deinen Kugeln, Roland. Deine Vorstellung von Antworten macht mir angst.«

»Komm herunter.«

»Auf der anderen Seite, glaube ich«, sagte der Mann in Schwarz. »Auf der anderen Seite werden wir viel zu reden haben.«

Sein Blick fiel auf Jake, und er fügte hinzu:

»Nur wir beide.«

Jake wich mit einem leisen, wimmernden Schrei vor ihm zurück, und der Mann in Schwarz drehte sich herum, sein Gewand flatterte in der grauen Luft wie Fledermausflügel. Er verschwand in der Öffnung im Berg, aus der das Wasser mit ungezügelter Wucht hervorschoß. Der Revolvermann nahm alle Willenskraft zusammen und schoß keine Kugel hinter ihm her – *würdest du alle deine Antworten so leichtfertig umbringen, Revolvermann?*

Nur das Geräusch von Wind und Wasser war noch zu hören – ein Geräusch, das seit Jahrtausenden an diesem Ort der Einsamkeit erklang. Und doch war der Mann in Schwarz hiergewesen. Nach zwölf Jahren hatte Roland ihn aus der Nähe gesehen, mit ihm gesprochen. Und der Mann in Schwarz hatte ihn ausgelacht.

*Auf der anderen Seite werden wir viel zu reden haben.*

Der Junge sah ihn mit dümmlich unterwürfigen Schafsaugen an; er zitterte am ganzen Körper. Einen Augenblick sah der Revolvermann das Gesicht von Alice, dem Mädchen aus Tull, über dem Gesicht des Jungen, die Narbe leuchtete wie eine stumme Anklage, und er empfand wütende Abscheu vor beiden.

(Erst viel später fiel ihm ein, daß die Narbe auf Alices Stirn und der Nagel, den er in seinen Träumen durch Jakes Stirn gebohrt gesehen hatte, beide an derselben Stelle waren). Jake schien eine Ahnung seiner Gedanken zu spüren, und ein Stöhnen entrang sich seiner Kehle. Aber es war nur kurz; er versiegelte es hinter seinen zusammengepreßten Lippen. Er hatte das Zeug zu einem prachtvollen Mann, vielleicht sogar zu einem eigenständigen Revolvermann, wenn er genügend Zeit hatte.

*Nur wir beide.*

Der Revolvermann verspürte in einer tiefen, unbekannten Höhle seines Körpers einen großen, unheiligen Durst, einen Durst, den kein Wein löschen konnte. Welten erzitterten fast in Reichweite seiner Finger, und er bemühte sich auf eine instinktive Weise, sich nicht korrumpieren zu lassen, obschon er in seinem kühleren Denken wußte, daß dieses Bemühen vergeblich war und es immer sein würde.

Es war Mittag. Er sah auf und ließ das wolkenverhangene, rastlose Tageslicht ein letztes Mal auf die nur allzu verletzliche Sonne seiner eigenen Rechtschaffenheit scheinen. Niemand bezahlt jemals mit Silberlingen dafür, dachte er. Der Preis eines jeden Bösen – notwendig oder unnötig – wird stets vom Fleisch bezahlt.

»Komm mit mir oder bleib«, sagte der Revolvermann.

Der Junge sah ihn nur stumm an. Und für den Revolvermann hörte er in diesem letzten und entscheidenden Augenblick, da er sich von einem moralischen Prinzip freimachte, endgültig auf, Jake zu sein, und wurde nur zu dem Jungen, einer Unperson, die man herumschieben und benützen konnte.

Etwas schrie in der windigen Stille; er und der Junge hörten es beide.

Der Revolvermann machte den Anfang, und Jake folgte ihm nach einem Augenblick. Sie erklommen gemeinsam den zerklüfteten Fels neben dem Wasserfall, der kalt wie Stahl war, und blieben dort stehen, wo der Mann in Schwarz vor ihnen gestanden hatte. Dann traten sie gemeinsam dort ein, wo er verschwunden war. Die Dunkelheit verschluckte sie.

Vierter Teil

# DIE LANGSAMEN MUTANTEN

# 1

Der Revolvermann sprach langsam zu Jake, mit der steigenden und fallenden Modulation eines Traumes:

»Wir waren drei: Cuthbert, Jamie und ich. Wir durften nicht dort sein, denn keiner von uns war dem Kindesalter entwachsen. Wären wir erwischt worden, hätte Cort uns ausgepeitscht. Aber wir wurden nicht erwischt. Ich glaube nicht, daß von denen, die vor uns gegangen sind, jemals einer erwischt worden ist. Jungen müssen einfach einmal heimlich die Hosen ihres Vaters anziehen, vor dem Spiegel damit einherstolzieren und sie dann wieder auf den Bügel hängen; so ungefähr war es auch damit. Der Vater tut so, als würde ihm nicht auffallen, daß sie anders hängen, oder als würde er die Reste der Schuhcremeschnurrbärte unter ihren Nasen nicht sehen. Verstehst du?«

Der Junge sagte nichts. Er hatte, seit sie das Tageslicht hinter sich gelassen hatten, nichts mehr gesagt. Der Revolvermann hatte hektisch, fiebrig geredet, um das Schweigen zu verdrängen. Er hatte nicht ins Licht zurückgesehen, als sie in die Lichtlosigkeit des Berginneren hinabgestiegen waren, aber der Junge hatte es getan. Der Revolvermann hatte das Schwinden des Tageslichts im weichen Spiegel von Jakes Wangen gesehen: erst zartrosa; dann Milchglas; dann silberne Blässe; dann der letzte düstere Schein des Abendrots; dann nichts mehr. Der Revolvermann hatte ein künstliches Licht angezündet, und sie waren weitergegangen. Jetzt lagerten sie. Sie hörten kein Echo von dem Mann in Schwarz. Vielleicht hatte auch er Halt gemacht, um sich auszuruhen. Oder vielleicht schwebte er ohne führendes Licht weiter durch nachtschwarze Kammern.

»Es fand einmal jährlich im Großen Saal statt«, fuhr der Revolvermann fort. »Wir nannten ihn Saal der Großväter. Aber es war nur der Große Saal.«

Das Geräusch tröpfelnden Wassers drang in ihre Ohren.

»Ein Ritual der Partnerwahl.« Der Revolvermann lachte verächtlich, und die empfindungslosen Wände machten diesen Laut zu einem irren Winseln. »In den Büchern steht, daß es in alten Zeiten die Begrüßung des Frühlings war. Aber die Zivilisation, du weißt ja ...«

Er verstummte, weil er außerstande war, die diesem mechanisierten Substantiv innewohnende Veränderung zu beschreiben, den Tod des Romantischen und seine sterile, weltliche Bedeutung, nur durch den gezwungenen Atem von Flitter und Zeremoniell zu leben; die geometrischen Schritte der Brautwerbung beim Tanz in der Osternacht im Großen Saal, welche das aufgeregte Trippeln der Liebe verdrängt hatten, an das er sich nur vage und intuitiv erinnern konnte – hohles Pathos anstelle von bedeutungsvollen und mitreißenden Leidenschaften, die einstmals die Seelen ausgelöscht haben mochten.

»Sie haben etwas Dekadentes daraus gemacht«, sagte der Revolvermann. »Ein Schaustück. Ein Spiel.« Seine Stimme drückte das unbewußte Mißfallen des

Asketen aus. Wäre das Licht stärker gewesen, so hätte es die Veränderung seines Gesichts deutlich machen können – Härte und Trauer. Aber sein essentieller Ausdruck war nicht gewichen oder verwässert worden. Der Mangel an Fantasie, den dieses Gesicht noch ausdrückte, war bemerkenswert.

»Aber der große Ball«, sagte der Revolvermann. »Der Ball ...«

Der Junge sagte nichts.

»Fünf schwere Lüster aus Kristall befanden sich dort, schweres Glas mit elektrischem Licht. Nichts als Licht, eine Insel aus Licht.

Wir waren in eine der alten Logen geschlüpft, die angeblich baufällig waren. Aber wir waren noch Jungen. Wir waren über allem und konnten darauf hinuntersehen. Ich kann mich nicht erinnern, daß einer von uns etwas sagte. Wir sahen nur zu, und wir sahen stundenlang zu.

Unten stand ein großer Tisch aus Stein, wo die Revolvermänner und ihre Frauen saßen und den Tänzern zusahen. Einige der Revolvermänner tanzten, aber nur wenige. Das waren die jüngeren. Die anderen saßen nur da, und mir schien, als wären sie im grellen Licht, in dem zivilisierten Licht, von großer Verlegenheit erfüllt. Sie waren die Geachteten, die Gefürchteten, die Wächter, aber in der Menge der Kavaliere mit ihren sanften Damen schienen sie wie Stallknechte zu sein ...

Vier kreisrunde Tische waren mit Speisen beladen, und sie drehten sich ständig. Die Köche kamen und gingen von sieben Uhr abends bis drei Uhr morgens ohne Unterlaß. Die Tische drehten sich wie Uhren, und wir konnten gegrilltes Schweine- und Rindfleisch, Hummer, Hähnchen und Bratäpfel riechen. Es gab Eis und Süßigkeiten. Es gab große flambierte Fleischspieße.

Und Marten saß neben meiner Mutter und meinem Vater das konnte ich selbst so hoch droben erkennen –, und sie und Marten tanzten einmal langsam und schwungvoll, und die anderen machten ihnen Platz und applaudierten, als es vorbei war. Die Revolvermänner klatschten nicht, aber mein Vater stand langsam auf und streckte ihr die Arme entgegen. Und sie kam lächelnd zu ihm.

Es war ein Augenblick des Übergangs, Junge. Eine Zeit, wie sie im Turm selbst herrschen muß, wenn Dinge zusammenkommen und halten und Energie in der Zeit erzeugen. Mein Vater hatte die Macht übernommen, er war auserwählt und anerkannt worden. Marten war der Anerkenner, mein Vater der Lenker. Und seine Frau, meine Mutter, ging zu ihm, das Bindeglied zwischen beiden. Verräterin.

Mein Vater war der letzte Herr des Lichts.«

Der Revolvermann betrachtete seine Hände. Der Junge sagte immer noch nichts. Sein Gesicht war lediglich nachdenklich.

»Ich kann mich erinnern, wie sie tanzten«, sagte der Revolvermann leise. »Meine Mutter und Marten der Zauberer. Ich erinnere mich, wie sie tanzten, wie sie sich langsam einander zu- und voneinander wegdrehten und den alten Schritten des Brautwahlrituals folgten.«

Er sah den Jungen lächelnd an. »Aber weißt du, es bedeutete nichts. Denn die Macht war auf eine Weise übertragen worden, die keiner von ihnen kannte, aber alle verstanden, und meine Mutter gehörte dem Besitzer und Former dieser Macht mit Haut und Haaren. War es nicht so? Sie ging zu ihm, als der Tanz vorüber war; oder nicht? Sie kam zu ihm, als der Tanz vorbei war, nicht? Und hielt seine Hand? Applaudierten sie? Hallte der Saal nicht vom Beifall wider, als diese Weichlinge und ihre sanften Damen ihm applaudierten und ihn hochleben ließen? War es nicht so? War es nicht so?«

Bitteres Wasser tröpfelte fern in der Dunkelheit. Der Junge sagte nichts.

»Ich erinnere mich, wie sie tanzten«, sagte der Revolvermann sanft. »Ich erinnere mich, wie sie tanzten ...« Er sah zu der unebenmäßigen Felsdecke empor, und es schien einen Augenblick, als würde er sie anschreien, sie lästern, sie in blinder Wut herausfordern – diese stumpfsinnigen Tonnen gefühllosen Granits, die ihre winzigen Leben in ihren Eingeweiden aus Stein bargen.

»Welche Hand kann das Messer gehalten haben, das meinem Vater den Tod brachte?«

»Ich bin müde«, sagte der Junge sehnsüchtig.

Der Revolvermann verfiel in Schweigen, und der Junge legte sich nieder und schob eine Hand zwischen Wange und Fels. Die winzige Flamme vor ihnen flackerte. Der Revolvermann drehte sich eine Zigarette. Ihm war, als könnte er im zynischen Saal seiner Erinnerung die kristallenen Leuchter immer noch sehen; als könnte er den leeren Schrei der Ehrenbezeugung in einem ausgebluteten Land hören, das schon damals hoffnungslos gegen ein graues

Meer der Zeit gestanden hatte. Die Insel des Lichts schmerzte ihn bitterlich, und er wünschte sich, er wäre niemals Zeuge geworden, wie sein Vater zum Hahnrei gemacht worden war.

Er blies Rauch aus Mund und Nasenlöchern heraus und sah auf den Jungen hinab. Wie wir für uns selbst große Kreise in der Erde ziehen, dachte er. Wie lange, bis wir wieder Tageslicht sehen?

Er schlief ein.

Nachdem sein Atem langgezogen und gleichmäßig und regelmäßig geworden war, machte der Junge die Augen auf und betrachtete den Revolvermann mit einem Ausdruck, der Liebe gleichkam. Das letzte Licht des Feuers brach sich einen Augenblick in der Pupille und ertrank dort. Er schlief wieder ein.

Der Revolvermann hatte einen Großteil seines Zeitgefühls in der unveränderlichen Wüste verloren; den Rest verlor er hier in diesen lichtlosen Gängen unter den Bergen. Keiner der beiden hatte eine Möglichkeit, die Zeit zu bestimmen, und das Konzept von Stunden wurde bedeutungslos. In gewissem Sinne standen sie außerhalb der Zeit. Ein Tag hätte eine Woche sein können oder eine Woche ein Tag. Sie wanderten, sie schliefen, sie aßen wenig. Ihr einziger Begleiter war das konstante Rauschen des Wassers, das sich seinen nagenden Weg durch den Fels bohrte. Sie folgten ihm und tranken aus seiner abgestandenen, mineralreichen Tiefe. Manchmal glaubte der Revolvermann, unter seiner Oberfläche flüchtige, schwebende Lichter, Grableuchten gleich, zu erkennen, aber er ging davon aus, daß sie lediglich Projektionen seines Gehirns waren, das noch nicht vergessen hatte, wie Licht aussah.

Der Entfernungsmesser in seinem Kopf führte sie unablässig voran.

Der Pfad neben dem Fluß (denn es war ein Pfad, ein glatter, leicht konkaver Pfad) führte stetig aufwärts zum Ursprung des Flusses. Sie fanden in regelmäßigen Abständen runde Felssäulen mit darin versenkten Ringen; vielleicht waren hier dereinst Ochsen oder Kutschenpferde angezäumt worden. An jeder befand sich ein Stahldeckel, unter dem sich eine elektrische Taschenlampe befand, doch diese waren alle ohne Leben und Licht.

Während der dritten Ruheperiode vor dem Schlafen wanderte der Junge ein Stück weg. Der Revolvermann konnte leise Geröllawinen hören, während er sich vorsichtig bewegte.

»Vorsicht«, sagte er. »Du siehst nicht, wo du dich befindest.«

»Ich krieche. Es ist ... nanu!«

»Was ist denn?« Der Revolvermann kauerte sich nieder und legte eine Hand auf den Revolvergriff.

Eine kurze Pause. Der Revolvermann strengte seine Augen überflüssigerweise an.

»Ich glaube, es ist eine Eisenbahn«, sagte der Junge zweifelnd.

Der Revolvermann stand auf und schritt vorsichtig in die Richtung, aus der Jakes Stimme gekommen war, wobei er mit einem Fuß behutsam auftrat, um nach Fallgruben zu tasten.

»Hier.« Eine ausgestreckte Hand glitt katzenpfotengleich über das Gesicht des Revolvermannes. Der

Junge war sehr gut im Dunkeln, besser als der Revolvermann selbst. Seine Augen schienen sich zu weiten, bis keine Farbe mehr in ihnen war: Das sah der Revolvermann, als er ein spärliches Licht entzündete. In diesem Schoß aus Stein gab es keinen Brennstoff, und ihr knapper Vorrat schwand rapide zu Asche. Manchmal war der Drang, ein Licht anzuzünden, fast unersättlich.

Der Junge stand neben einer gekrümmten Felswand, an der parallele Metallstäbe in die Dunkelheit hineinführten. Auf jedem befand sich eine schwarze Kugel, die einstmals ein elektrischer Leiter gewesen sein mochte. Daneben und darunter, nur Zentimeter über dem Felsboden, waren Schienen aus hellem Metall. Was mochte früher auf diesen Schienen gefahren sein? Der Revolvermann konnte sich lediglich schwarze elektrische Geschosse vorstellen, die mit wachsamen Scheinwerferaugen vor sich durch diese ewige Nacht flogen. Er hatte noch nie von so etwas gehört. Aber es gab Skelette in der Welt, ebenso wie Dämonen. Er war einmal einem Einsiedler begegnet, der eine quasi- religiöse Macht über eine erbarmenswerte Herde von Kuhhirten erlangt hatte, weil er im Besitz einer uralten Benzinpumpe gewesen war. Der Einsiedler hatte neben dieser Pumpe gekauert, einen Arm fest um sie geschlungen, und wilde, vulgäre, mürrische Predigten gehalten. Gelegentlich hatte er den immer noch strahlend glänzenden Füllstutzen, der sich an einem verrotteten Gummischlauch befunden hatte, zwischen die Beine gehalten. Auf der Pumpe selbst stand in deutlich lesbaren (wenn auch rostfleckigen) Buchstaben ein Schriftzug von unbekannter Bedeutung: *AMOCO. Bleifrei.* Amoco war zum Totem eines Donnergottes geworden, und ihm hatten sie durch das halb irre Abschlachten von Schafen gedient.

Wracks, dachte er. Nur sinnlose Wracks in Sand, der einst ein Meer gewesen war.

Und jetzt eine Eisenbahn.

»Wir folgen ihr«, sagte er.

Der Junge sagte nichts.

Der Revolvermann löschte das Licht, und sie schliefen. Als der Revolvermann erwachte, war der Junge bereits auf, er saß auf einer der Schienen und beobachtete ihn blicklos in der Dunkelheit.

Sie folgten den Schienen wie Blinde, der Revolvermann voraus, der Junge hinterher. Sie glitten mit einem Fuß an einer Schiene entlang, ebenfalls wie Blinde. Das unablässige Rauschen des Flusses zu ihrer Rechten war ihr ständiger Begleiter. Sie sagten nichts, und das blieb drei Perioden des Wachseins so. Der Revolvermann verspürte keinen Drang, zusammenhängend zu denken oder zu planen. Sein Schlaf war traumlos.

Während der vierten Periode des Wachseins und Wanderns stolperten sie buchstäblich über eine Draisine.

Der Revolvermann lief in Brusthöhe gegen sie, und der Junge, der auf der anderen Seite ging, stieß mit der Stirn dagegen und fiel schreiend zu Boden.

Der Revolvermann machte sofort Licht. »Alles in Ordnung?« Die Worte hörten sich scharf, beinahe gereizt an, und er zuckte zusammen.

»Ja.« Der Junge hielt sich behutsam den Kopf. Er

schüttelte ihn einmal, um festzustellen, ob er auch die Wahrheit gesagt hatte. Dann drehten sich beide um und sahen nach, wogegen sie gestoßen waren.

Es war ein Rechteck aus Metall, das stumm auf den Schienen saß. In seiner Mitte befand sich ein wippenähnlicher Griff. Der Revolvermann konnte nichts damit anfangen, aber der Junge wußte sofort Bescheid.

»Eine Draisine.«

»Was?«

»Draisine«, sagte der Junge ungeduldig, »wie in alten Filmen. Sieh her.«

Er zog sich hinauf und ging zum Griff. Es gelang ihm, ihn nach unten zu drücken, aber er mußte sein ganzes Körpergewicht darauf stützen. Er grunzte kurz. Die Draisine bewegte sich mit stummer Zeitlosigkeit ein paar Zentimeter auf den Schienen.

»Geht etwas schwer«, sagte der Junge, als wollte er sich für sie entschuldigen.

Der Revolvermann zog sich selbst hinauf und drückte den Griff nieder. Die Draisine bewegte sich gehorsam vorwärts und blieb dann wieder stehen. Er konnte spüren, wie sich unter seinen Füßen eine Antriebswelle drehte. Diese Funktion freute ihn – abgesehen von der Pumpe im Rasthaus war dies seit Jahren die erste alte Maschine, die er sah, die noch richtig funktionierte –, aber sie beunruhigte ihn auch. Sie würde sie viel schneller ans Ziel bringen. Wieder der Kuß des Fluches, dachte er, und er wußte, der Mann in Schwarz hatte gewollt, daß sie auch dies finden sollten.

»Hübsch, was?« sagte der Junge, und seine Stimme war voller Grauen.

»Was sind Filme?« fragte der Revolvermann.

Jake antwortete nicht, und sie standen in schwarzer Stille, wie in einer Gruft, aus der das Leben entflohen war. Der Revolvermann konnte das Arbeiten der Organe in seinem Körper und den Atem des Jungen hören. Das war alles.

»Du stehst auf einer Seite. Ich stehe auf der anderen Seite«, sagte Jake. »Du mußt allein drücken, bis sie wirklich gut läuft. Dann kann ich dir helfen. Zuerst drückst du, dann drücke ich. Wir werden damit fahren. Kapiert?«

»Ich habe kapiert«, sagte der Revolvermann. Er hatte die Hände hilflos und verzweifelt zu Fäusten geballt.

»Aber du mußt allein drücken, bis sie wirklich gut rollt«, wiederholte der Junge und sah ihn an.

Der Revolvermann sah plötzlich lebhaft das Bild des Großen Saals ein Jahr nach dem Frühlingsball vor sich – in den zerschmetterten, zerstörten Trümmern von Revolution, Bürgerkrieg und Invasion. Dem folgte die Erinnerung an Allie, die Frau mit der Narbe aus Tull, die von den Kugeln getroffen und gebeutelt wurde, die sie im Reflex töteten. Dann folgte Jamies im Tod blau angelaufenes Gesicht, dann das weinende und verzerrte von Susan. Alle meine alten Freunde, dachte der Revolvermann und lächelte grausam.

»Ich drücke«, sagte der Revolvermann.

Er fing an zu drücken.

# 2

Sie rollten durch die Dunkelheit, und jetzt ging es viel schneller, weil sie sich den Weg nicht mehr ertasten mußten. Nachdem die Trägheit eines vergessenen Zeitalters von der Draisine abgeschüttelt war, lief sie geschmeidig. Der Junge versuchte, seinen Teil beizusteuern, und der Revolvermann gestattete ihm kurze Schichten – aber er drückte weitgehend alleine, ein gewaltiges, die Brust dehnendes Auf und Ab. Der Fluß war ihr Begleiter, er war manchmal nahe zu ihrer Rechten, manchmal etwas weiter entfernt. Einmal nahm er ein gewaltiges, hohles Donnern an, als bewegten sie sich durch das Kirchenschiff einer prähistorischen Kathedrale. Einmal verschwand sein Geräusch fast völlig.

Die Geschwindigkeit und der Fahrtwind in ihren Gesichtern schien das Augenlicht zu ersetzen und versetzte sie wieder in einen Rahmen aus Zeit und Bezugspunkten. Der Revolvermann schätzte, daß sie mit einer Geschwindigkeit zwischen zehn und fünfzehn Meilen pro Stunde vorankamen, und zwar immer auf einem leichten, fast unmerklichen Aufwärtsweg, der ihn auf täuschende Weise auslaugte. Wenn sie anhielten, schlief er wie der Fels selbst. Ihr Essen war beinahe wieder zur Neige gegangen. Keiner machte sich Sorgen deswegen.

Für den Revolvermann war die Spannung des bevorstehenden Höhepunktes so unmerklich und dennoch so wirklich und zunehmend wie die Erschöpfung vom Antreiben der Draisine. Sie waren dem Ende des Anfangs sehr nahe. Er fühlte sich wie ein Schauspieler, der Sekunden bevor der Vorhang sich hebt in der Mitte der Bühne steht; er hatte seine Position bezogen und die erste Dialogzeile im Gedächtnis, während er das Publikum mit Programmen rascheln und auf den Stühlen rücken hörte. Er lebte mit einem zusammengekrampften dicken Klumpen unheiliger Vorahnungen im Bauch und begrüßte die Anstrengung, die ihm zu gesundem Schlaf verhalf.

Der Junge sprach immer weniger; aber an ihrem Rastplatz, eine Schlafperiode bevor sie von den Langsamen Mutanten angegriffen wurden, fragte er den Revolvermann beinahe schüchtern nach dessen Erwachsenwerden.

Der Revolvermann hatte am Griff gelehnt und eine Zigarette aus seinem schwindenden Tabaksvorrat im Mund gehabt. Er war am Rand seines gewohnheitsmäßig traumlosen Schlafes gewesen, als der Junge seine Frage gestellt hatte.

»Warum willst du das wissen?« fragte er.

Die Stimme des Jungen schien eigentümlich verstockt, als wollte er seine Verlegenheit verbergen. »Einfach so.« Und nach einer Pause fügte er hinzu: »Ich habe mir immer Gedanken über das Aufwachsen gemacht. Das meiste sind Lügen.«

»Ich wurde nicht erwachsen«, sagte der Revolvermann. »Ich wurde nicht mit einem Mal erwachsen. Ich wurde es hier und dort entlang des Weges. Einmal sah ich, wie ein Mann gehängt wurde. Das war ein Teil davon, auch wenn ich es damals nicht wußte. Vor zwölf Jahren habe ich ein Mädchen in einer Stadt namens King's Town zurückgelassen. Das war ein anderer Teil. Ich wußte nichts von den Teilen, wenn sie passierten. Erst später wurden sie mir klar.«

Ihm wurde mit einigem Unbehagen klar, daß er der Frage auswich.

»Ich denke, das Erwachsenwerden war auch ein Teil davon«, sagte er fast widerstrebend. »Es war formell. Fast stilisiert; wie ein Tanz.« Er lachte unangenehm. »Wie die Liebe. Liebe und Tod waren mein Leben.« Der Junge sagte nichts.

»Es war nötig, sich selbst im Kampf zu bewähren«, fing der Revolvermann an.

## 3

Sommer und Hitze.

Der August war wie ein Vampirliebhaber über das Land gekommen, hatte Ländereien und Frucht der ansässigen Bauern vernichtet und die Felder der Residenzstadt weiß und steril gemacht. Im Westen, einige Meilen entfernt und an der Grenze gelegen, die das Ende der Zivilisation war, hatten die Kämpfe bereits begonnen. Alle Meldungen waren schlecht, und alle verloren jegliches Interesse angesichts der Hitze, die über dem Ort im Zentrum lag. Das Vieh trottete mit leeren Augen in den Pferchen des Marktes. Schweine grunzten lustlos und merkten nichts von den Messern, die für den kommenden Herbst gewetzt wurden. Die Menschen stöhnten wegen Steuern und Erlassen, wie sie es immer getan haben, aber hinter dem apathischen Passionsspiel der Politik herrschte nur Leere. Das Zentrum war ausgetreten wie ein Teppich, der gewaschen und getreten und geschüttelt und aufgehängt und getrocknet worden war. Die Leinen und Netzstränge, welche das letzte Juwel auf der Brust der Welt hielten, barsten entzwei. Die Dinge hatten keinen Zusammenhalt mehr. Im Sommer des bevorstehenden Zusammenbruchs hielt die Welt den Atem an.

Der Junge ging müßig den oberen Flur dieses aus Stein erbauten Ortes entlang, der seine Heimat war, und spürte all diese Dinge; doch er verstand sie nicht. Auch er war leer und gefährlich.

Es waren drei Jahre vergangen, seit man den Koch gehängt hatte, der stets etwas zu essen für hungrige Jungen gefunden hatte, und er war gewachsen. Jetzt war er vierzehn Jahre alt und nur in verblichene Jeans gekleidet, und er besaß bereits den gewaltigen Brustumfang und die langen Beine, die den Erwachsenen charakterisieren sollten. Er hatte seine Unschuld noch, aber zwei der jüngeren Schlampen eines Kaufmanns aus der Weststadt hatten ein Auge auf ihn geworfen. Er hatte seine Reaktion gespürt, und in diesem Augenblick spürte er sie noch stärker. Obschon es in dem Flur kühl war, spürte er Schweiß auf dem Körper.

Vor ihm befanden sich die Gemächer seiner Mutter, und er näherte sich ihnen ungläubig, wollte aber nur an ihnen vorbei auf das Dach hinaufgehen, wo eine schwache Brise und die Freuden seiner eigenen Hand auf ihn warteten.

Er hatte gerade die Tür hinter sich gelassen, als eine Stimme ihn rief: »Du. Junge.«

Es war Marten der Zauberer. Er war mit einer befremdlichen, beunruhigenden Beiläufigkeit gekleidet – schwarze Whipcordhosen, die fast so eng wie ein Trikot waren, und ein weißes Hemd, das bis über die Brust herab aufgeknöpft war. Sein Haar war zerzaust.

Der Junge sah ihn schweigend an.

»Komm herein, komm herein! Steh nicht auf dem Flur herum! Deine Mutter möchte mit dir reden.« Er lächelte mit dem Mund, doch die Furchen seines Gesichts drückten einen tieferen, sardonischen Humor aus. Darunter war nur Kälte.

Aber seine Mutter schien ihn nicht sehen zu wollen. Sie saß im zentralen Salon ihrer Gemächer auf einem Hocker am großen Fenster, aus dem man die heißen, kahlen Pflastersteine des Innenhofes sehen konnte. Sie hatte ein weites, formloses Gewand an und sah den Jungen nur einmal an – ein rasches, glitzerndes und reuevolles Lächeln, wie Herbstsonne auf dem Wasser eines Bachs. Während des restlichen Gesprächs sah sie auf ihre Hände.

Er sah sie nur noch sehr selten, und die Gespenster von Wiegenliedern waren fast völlig aus seinem Gedächtnis verschwunden. Aber sie war eine geliebte Fremde. Er empfand eine formlose Furcht, und geboren wurde ein unversöhnlicher Haß gegenüber Marten, der rechten Hand seines Vaters. (Oder war es umgekehrt?)

Und natürlich hatte es schon immer Klatsch auf den Straßen gegeben – auch wenn er von ganzem Herzen glaubte, er hätte diesen Klatsch nicht gehört.

»Geht es dir gut?« fragte sie ihn sanft und betrachtete ihre Hände. Marten stand neben ihr, seine schwere Hand ruhte beunruhigend nahe der Kreuzung ihrer weißen Schulter mit ihrem weißen Hals, und er lächelte sie beide an. Seine braunen Augen waren beim Lächeln so dunkel, daß sie fast schwarz wirkten.

»Ja«, sagte er.

»Verläuft deine Ausbildung gut?«

»Ich gebe mir Mühe«, sagte er. Sie wußten beide, daß er nicht sprühend intelligent war, so wie Cuthbert, oder auch nur schnell, so wie Jamie. Er war ein Arbeitstier und ein Keulenschwinger.

»Und David?« Sie wußte, daß er in den Falken vernarrt war.

Der Junge sah zu Marten auf, der immer noch väterlich auf alles herablächelte. »Er hat sein bestes Alter hinter sich.«

Seine Mutter schien zusammenzuzucken, einen Augenblick schien Martens Gesicht finsterer zu werden, sein Griff um ihre Schulter fester. Dann sah sie hinaus ins heiße Weiß des Tages, und alles war wieder beim alten.

Das ist eine Scharade, dachte er. Ein Spiel. Aber wer spielt mit wem?

»Du hast eine Narbe auf der Stirn«, sagte Marten, der immer noch lächelte. »Möchtest du ein Kämpfer werden wie dein Vater, oder bist du einfach langsam?«

Dieses Mal zuckte sie zusammen.

»Beides«, sagte der Junge. Er sah Marten unverwandt an und lächelte schmerzvoll. Selbst hier drinnen war es sehr heiß.

Marten hörte plötzlich auf zu lächeln. »Du kannst jetzt auf das Dach gehen. Ich glaube, du hast dort etwas vor.«

Aber Marten hatte ihn mißverstanden, unterschätzt. Sie hatten die Niedersprache gesprochen, eine Parodie des Unformellen. Aber nun donnerte der Junge in der Hochsprache:

»Meine Mutter hat mich noch nicht entlassen, Lehnsmann!«

Marten verzog das Gesicht, als wäre er von einem Peitschenhieb getroffen worden. Der Junge hörte das ängstliche, schmerzliche Stöhnen seiner Mutter. Sie nannte seinen Namen.

Doch das schmerzvolle Lächeln im Gesicht des Jungen blieb, während er einen Schritt vorwärts trat. »Wirst du mir ein Zeichen deiner Ergebenheit geben, Lehnsmann? Im Namen meines Vaters, dem du dienst?«

Marten sah ihn mit ungläubiger Fassungslosigkeit an.

»Geh«, sagte Marten leise. »Geh und bediene dich deiner Hand.«

Der Junge entfernte sich lächelnd.

Als er die Tür geschlossen hatte und in die Richtung zurückging, aus der er gekommen war, hörte er das Wehklagen seiner Mutter. Es war der Ruf einer Banshee.

Dann hörte er Marten lachen.

Der Junge lächelte immer noch, während er zu seiner Prüfung ging.

Jamie war von den Marktweibern zurückgekommen, und als er den Jungen sah, der über den Übungsplatz ging, eilte er zu ihm, um Roland den jüngsten Klatsch von Blutvergießen und Aufruhr im Westen mitzuteilen. Doch er blieb stehen, und seine Worte blieben ungesagt. Sie kannten einander seit der Kindheit, und als Jungen hatten sie einander herausgefordert, miteinander gestritten und tausendfach die Mauern erforscht, in denen sie geboren worden waren.

Der Junge stapfte an ihm vorbei, er starrte geradeaus, ohne zu sehen, das schmerzvolle Lächeln auf seinem Gesicht. Er ging auf Corts Hütte zu, wo die Rollos heruntergelassen waren, um die mörderische Hitze des Nachmittags abzuhalten. Cort schlief nachmittags, damit er seine abendlichen geilen Ausflüge in die labyrinthischen und schäbigen Bordelle der Unterstadt in vollen Zügen genießen konnte.

Jamie spürte intuitiv, was geschehen würde, und in seiner Angst und Aufregung war er zwischen den beiden Möglichkeiten hin- und hergerissen, Roland zu folgen oder die anderen zu rufen.

Dann fiel der hypnotische Bann von ihm ab, und er lief schreiend auf das Hauptgebäude zu. »Cuthbert! Allen! Thomas!« Seine Schreie klangen dünn und kläglich in der Hitze. Auf die unsichtbare Art, die Jungen innewohnt, hatten sie gewußt, hatten sie alle gewußt, daß dieser Junge der erste von ihnen sein würde, der seine Grenzen ausprobierte. Aber es war zu früh.

Das tückische Grinsen in Rolands Gesicht stimulierte ihn wie die Neuigkeiten von Kriegen, Revolutionen oder Hexerei es niemals gekonnt hätten. Dies war mehr als Worte aus einem zahnlosen Mund, die über fliegenfleckigen Salatköpfen gesprochen wurden.

Roland schritt zur Hütte seines Lehrmeisters und trat die Tür auf. Sie flog nach hinten, prallte gegen die schmucklos verputzte Wand und schnellte wieder zurück.

Er war noch nie hier gewesen. Die Eingangstür öffnete sich in eine spärliche Küche, die kühl und braun war. Ein Tisch. Zwei Lehnstühle. Zwei Schränke. Verblichener Linoleumboden mit schwarzen, ausgetretenen Spuren vom Kühlschrank im Boden, zur Theke, wo die Messer hingen, zum Tisch.

Dies war die Privatsphäre eines Mannes der Öffentlichkeit. Die letzte verblaßte Nüchternheit eines gewalttätigen mitternächtlichen Tunichtguts, der die Jungen dreier Generationen auf seine derbe Art geliebt und einige zu Revolvermännern gemacht hatte.

»Cort!«

Er trat gegen den Tisch, der durch den Raum gegen den Schrank flog. Messer fielen wie funkelnde Mikadostäbchen von der Wandhalterung.

Im Nebenzimmer war eine träge Bewegung zu hören, ein schlaftrunkenes Räuspern. Der Junge trat nicht ein, denn er wußte, daß es Schau war, Cort war im anderen Zimmer der Hütte sofort aufgewacht und stand mit einem wachsamen Auge neben der Tür und war bereit, dem unvorsichtigen Eindringling den Hals umzudrehen.

»Cort, ich will dich sehen, Lehnsmann!«

Jetzt sprach er die Hochsprache, und Cort stieß die Tür auf. Er hatte nur dünne Unterhosen an, ein vierschrötiger Mann mit krummen Beinen, der von Kopf bis Fuß mit Narben übersät war und dicke Muskelpakete hatte. Und einen runden, vorgewölbten Bauch. Der Junge wußte aus Erfahrung, daß er federnd wie Stahl war. Das eine unversehrte Auge betrachtete ihn aus dem zerschlagenen, haarlosen Kopf.

Der Junge salutierte formell. »Bringe mir nichts mehr bei, Lehnsmann. Heute werde ich dir etwas beibringen.«

»Du bist früh dran, Küken«, sagte er beiläufig, doch auch er benützte die Hochsprache. »Fünf Jahre zu früh, würde ich sagen. Ich frage dich nur einmal. Möchtest du zurücktreten?«

Der Junge lächelte sein tückisches, schmerzvolles Lächeln. Das genügte Cort, der dieses Lächeln schon auf einem Strich blutgetränkter Felder der Ehre und Unehre unter scharlachroten Himmeln gesehen hatte, als Antwort – vielleicht war es die einzige Antwort, die er geglaubt hätte.

»Zu schade«, sagte der Lehrer abwesend. »Du warst mein vielversprechendster Schüler – der beste seit zwei Dutzend Jahren, möchte ich sagen. Es wird weh tun, dich gebrochen und in einer Sackgasse zu sehen. Aber die Welt hat sich weitergedreht. Schlechte Zeiten sind im Sattel.«

Der Junge sagte immer noch nichts (und wäre auch keiner zusammenhängenden Erklärung fähig gewesen, wäre eine verlangt worden), aber das gräßliche Lächeln wurde zum ersten Mal sanfter.

»Doch du hast das richtige Blut in dir«, sagte Cort feierlich, »ob im Westen nun Aufruhr und Hexerei herrschen oder nicht. Ich bin dein Lehnsmann, Junge, ich anerkenne deinen Befehl und beuge mich ihm jetzt – wenn auch niemals wieder – von ganzem Herzen.«

Und Cort, der ihn geschlagen, getreten, bluten gelassen, verflucht, verspottet und ihn den Ausbund der Syphilis genannt hatte, ließ sich auf ein Knie nieder und senkte den Kopf.

Der Junge berührte das ledrige, verwundbare Fleisch seines Halses verwundert. »Steh auf, Lehnsmann. In Liebe.«

Cort stand langsam auf, und hinter der gleichgültigen Maske seiner entstellten Züge mochte Kummer verborgen sein. »Dies ist Verschwendung. Tritt zurück, Junge. Ich breche meinen eigenen Schwur. Tritt zurück und warte!«

Der Junge sagte nichts.

»Nun gut.« Corts Stimme wurde geschäftsmäßig. »Eine Stunde. Die Waffe deiner Wahl.«

»Bringst du deinen Stock mit?«

»Wie immer.«

»Wie viele Stöcke wurden dir genommen, Cort?« Was auf dasselbe hinauslief wie die Frage: Wie viele Jungen haben den Hof hinter dem Großen Saal betreten und kehrten als Revolvermannlehrlinge zurück?

»Heute wird mir kein Stock genommen werden«, sagte Cort langsam. »Das bedaure ich. Es gibt nur dieses eine Mal, Junge. Die Strafe für Übereifrigkeit ist dieselbe Strafe wie die für Untauglichkeit. Kannst du nicht warten?«

Der Junge dachte an Marten, der groß wie ein Gebirge über ihm gestanden hatte. »Nein.«

»Nun gut. Welche Waffe wählst du?« Der Junge sagte nichts.

Corts Lächeln entblößte eine Reihe schiefer Zähne. »Ein kluger Anfang. In einer Stunde. Dir ist klar, daß du aller Wahrscheinlichkeit die anderen, deinen Vater und diesen Ort nie mehr wiedersehen wirst?«

»Ich weiß, was Verbannung bedeutet«, sagte er leise.

»Geh jetzt.«

Der Junge ging, ohne sich noch einmal umzudrehen.

## 4

Der Keller der Scheune war trügerisch kühl, feucht, nach Spinnweben und Schwitzwasser riechend. Er wurde vom allgegenwärtigen Sonnenlicht erhellt, spürte die Hitze des Tages jedoch nicht; hier hielt der Junge den Falken, und der Falke schien sich wohl zu fühlen.

David war alt und jagte nicht mehr am Himmel. Sein Gefieder hatte den animalischen Glanz von vor drei Jahren verloren, aber die Augen waren noch so stechend und reglos wie eh und je.

Man kann mit einem Falken keine Freundschaft schließen, sagten sie, es sei denn, man ist selbst ein Falke, allein und nur ein Fremder im Land, ohne Freunde oder das Bedürfnis, welche zu haben. Der Falke zollt der Moral keinen Tribut.

David war jetzt ein alter Falke. Der Junge hoffte (Oder war er zu fantasielos, um zu hoffen? Wußte er es nur?), daß er selbst ein junger war.

»Hai«, sagte er und streckte den Arm zu der an Stricken hängenden Sitzstange aus.

Der Falke kletterte auf den Arm des Jungen und blieb dort reglos und ohne Haube sitzen. Der Junge griff mit der anderen Hand in die Tasche und holte ein Stück Dörrfleisch heraus. Der Falke pickte es heftig aus seinen Fingern und ließ es verschwinden.

Der Junge fing an, David sehr behutsam zu streicheln. Cort hätte es wahrscheinlich auch dann nicht geglaubt, wenn er es gesehen hätte, aber Cort glaubte auch nicht, daß die Zeit des Jungen gekommen war.

»Ich glaube, heute wirst du sterben«, sagte er, ohne mit dem Streicheln aufzuhören. »Ich glaube, du wirst zum Opfer gemacht werden, wie die vielen kleinen Vögel, mit denen wir dich abgerichtet haben. Erinnerst du dich? Nein? Das macht nichts. Nach dem heutigen Tag bin ich der Falke.«

David saß stumm und ohne zu blinzeln auf seinem Arm; es war ihm einerlei, ob er lebte oder starb.

»Du bist alt«, sagte der Junge nachdenklich. »Und vielleicht nicht mein Freund. Noch vor einem Jahr hättest du lieber meine Augen gehabt als dieses Stück Fleisch, ist es nicht so? Cort würde lachen. Aber wenn wir ihm nahe genug kommen ... was ist es, Vogel? Alter oder Freundschaft?«

David sagte es nicht.

Der Junge zog ihm die Haube auf und nahm die Leine, die um das Ende von Davids Stange geschlungen war. Sie verließen die Scheune.

# 5

Der Hof hinter dem Großen Saal war eigentlich überhaupt kein Hof, sondern nur ein grüner Korridor, dessen Mauern von verfilzten, dichten Hecken gebildet wurden. Er wurde schon seit undenklichen Zeiten für das Ritual des Erwachsenwerdens benützt, schon lange vor Cort und dessen Vorgänger, der an dieser Stelle an der von einer übereifrigen Hand herbeigeführten Stichwunde gestorben war. Viele Jungen hatten den Hof am Ostende, wo der Lehrmeister stets eintrat, als Männer wieder verlassen. Das Ostende lag im Angesicht des Großen Saals und all der Zivilisation und der Intrigen der erleuchteten Welt. Viele waren blutig und geschlagen vom Westende fortgekrochen, wo die Jungen stets eintraten, und waren für immer Jungen geblieben. Der Westen lag den Bergen und Hüttenbewohnern zugewandt; dahinter lagen die zugewucherten barbarischen Wälder; dahinter die Wüste. Der Junge, der ein Mann wurde, gelangte von Dunkelheit und Unwissenheit zu Licht und Verantwortung. Die Jungen, die geschlagen worden waren, konnten sich immer nur weiter und weiter zurückziehen. Der Korridor war so glatt und eben wie ein Spielfeld. Er war genau fünfzig Meter lang. Normalerweise drängten sich gespannte Zuschauer und Verwandte an beiden Enden, denn das Ritual wurde für gewöhnlich mit großer Präzision geplant – das übliche Alter war achtzehn (diejenigen, die ihre Prüfung im Alter von fünfundzwanzig Jahren nicht abgelegt hatten, versanken normalerweise in Vergessenheit und wurden Freisassen, weil sie nicht imstande waren, sich dem brutalen Alles-oder- Nichts der Prüfung zu stellen). Aber an diesem Tag waren nur Jamie, Cuthbert, Allen und Thomas anwesend. Sie kauerten mit aufgesperrten Mündern und eindeutig entsetzt am Jungenende.

»Deine Waffe, Dummkopf!« flüsterte Cuthbert gequält. »Du hast deine Waffe vergessen!«

»Ich habe sie«, sagte der Junge abwesend. Er fragte sich am Rande, ob die Kunde von dem hier schon ins Hauptgebäude gedrungen war, zu seiner Mutter – und zu Marten. Sein Vater war auf der Jagd und wurde erst in Wochen zurückerwartet. Er empfand deswegen ein Schuldgefühl, denn bei seinem Vater hätte er Verständnis, wenn nicht Billigung gefunden. »Ist Cort gekommen?«

»Cort ist hier«, ertönte eine Stimme vom anderen Ende des Flurs, und Cort, der ein kurzes Unterhemd trug, trat herein. Ein schweres Lederband zierte seine Stirn, das den Schweiß von den Augen fernhalten sollte. Er hielt einen Stock aus Eisenholz in der Hand, der an einem Ende spitz, am anderen schaufelartig verbreitert und klobig war. Er begann mit der Litanei, die sie alle, die vom blinden Blut ihrer Väter auserwählt worden waren, seit ihrer frühesten Kindheit kannten, als sie sie in Vorbereitung auf den Tag, da sie, mit Glück, zu Männern werden würden, gelernt hatten.

»Bist du mit ernster Absicht hierhergekommen, Junge?«

»Ich bin mit ernster Absicht gekommen, Lehrmeister.«

»Bist du als aus deines Vaters Haus Ausgestoßener gekommen?«

»So bin ich gekommen, Lehrmeister.« Und er würde Ausgestoßener bleiben, bis er Cort besiegt hätte. Besiegte Cort ihn, würde er für immer Ausgestoßener bleiben.

»Bist du mit deiner erwählten Waffe gekommen?«

»So bin ich gekommen, Lehrmeister.«

»Welches ist deine Waffe?« Das war der Vorteil des Lehrmeisters, seine Möglichkeit, die Kampfesweise der Schlinge, dem Speer oder dem Netz anzupassen.

»Meine Waffe ist David, Lehrer.«

Cort hielt kurz inne.

»Du forderst mich also heraus?«

»Das tue ich.«

»Dann sei geschwind.«

Und Cort trat in den Korridor, wobei er den Stab von einer Hand in die andere wechselte. Die Jungen seufzten flatternd wie Vögel, während ihr Gefährte ihm entgegentrat.

*Meine Waffe ist David, Lehrmeister.*

Erinnerte sich Cort? Hatte er es völlig begriffen? Wenn ja, dann war wahrscheinlich alles verloren. Alles hing von der Überraschung ab – und von dem, was der Falke eben noch in sich hatte. Würde er nur desinteressiert auf dem Arm des Jungen sitzen, während Cort ihn mit dem Eisenholz dumm prügelte? Oder zum hohen, heißen Himmel emporfliegen?

Sie näherten sich einander, und der Junge löste die Haube mit gefühllosen Fingern. Sie fiel ins grüne Gras, und der Junge blieb wie angewurzelt stehen. Er sah, wie Cort den Vogel ansah und Überraschung und allmähliche Erkenntnis in seinen Augen dämmerte.

Also dann jetzt.

»Auf ihn!« rief der Junge und hob den Arm.

Und David flog wie eine lautlose braune Kugel los, seine Stummelflügel schlugen einmal, zweimal, dreimal, dann prallte er in Corts Gesicht, sein Schnabel und seine Krallen suchten.

»Hai! Roland!« schrie Cuthbert begeistert.

Cort, der aus dem Gleichgewicht gekommen war, taumelte rückwärts. Er hob den Eisenholzstab und fuchtelte wirkungslos damit in der Luft über seinem Kopf herum. Der Falke war ein entfesseltes, verschwommenes Federbündel.

Der Junge schnellte vorwärts, er streckte den Arm mit angewinkeltem Ellbogengelenk wie einen Keil vor sich.

Trotzdem war Cort beinahe zu schnell für ihn. Der Vogel verdeckte neunzig Prozent seines Sehbereichs, doch das Eisenholz schnellte mit dem flachen Ende zuerst in die Höhe, und Cort vollführte kühn die einzige Tat, welche die Ereignisse an diesem Punkt beeinflussen konnte. Er schlug sich dreimal selbst ins Gesicht, sein Bizeps spannte sich gnadenlos.

David fiel verkrümmt und mit gebrochenen Knochen von ihm ab. Ein Flügel schlug heftig auf den Boden. Seine kalten Raubvogelaugen sahen kalt in das blutüberströmte Gesicht des Lehrmeisters. Corts schlimmes Auge wölbte sich blind aus der Höhle.

Der Junge trat nach Corts Schläfe und landete einen wuchtigen Treffer. Das hätte das Ende sein sollen; sein Bein war taub vom einzigen Hieb Corts, aber es hätte dennoch das Ende sein sollen. Es war es nicht. Corts Gesicht wurde einen Augenblick schlaff, doch dann sprang er und griff nach dem Fuß des Jungen.

Der Junge schnellte zurück und stolperte über seine eigenen Füße. Er fiel zu Boden. Er hörte aus weiter Ferne den Klang von Jamies Aufschrei.

Cort war aufgestanden und bereit, sich auf ihn fallen zu lassen und der Sache ein Ende zu machen. Er hatte seinen Vorteil verloren. Sie sahen einander einen Augenblick an, der Lehrmeister, von dessen linker Gesichtshälfte Blut troff und der das schlimme Auge jetzt bis auf einen weißen Schlitz geschlossen hatte, über seinem Schüler. Heute nacht würde Cort nicht in die Bordelle gehen können.

Etwas riß heftig an der Hand des Jungen. Es war David, der Falke, der blindwütig pickte. Beide Flügel waren gebrochen. Es war unglaublich, daß er noch lebte.

Der Junge hob ihn auf wie einen Stein, er achtete nicht auf den pickenden, hackenden Schnabel, der ihm das Fleisch in Streifen vom Handgelenk riß. Als Cort mit ausgebreiteten Armen auf ihn niederfiel, warf der Junge den Falken hoch.

»Hai! David! Töte!«

Dann verdunkelte Cort das Licht der Sonne und warf sich auf ihn.

Der Vogel wurde zwischen sie gequetscht, und der Junge spürte einen schwieligen Daumen, der nach seiner Augenhöhle tastete. Er wandte den Kopf ab und zog gleichzeitig den Fuß an, damit er Corts nach seinem Schritt tastendes Knie abwehren konnte. Seine eigene Hand schlug dreimal heftig nach Corts

Halswirbel. Es war, als würde er auf schwieligen Fels schlagen.

Dann stieß Cort ein belegtes Grunzen aus. Sein Körper erschauerte. Der Junge sah aus dem Augenwinkel, wie eine Hand nach dem Stock tastete, und er kickte ihn mit einer federnden Bewegung seines Fußes außer Reichweite. David hatte eine Klaue in Corts rechtes Ohr geschlagen. Die andere zerkratzte die Wange des Lehrmeisters gnadenlos und verwandelte sie in eine Ruine. Blut, das nach grünspanigem Kupfer schmeckte, troff ihm ins Gesicht.

Corts Faust schlug einmal nach dem Vogel und brach ihm den Rücken. Noch einmal, und der Hals stand in einem unnatürlichen Winkel ab. Doch die Klaue ließ nicht los. Es war kein Ohr mehr da, nur noch ein rotes Loch, das in Corts Schädel hineinführte. Der dritte Schlag hieb den Vogel beiseite und klärte Corts Gesichtsfeld.

Der Junge schlug mit der Handkante auf Corts Nase und brach den dünnen Nasenrücken. Blut spritzte.

Corts tastende, blinde Hand zerrte an den Gesäßbacken des Jungen, und Roland rollte sich weg, ohne zu sehen, wohin, fand Corts Stock und richtete sich auf die Knie auf.

Auch Cort kam grinsend auf die Knie. Sein Gesicht war blutverschmiert. Das sehende Auge rollte wie irrsinnig in seiner Höhle. Die Nase war in einen unappetitlich schiefen Winkel geschlagen worden. Beide Wangen waren nur noch Fleischfetzen.

Der Junge hielt den Stock wie ein Baseballspieler, der auf den Wurf wartet.

Cort täuschte zweimal an und stürmte dann direkt auf ihn zu.

Der Junge war bereit. Der Eisenholzstab kreiste in einem weiten Bogen und traf Corts Kopf mit einem dumpfen Aufschlag. Cort fiel auf die Seite und sah den Jungen mit einem benebelten, blinden Blick an. Ein dünner Speichelfaden troff ihm aus dem Mund.

»Ergib dich oder stirb«, sagte der Junge. Sein Mund war mit feuchter Baumwolle gefüllt.

Und Cort lächelte. Er hatte das Bewußtsein fast völlig verloren, und hinterher sollte er fast eine Woche lang in der Schwärze eines Komas in seiner Hütte liegen und versorgt werden, doch nun hielt er mit aller Kraft seines mitleidlosen, schattenlosen Lebens durch.

»Ich ergebe mich, Revolvermann. Ich ergebe mich lächelnd.«

Corts sehendes Auge fiel zu.

Der Revolvermann schüttelte ihn sanft, aber beharrlich. Die anderen standen jetzt um ihn herum, ihre Hände zitterten danach, ihm auf den Rücken zu klopfen und an sich zu ziehen; aber sie hielten sich furchtsam zurück und spürten die neu aufgetane Kluft. Doch das war nicht so seltsam, wie es hätte sein können, denn zwischen diesem Jungen und den anderen hatte stets eine Kluft geklafft.

Flatternd und schwach öffnete Cort wieder das Auge.

»Der Schlüssel«, sagte der Revolvermann. »Mein Geburtsrecht, Lehrmeister. Ich brauche es.«

Sein Geburtsrecht waren die Revolver – nicht die schweren, von Sandelholz verstärkten seines Vaters –, aber dennoch Revolver. Für alle verboten, abgesehen von einigen wenigen. Die letzte, endgültige Waffe. Die Waffen seiner Lehrzeit, schwere, klobige Waffen aus Stahl und Nickel, hingen in der tiefen Gruft unter den Baracken, wo er sich nun nach uraltem Gesetz aufhalten durfte, fern von der Mutterbrust. Sie hatten seinen Vater durch seine Lehrzeit begleitet, und sein Vater regierte heute wenigstens dem Namen nach.

»Demnach ist es so beängstigend?« murmelte Cort wie im Schlaf. »So drängend. Das habe ich befürchtet. Und doch, du hast gesiegt.«

»Der Schlüssel.«

»Der Falke ... ein großartiger Schachzug. Eine gute Waffe. Wie lange hast du gebraucht, das Miststück abzurichten?«

»Ich habe David nicht abgerichtet. Ich wurde sein Freund. Der Schlüssel.«

»Unter meinem Gürtel, Revolvermann.« Das Auge fiel wieder zu.

Der Revolvermann griff unter Corts Gürtel, er spürte den schweren Druck des Bauches, dessen Muskeln jetzt erschlafft waren und ruhten. Der Schlüssel war an einem Messingring. Er hielt ihn in der Hand umklammert und widerstand dem verrückten Wunsch, ihn als Salut seines Sieges himmelwärts zu halten. Er stand auf und drehte sich endlich zu den anderen um, als Corts Hand nach seinem Fuß tastete. Einen Augenblick fürchtete der Revolvermann einen letzten Angriff und verkrampfte sich, aber Cort sah lediglich zu ihm auf und winkte mit einem blutverschmierten Finger.

»Ich werde jetzt schlafen«, flüsterte Cort ruhig.

»Vielleicht für immer, das weiß ich nicht. Ich bringe dir nichts mehr bei, Revolvermann. Du hast mich überwunden, zwei Jahre jünger als dein Vater, der bisher der jüngste war. Doch laß dir einen Rat von mir geben.«

»Welchen?« Ungeduldig.

»Warte.«

»Hm?« Überraschung stieß das Wort aus ihm heraus.

»Laß das Wort und die Legende dir vorauseilen. Es gibt Menschen, die beides verbreiten werden.« Sein Auge sah über die Schulter des Revolvermannes. »Möglicherweise Narren. Laß das Wort dir vorauseilen. Laß deinen Schatten wachsen. Laß ihm einen Bart wachsen.« Er lächelte grotesk. »Mit der Zeit vermögen Worte selbst einen Zauberer zu verzaubern. Verstehst du, Revolvermann?«

»Ja.«

»Wirst du meinen letzten Rat befolgen?«

Der Revolvermann wippte auf den Absätzen auf und ab, eine spärliche, nachdenkliche Haltung, die bereits den Schatten des Mannes warf. Er sah zum Himmel. Dessen Farbe wurde dunkler, purpurn. Die Hitze des Tages ließ nach, und Gewitterwolken im Westen kündeten von Regen. Blitze stachen auf die ungeschützten Flanken des Vorgebirges herab, das sich in einigen Meilen Entfernung erhob. Dahinter befand sich das Gebirge. Und dahinter die hochschießenden Fontänen von Blutvergießen und Unvernunft. Er war müde, müde bis auf die Knochen, und noch tiefer.

Er sah Cort wieder an. »Heute nacht werde ich meinen Falken begraben, Lehrmeister. Und später werde ich in die Unterstadt gehen und jene in den Bordellen informieren, die deiner harren.«

Cort öffnete die Lippen zu einem schmerzverzerrten Lächeln. Und dann schlief er ein.

Der Revolvermann stand auf und drehte sich zu den anderen herum. »Macht eine Bahre und tragt ihn in sein Haus. Dann holt eine Krankenschwester. Nein, zwei Krankenschwestern. Klar?«

Sie sahen ihn immer noch an und waren in einem verzauberten Augenblick gefangen, der noch nicht unterbrochen werden konnte. Sie suchten immer noch nach einer flammenden Korona oder einer werwolfhaften Verwandlung seiner Gesichtszüge.

»Zwei Krankenschwestern«, wiederholte der Revolvermann, und dann lächelte er. Sie lächelten auch.

»Du gottverdammter Pferdetreiber!« rief Cuthbert plötzlich grinsend. »Du hast für den Rest von uns nicht mehr genügend Fleisch übriggelassen, daß wir den Knochen abnagen können!«

»Die Welt wird sich morgen nicht gleich weiterdrehen«, sagte der Revolvermann und zitierte das alte Sprichwort mit einem Lächeln. »Allen, du Tranarsch. Beweg dich!«

Allen machte sich daran, die Bahre zu fertigen; Thomas und Jamie gingen gemeinsam zum Hauptgebäude und zum Krankenhaus. Der Revolvermann und Cuthbert sahen einander an. Sie hatten sich immer am nächsten gestanden – so nahe es die unterschiedlichen Schattierungen ihres Charakters zuließen. Ein abschätzendes, deutliches Licht leuchtete in Cuthberts Augen, und der Revolvermann bezwang nur unter großen Mühen das Bedürfnis, ihm zu sagen, er solle sich erst in einem Jahr oder besser in achtzehn Monaten selbst der Prüfung stellen, wenn er nicht nach Westen verbannt werden wollte. Aber sie hatten gemeinsam eine Menge durchgemacht, und der Revolvermann war der Überzeugung, daß er es nicht wagen konnte, ohne dabei einen Tonfall anzunehmen, den man nur als väterlich herablassend bezeichnen konnte. Ich fange an, Ränke zu schmieden, dachte er und war ein wenig abgestoßen. Dann dachte er an Marten und an seine Mutter, und er lächelte seinem Freund ein heuchlerisches Lächeln zu.

Ich werde der erste sein, dachte er und wußte es zum ersten Mal sicher, obschon er (auf besinnliche Weise) schon häufig darüber nachgedacht hatte. Ich werde der erste sein.

»Gehen wir«, sagte er.

»Mit Vergnügen, Revolvermann.«

Sie verließen den Hof durch das Ostende des heckengesäumten Korridors; Thomas und Jamie kamen bereits mit den Krankenschwestern zurück. Sie sahen in den schweren weißen, über der Brust mit einem roten Kreuz versehenen Kleidern wie Gespenster aus.

»Soll ich dir mit dem Falken helfen?« fragte Cuthbert.

»Ja«, sagte der Revolvermann.

Und später, als die Dunkelheit gekommen war und prasselnden Gewitterregen mit sich gebracht hatte, während riesige gespenstische Wolkenbänke über den Himmel rasten und Blitze die verwinkelten Gassen der Unterstadt in blaues Feuer hüllten, während Pferde mit hängenden Köpfen und triefenden Schweifen an ihren Geländern standen, nahm sich der Revolvermann eine Frau und schlief mit ihr.

Es war schnell und gut. Als es vorbei war und sie schweigend nebeneinander lagen, fing es mit kurzer, rasselnder Heftigkeit an zu hageln. Unten und weit entfernt spielte jemand *Hey Jude* als Ragtime. Das Denken des Revolvermannes wandte sich spekulierend nach innen. In dieser hagelprasselnder Stille dachte er, kurz bevor ihn der Schlaf überkam, zum ersten Mal, daß er auch der letzte sein könnte

## 6

Selbstverständlich erzählte der Revolvermann das nicht alles dem Jungen, aber wahrscheinlich klang das meiste doch an. Er hatte schon gemerkt, daß dies ein außerordentlich empfänglicher Junge war, der sich nicht sehr von Cuthbert oder gar Jamie unterschied.

»Schläfst du?« fragte der Revolvermann.

»Nein.«

»Hast du verstanden, was ich dir erzählt habe?«

»Verstanden?« fragte der Junge voll vorsichtigem Abscheu. »Verstanden? Soll das ein Witz sein?«

»Nein.« Aber der Revolvermann fühlte sich in die Defensive gedrängt. Er hatte noch niemals vorher jemandem vom Ritual seines Erwachsenwerdens erzählt, weil er selbst seine Zweifel hatte. Der Falke war selbstverständlich eine völlig akzeptable Waffe gewesen, aber auch ein Trick. Und ein Verrat. Der erste von vielen: *Bereite ich mich darauf vor, diesen Jungen dem Mann in Schwarz zu opfern?*

»Ich habe es verstanden«, sagte der Junge. »Es war ein Spiel, nicht? Müssen erwachsene Männer immer Spiele spielen? Muß alles eine Ausrede für eine andere Art Spiel sein? Werden Männer überhaupt erwachsen, oder werden sie nur älter?«

»Du weißt nicht alles«, sagte der Revolvermann und versuchte, seinen wachsenden Zorn im Zaum zu halten.

»Nein. Aber ich weiß, was ich für dich bin.«

»Und das wäre?« fragte der Revolvermann gepreßt.

»Ein Pokerchip.«

Der Revolvermann verspürte den Drang, einen Stein aufzuheben und dem Jungen den Schädel einzuschlagen. Doch er hielt seine Zunge im Zaum.

»Geh schlafen«, sagte er. »Jungen brauchen ihren Schlaf.«

Und in Gedanken hörte er Martens Echo: *Geh und bediene dich deiner Hand.*

Er saß steif in der Dunkelheit und war starr vor Entsetzen und fürchtete sich (zum ersten Mal in seinem Leben, ausgerechnet) vor der Abscheu vor sich selbst, die ihn erwarten mochte.

# 7

Während der nächsten Wachperiode führten die Schienen sie näher an den unterirdischen Fluß heran, und sie trafen auf die Langsamen Mutanten.

Jake sah den ersten und schrie laut auf.

Der Kopf des Revolvermanns, den er starr geradeaus gehalten hatte, während er die Draisine antrieb, schnellte nach rechts. Unter ihnen leuchtete ein Stück entfernt ein fahler irrlichtender Schimmer, der kreisförmig war und leicht pulsierte. Er nahm zum ersten Mal einen Geruch wahr – einen schwachen, unangenehmen und feuchten Geruch.

Das Grün war ein Gesicht, und dieses Gesicht war mißgestaltet. Über der plattgedrückten Nase befanden sich insektenhafte Facettenaugen, die sie ausdruckslos ansahen. Der Revolvermann verspürte ein atavistisches Kribbeln in den Eingeweiden und Geschlechtsorganen. Er beschleunigte den Rhythmus von Armen und Griff der Draisine etwas.

Das leuchtende Gesicht blieb zurück.

»Was war das?« fragte der Junge erschrocken. »Was ...« Die Worte blieben ihm im Halse stecken, als sie zu einer Gruppe von drei leicht leuchtenden Gestalten kamen, die zwischen den Schienen und dem unsichtbaren Fluß standen und sie reglos beobachteten, als sie an ihnen vorbeifuhren.

»Das sind Langsame Mutanten«, sagte der Revolvermann. »Ich glaube nicht, daß sie uns Ärger machen werden. Sie haben wahrscheinlich ebenso große Angst vor uns wie wir vor ...« Eine der Gestalten löste sich von den anderen und schlurfte auf sie zu; sie leuchtete und veränderte sich. Das Gesicht war das eines ausgehungerten Idioten. Der zierliche nackte Körper war in eine wulstige Masse tentakelähnlicher Gliedmaßen mit Saugnäpfen verwandelt worden.

Der Junge schrie erneut und klammerte sich wie ein ängstlicher Hund am Bein des Revolvermannes fest.

Ein Tentakel schlängelte sich über die flache Plattform der Draisine. Er roch nach Nässe und Dunkelheit und dem Fremden. Der Revolvermann ließ den Griff los und zog. Er schoß dem ausgehungerten Idiotengesicht eine Kugel durch den Kopf. Es kippte weg, das schwache Sumpfbrandleuchten erlosch wie ein verfinsterter Mond. Das Mündungsfeuer hatte sich ihren dunklen Netzhäuten grell aufgeprägt und verblaßte nur widerwillig. Der Geruch von verbranntem Schießpulver war an diesem unterirdischen Ort heiß und streng und fremd.

Es wurden noch andere sichtbar, viel mehr. Keiner eilte ihnen mit übertriebener Hast entgegen, aber sie näherten sich den Schienen, eine böse Gruppe Schaulustiger.

»Du wirst für mich drücken müssen«, sagte der Revolvermann. »Schaffst du das?«

»Ja.«

»Dann mach dich bereit.«

Der Junge stand dicht neben ihm und balancierte seinen Körper aus. Seine Augen nahmen die Langsamen Mutanten nur im Vorbeifahren auf, sie verharrten nicht auf ihnen und sahen nicht mehr, als sie sehen mußten. Der Junge baute einen psychischen Schild des Entsetzens vor sich auf, als wäre sein Es irgendwie durch seine Poren hinausgedrungen, um einen telepathischen Schirm zu bilden.

Der Revolvermann drückte konstant, beschleunigte die Draisine aber nicht. Er wußte, daß die Langsamen Mutanten ihr Entsetzen riechen konnten, aber er bezweifelte, daß Entsetzen ihnen genügen würde. Schließlich waren er und der Junge Geschöpfe des Lichts und unversehrt. Wie sehr sie uns hassen müssen, dachte er und fragte sich, ob sie den Mann in Schwarz ebensosehr gehaßt hatten. Er glaubte es nicht, oder vielleicht war er unerkannt unter ihnen und durch ihre erbarmenswerte Stammesgesellschaft gegangen, nur der Schatten eines dunklen Flügels.

Der Junge gab einen kehligen Laut von sich, und der Revolvermann drehte fast beiläufig den Kopf. Vier verfolgten die Draisine stolpernd, einer war gerade dabei, nach einem Halt zu suchen.

Der Revolvermann ließ den Griff los und zog wieder mit derselben schläfrigen, beiläufigen Bewegung. Er schoß den führenden Mutanten in den Kopf. Der Mutant gab einen seufzenden, schluchzenden Laut von sich und fing an zu grinsen. Seine Hände waren schlaff und fischähnlich, tot; die Finger klebten aneinander wie die Finger eines alten Handschuhs, der schon lange in trocknendem Schlamm versunken ist. Eine dieser Leichenhände ertastete den Fuß des Jungen und fing an zu ziehen.

Der Junge kreischte laut im Schoß des Granits.

Der Revolvermann schoß dem Mutanten in die Brust. Er fing durch das Grinsen an zu sabbern. Jake verschwand an der Seite. Der Revolvermann ergriff einen seiner Arme und wäre beinahe selbst aus dem Gleichgewicht gerissen worden. Das Ding war erstaunlich kräftig. Der Revolvermann schoß eine weitere Kugel in den Kopf des Mutanten. Ein Auge erlosch wie eine Kerze. Er zog immer noch. Sie veranstalteten ein stummes Tauziehen um Jakes zuckenden, sich windenden Körper. Sie zerrten an ihm wie an dem Gabelbein eines Hühnchens.

Die Draisine wurde langsamer. Die anderen kamen näher – die Lahmen, die Hinkenden, die Blinden. Vielleicht suchten sie nur nach einem Jesus Christus, der sie heilte, der sie wie Lazarus aus der Dunkelheit emporholte. Dies ist das Ende des Jungen, dachte der Revolvermann kalt und teilnahmslos. Dies ist das Ende, das ihm vorherbestimmt war. Laß los und drücke, oder halte ihn fest und stirb. Das Ende des Jungen.

Er zog heftig am Arm des Jungen und schoß dem Mutanten in den Bauch. Einen erstarrten Augenblick lang wurde sein Griff noch fester, und Jake glitt wieder über den Rand. Dann lösten sich die toten Schlammhände, und der Langsame Mutant fiel hinter der langsamer werdenden Draisine zwischen die Schienen, grinste aber immer noch.

»Ich dachte, du würdest mich zurücklassen«, schluchzte der Junge. »Ich dachte ... ich dachte ...«

»Halt dich an meinem Gürtel fest«, sagte der Revolvermann. »Halt dich so fest du kannst.«

Eine Hand schob sich unter seinen Gürtel und verhakte sich dort; der Junge atmete mit gewaltigen, konvulsivischen und stummen Zügen.

Der Revolvermann fing wieder gleichmäßig an zu drücken, und die Draisine beschleunigte. Die Langsamen Mutanten fielen einen Schritt zurück und sahen ihnen mit Gesichtern nach, die kaum menschlich waren (oder auf erbarmenswerte Weise doch), Gesichtern, die die schwache Phosphoreszenz erzeugten, die den unheimlichen Tiefseefischen eigen ist, die unter einem unglaublichen schwarzen Druck leben, Gesichter, deren sinnenlose Rundungen weder Zorn noch Haß ausdrückten, sondern lediglich etwas, das wie ein halbbewußtes, idiotisches Bedauern wirkte.

»Es werden weniger«, sagte der Revolvermann. Die angespannten Muskeln seines Unterleibs und seiner Geschlechtsorgane entspannten sich um den leisesten Hauch. »Sie ...«

Die Langsamen Mutanten hatten Steine auf den Schienen aufgeschichtet. Der Weg war versperrt. Es war eine hastige, armselig ausgeführte Arbeit, möglicherweise lediglich die Arbeit einer Minute, aber sie wurden aufgehalten. Und jemand würde hinuntersteigen und den Weg freiräumen müssen. Der Junge stöhnte und drängte sich bibbernd dichter an den Revolvermann. Der Revolvermann ließ den Griff los, und die Draisine fuhr lautlos bis zu den Steinen, wo sie ruckartig zum Stillstand kam. Die Langsamen Mutanten kamen wieder näher, sie bewegten sich beiläufig, beinahe so, als wären sie traumverloren in der Dunkelheit vorbeigekommen und hätten jemanden gefunden, den sie nach dem Weg fragen konnten. Eine öffentliche Versammlung von Verdammten unter dem urzeitlichen Felsengebirge.

»Werden sie uns erwischen?« fragte der Junge.

»Nein. Sei einen Augenblick still.«

Er betrachtete die Steine. Die Mutanten waren natürlich schwach und außerstande gewesen, große Felsbrocken herbeizuschleppen, um ihnen den Weg zu versperren. Nur kleine Steine. Gerade ausreichend, sie aufzuhalten, so daß jemand absteigen und sie wegräumen mußte.

»Steig ab«, sagte der Revolvermann. »Du mußt sie entfernen. Ich gebe dir Deckung.«

»Nein«, flüsterte der Junge. »Bitte.«

»Ich kann dir keinen Revolver geben, und ich kann nicht die Steine wegräumen und gleichzeitig schießen. Du mußt absteigen.«

Jake verdrehte gräßlich die Augen, einen Moment erschauerte sein Körper in Einklang mit dem wirren Lauf seiner Gedanken, dann glitt er an der Seite hinab und fing an, wie von Sinnen Steine nach rechts und links zu werfen, ohne sich umzusehen.

Der Revolvermann zog und wartete.

Zwei von ihnen, die mehr schlurften als gingen, griffen mit Armen wie Teig nach dem Jungen. Die Revolver führten ihre Arbeit aus, durchstachen das Dunkel mit weiß-roten Lanzen aus Licht, die schmerzende Nadeln in die Augen des Revolvermannes drückten. Der Junge schrie auf, warf aber weiter Steine beiseite. Hexenfeuer funkelte auf und tanzte. Jetzt fiel das Sehen schwer, und das war das schlimmste. Alles war in Schatten versunken.

Einer von ihnen, der fast überhaupt nicht leuchtete, griff plötzlich mit gummiartigen Gespensterarmen nach dem Jungen. Augen, die das halbe Gesicht des Mutanten ausmachten, kullerten feucht.

Jake schrie erneut und warf sich herum, um zu kämpfen.

Der Revolvermann feuerte, ohne nachzudenken, bevor seine schlechte, fleckige Sicht seine Hände verräterisch zittern lassen konnte; die beiden Köpfe waren nur Zentimeter auseinander. Es war der Mutant, der zuckend zu Boden sank.

Jake schleuderte mit heftigen Bewegungen Steine. Die Mutanten verharrten gerade außerhalb der unsichtbaren Linie des Eindringens, schoben sich aber langsam näher; mittlerweile waren sie sehr nahe. Andere hatten sich zu ihnen gesellt und ihre Zahl verstärkt.

»Gut«, sagte der Revolvermann. »Komm rauf. Schnell.«

Als sich der Junge in Bewegung setzte, fielen die Mutanten über sie her. Jake kam über den Rand und strampelte sich auf die Beine. Der Revolvermann drückte bereits wieder mit voller Kraft. Er hatte beide Revolver ins Halfter gesteckt. Sie mußten fliehen.

Seltsame Hände klatschten auf die Metallplatte der Oberfläche der Draisine. Der Junge hielt sich jetzt mit beiden Händen am Gürtel fest und hatte das Gesicht gegen den Rücken des Revolvermannes gepreßt.

Eine Gruppe von ihnen lief auf die Schienen, ihre Gesichter drückten ihre hirnlose, gleichgültige Vorfreude aus. Der Revolvermann war mit Adrenalin vollgepumpt; die Draisine flog in der Dunkelheit auf den Schienen dahin. Sie prallten mit voller Wucht auf die vier oder fünf bemitleidenswerten Gestalten. Diese flogen wie vom Stamm geschlagene verfaulte Bananen auf die Seite.

Immer weiter und weiter, in die stille, fliegende Bansheedunkelheit hinein.

Nach einer Ewigkeit hob der Junge das Gesicht in den Fahrtwind; es graute ihm, doch gleichzeitig mußte er es wissen. Die Schattenbilder des Mündungsfeuers brannten noch auf seiner Netzhaut. Er sah nichts als die Dunkelheit, hörte nichts als das Rauschen des Flusses.

»Sie sind fort«, sagte der Junge, plötzlich voller Angst, die Schienen würden in der Dunkelheit aufhören und sie selbst mit einem vernichtenden Aufprall ihrem tödlichen Ende entgegen von den Schienen springen. Er war schon Auto gefahren; einmal war sein humorloser Vater mit neunzig Stundenmeilen über die Autobahn von New Jersey gerast und war angehalten worden. Aber so wie hier war er noch niemals gefahren, im Wind, blind und mit Schrecken, die hinter ihnen und vor ihnen lauerten, während der Fluß mit kichernder Stimme sprach – mit der Stimme des Mannes in Schwarz. Die Arme des Revolvermannes waren Kolben einer wahnsinnigen menschlichen Maschine.

»Sie sind fort«, sagte der Junge schüchtern, und der Wind riß ihm die Worte aus dem Mund. »Du kannst jetzt langsamer fahren. Wir sind ihnen entkommen.«

Aber der Revolvermann hörte ihn nicht. Sie rasten weiter in die seltsame Dunkelheit.

Sie brachten drei Wach- und Schlafperioden ohne weitere Zwischenfälle hinter sich.

# 8

Während der vierten Wachperiode (nach der Hälfte? drei Vierteln? sie wußten es nicht – nur, daß sie noch nicht müde genug waren, um anzuhalten) ertönte ein scharfes Poltern unter ihnen, die Draisine schwankte, und ihre Körper folgten sofort der Fliehkraft und neigten sich nach rechts, als die Draisine in eine langgezogene Linkskurve bog.

Vor ihnen war Licht – ein so schwaches und fremdes Leuchten, daß es zuerst ein vollkommen neues Element zu sein schien, weder Erde, Luft, Feuer oder Wasser. Es hatte keine Farbe und konnte lediglich anhand der Tatsache identifiziert werden, daß sie ihre Hände und Gesichter wieder mit einer Dimension zurückerlangten, die über den Tastsinn hinausging. Ihre Augen waren so lichtempfindlich geworden, daß sie den Widerschein schon fünf Meilen, bevor sie sich ihm näherten, wahrnahmen.

»Das Ende«, sagte der Junge. »Das ist das Ende.«

»Nein.« Der Revolvermann sprach voll seltsamer Gewißheit. »Ist es nicht.« Und das war es auch nicht. Sie kamen zum Licht, aber nicht zum Tageslicht.

Als sie dem Ursprung des Widerscheins näher kamen, sahen sie zum ersten Mal, daß die Felswand links von ihnen zurückgewichen war und sich andere Schienen zu ihren eigenen gesellt hatten, die ein komplexes Spinnennetz bildeten. Das Licht zerlegte sie in polierte Vektoren. Auf einigen standen dunkle Güterwaggons, Passagierwagen, eine Kutsche, die auf Schienen umgerüstet worden war. Sie waren wie Gespensterschiffe, die in einem unterirdischen Sargassomeer gefangen waren, und sie machten den Revolvermann nervös.

Das Licht wurde stärker und tat ihren Augen etwas weh, aber es nahm so allmählich zu, daß sie Zeit hatten, sich daran zu gewöhnen. Sie kamen vom Dunkel ins Licht wie Tiefseetaucher, die etappenweise aus unergründlichen Tiefen emporsteigen.

Vor ihnen befand sich ein riesiger Hangar, der allmählich näher kam und sich oben in Finsternis verlor. In ihn waren etwa vierundzwanzig Eingänge geschnitten, die gelbe, erleuchtete Quadrate zeigten und deren Größe von der von Puppenhausfenstern bis zu einer Höhe von sechs Metern wuchs, als sie näher kamen. Sie fuhren durch eine der mittleren Zufahrten ein. Über dieser standen eine Reihe von Schriftzügen in verschiedenen Sprachen, wie der Revolvermann vermutete. Er stellte zu seinem Erstaunen fest, daß er die letzte davon lesen konnte; es war ein uralter Vorläufer der Hochsprache und hieß:

GLEIS 10 ZUR OBERFLÄCHE
UND IN WESTLICHE RICHTUNG

Drinnen war das Licht heller, die Schienen überkreuzten einander an mehreren Weichen. Hier funktionierten noch einige der Verkehrszeichen und leuchteten in ewigem Rot und Grün und Gelb.

Sie rollten zwischen ansteigenden Bahnsteigen aus Fels, die vom vielen Verkehr schwarz geworden waren, und schließlich befanden sie sich in einer Art Hauptbahnhof. Der Revolvermann ließ die Draisine langsam ausrollen, und sie sahen sich um.

»Wie in der U-Bahn«, sagte der Junge.

»U-Bahn?«

»Vergiß es.«

Der Junge kletterte heraus und auf den harten Beton. Sie sahen stumme, verlassene Kioske, wo einstmals Zeitschriften und Bücher verkauft worden waren; ein altes Schuhgeschäft; einen Waffenladen (der Revolvermann sah von plötzlicher Aufregung erfüllt Revolver und Gewehre; nähere Begutachtung zeigte freilich, daß die Läufe mit Blei verstopft worden waren; aber er nahm einen Bogen mit, den er sich über den Rücken schnallte, und einen Köcher voll fast nutzlosen, schlecht ausbalancierten Pfeilen); ein Geschäft für Damenbekleidung. Irgendwo wechselte ein Konverter die Luft, wie er es seit Jahrtausenden getan hatte – aber wahrscheinlich nicht mehr viel länger. In der Mitte seines Zyklus konnte man einen Knirschlaut hören, der daran erinnerte, daß das Perpetuum mobile selbst unter streng kontrollierten Bedingungen immer noch ein Narrentraum war. Die Luft hatte einen mechanischen Beigeschmack. Ihre Schuhe erzeugten leise Echos.

Der Junge rief: »He! He ...«

Der Revolvermann drehte sich um und ging zu ihm. Der Junge stand starr vor dem Bücherkiosk. In seinem Inneren lag in der gegenüberliegenden Ecke eine Mumie. Die Mumie hatte eine blaue Uniform mit Goldlitzen an – eine Schaffnersuniform, wie es aussah. Auf dem Schoß der Mumie lag eine perfekt erhaltene Zeitung, die zu Staub zerfiel, als der Revolvermann versuchte, sie zu lesen. Das Gesicht der Mumie erinnerte an einen alten, runzligen Apfel. Der

Revolvermann berührte behutsam die Wange. Eine winzige Staubwolke stob hoch, und sie sahen durch die Wange in den Mund der Mumie. Ein Goldzahn funkelte.

»Gas«, murmelte der Revolvermann. »Früher konnten sie Gas herstellen, das das bewirkte.«

»Sie haben Kriege damit geführt«, sagte der Junge düster.

»Ja.«

Sie fanden noch weitere Mumien, nicht sehr viele, aber ein paar. Sie trugen alle blaue, goldverzierte Uniformen. Der Revolvermann vermutete, daß das Gas eingesetzt worden war, als sämtlicher ankommender und abfahrender Verkehr den Bahnhof verlassen gehabt hatte. Vielleicht war der Bahnhof auf unbestimmte Weise das Ziel einer lange vergessenen Armee in einem gleichermaßen vergessenen Krieg gewesen.

Der Gedanke deprimierte ihn.

»Wir sollten besser weitergehen«, sagte er und schritt zum Gleis 10 und der Draisine zurück. Doch der Junge blieb aufwieglerisch hinter ihm stehen.

»Ich gehe nicht.«

Der Revolvermann drehte sich überrascht um.

Das Gesicht des Jungen war verzerrt und zitterte. »Du wirst erst bekommen, was du willst, wenn ich tot bin. Ich möchte mein Schicksal selbst bestimmen.«

Der Revolvermann nickte unverbindlich und empfand Haß auf sich selbst. »Okay.« Er drehte sich um, ging zu dem Bahnsteig aus Stein und sprang elegant auf die Draisine.

»Du hast eine Abmachung getroffen!« rief ihm der Junge nach. »Ich weiß es genau!«

Der Revolvermann antwortete nicht, sondern legte behutsam den Bogen vor den T-Griff, der aus dem Boden der Draisine herausragte, damit ihm nichts passieren konnte.

Der Junge hatte die Fäuste geballt und das Gesicht schmerzlich verzogen.

Wie leicht du diesen Jungen täuschst, sagte sich der Revolvermann trocken. Seine Intuition hat ihn wieder und wieder zu diesem Punkt geführt, und du hast ihn wieder und wieder an der Nase herumgeführt – schließlich hat er außer dir keine Freunde.

Der plötzliche, einfache Gedanke (beinahe eine Vision) kam ihm, daß er lediglich aufgeben mußte, daß er umkehren und den Jungen mit sich nehmen und zum Zentrum einer neuen Streitmacht machen konnte. Der Turm mußte nicht auf diese demütigende, nasführende Weise erlangt werden. Sollte es geschehen, wenn der Junge reicher an Jahren war, wenn sie beide den Mann in Schwarz wie ein billiges aufziehbares Spielzeug beiseite stoßen konnten?

Sicher, dachte er zynisch. Sicher.

Er wußte mit plötzlicher kalter Überzeugung, daß es für sie beide den Tod bedeuten würde, wenn sie umkehrten – den Tod, oder noch Schlimmeres: Gefangenschaft bei den lebenden Toten hinter ihnen. Verfall sämtlicher Sinneswahrnehmungen. Nur die Revolver seines Vaters würden wahrscheinlich länger als sie beide leben und in rostender Pracht als Totems verehrt werden, nicht unähnlich der unvergessenen Benzinpumpe.

Zeig Mumm, sagte er falsch zu sich.

Er packte den Griff und fing an zu drücken. Die Draisine entfernte sich vom Bahnsteig.

Der Junge schrie: »*Warte!*« und lief schräg auf die Stelle zu, an der die Draisine in der Dunkelheit verschwinden würde. Der Revolvermann verspürte den Impuls zu beschleunigen, den Jungen wenigstens mit einer Ungewißheit zurückzulassen.

Statt dessen fing er ihn auf, als er sprang. Das Herz unter dem dünnen Hemd schlug heftig und aufgeregt, während Jake sich an ihn klammerte. Es war wie der Schlag eines Hühnerherzens.

Es war jetzt kurz davor.

## 9

Der Lärm des Flusses war sehr laut geworden und drang mit seinem konstanten Donnern sogar in ihre Träume. Aus einer Laune heraus ließ der Revolvermann den Jungen weiter drücken, während er Pfeile ins Dunkel schoß, an denen er feinen weißen Zwirn befestigt hatte.

Der Bogen war schrecklich schlecht, er war ausgezeichnet erhalten, aber mit schlechtem Zug und ebensolcher Zielgenauigkeit, und der Revolvermann wußte, daß man das so gut wie nicht verbessern konnte. Nicht einmal, wenn er eine neue Schnur spannte, würde das dem müden Holz helfen. Die Pfeile flogen nicht weit in das Dunkel hinein, doch der letzte, den er wieder einzog, war naß und glitschig. Der Revolvermann zuckte nur die Achseln, als der Junge ihn fragte, wie weit es war, aber bei sich dachte er nicht, daß der Pfeil mit diesem Bogen weiter als hundert Meter weit geflogen sein konnte – und selbst das nur mit Glück.

Und der Lärm wurde immer noch lauter.

Während der dritten Wachperiode nach dem Bahnhof fing wieder ein geisterhaftes Leuchten an zu wachsen. Sie waren in einen langen Tunnel aus phosphoreszierendem Gestein eingefahren, und die feuchten Wände glitzerten und funkelten wie von Tausenden winziger explodierender Sterne. Sie sahen alles in einer surrealistischen Geisterbahnweise.

Das brutale Lärmen des Flusses wurde ihnen durch den umliegenden Fels zugetragen und von diesem natürlichen Verstärker potenziert. Doch das Geräusch blieb seltsam konstant, auch als sie sich dem Kreuzungspunkt näherten, der nach Meinung des Revolvermannes vor ihnen liegen mußte, da die Felswände sich wieder verbreiterten und zurückwichen. Der Winkel ihres Anstiegs wurde steiler.

Im neuen Licht verliefen die Schienen schnurstracks geradeaus. Dem Revolvermann kamen sie wie die länglichen Luftballons voller Sumpfgas vor, die manchmal für billiges Geld beim Jahrmarkt zum Fest des heiligen Joseph verkauft wurden; dem Jungen kamen sie wie endlose Reihen von Neonröhren vor. Im Licht konnten sie beide sehen, daß der Fels, der sie so lange eingeschlossen hatte, vor ihnen in einer zerklüfteten Zwillingshalbinsel endete, welche in einen Abgrund der dahinterliegenden Dunkelheit hineinragte – der Kluft über dem Fluß.

Die Schienen führten auf der Stütze eines äonenalten Gerüsts über den unauslotbaren Abgrund hinaus. Auf der anderen Seite, scheinbar eine unvorstellbare Strecke entfernt, befand sich ein winziger heller Stecknadelkopf, nicht Phosphoreszenz oder Fluoreszenz, sondern das harsche, wirkliche Tageslicht. Es war so winzig wie ein Stecknadelstich auf dunklem Stoff, doch mit einer furchteinflößenden Bedeutung belastet.

»Halt«, sagte der Junge. »Halt eine Minute an. Bitte.«

Der Revolvermann ließ die Draisine ausrollen, ohne eine Frage zu stellen. Der Lärm des Flusses war ein unablässiges, donnerndes Dröhnen, das vor ihnen und unter ihnen erklang. Plötzlich haßte er den künstlichen Schimmer der Felsen. Er spürte zum ersten Mal, wie ihn die kalte Hand der Klaustrophobie berührte, und der Drang, endlich hinauszugelangen, nicht mehr lebendig begraben zu sein, war stark und beinahe unwiderstehlich.

»Wir werden durchfahren«, sagte der Junge. »Möchte er das? Daß wir mit der Draisine über ... das ... fahren und hinunterstürzen?«

Der Revolvermann wußte, daß es das nicht war, aber er sagte: »Ich weiß nicht, was er will.«

»Wir sind jetzt sehr nahe. Können wir nicht zu Fuß gehen?«

Sie stiegen aus und näherten sich vorsichtig dem Rand des Abgrunds. Der Boden unter ihren Füßen stieg unablässig weiter an, bis er plötzlich fast rechtwinklig abfiel und die Schienen allein in die Dunkelheit weiterführten.

Der Revolvermann ließ sich auf die Knie hernieder und sah nach unten. Er konnte sehr undeutlich ein komplexes, beinahe unglaubliches Gitter von Stahlträgern und Verstrebungen erkennen, das sich zum Dröhnen des Flusses hinab erstreckte und einzig dazu diente, den anmutigen Bogen der Schienen über der Leere zu stützen.

Vor seinem geistigen Auge konnte er sehen, wie die Zeit und das Wasser als tödliche Zweifaltigkeit an dem Stahl fraßen. Wieviel Tragkraft war noch verblieben? Wenig? Kaum eine? Keine? Plötzlich sah er das Gesicht der Mumie wieder vor sich, und das scheinbar feste Fleisch, das bei der bloßen leichten Berührung mit dem Finger mühelos zu Staub verfallen war.

»Wir gehen zu Fuß«, sagte der Revolvermann.

Er rechnete fast damit, daß der Junge nochmals widersprechen würde, doch er schritt ruhig vor dem Revolvermann auf die Schienen hinaus und überquerte die verschweißten Stahlplatten gelassen und sicheren Fußes. Der Revolvermann folgte ihm und war bereit, ihn aufzufangen, sollte der Junge einen falschen Schritt machen.

Sie ließen die Draisine hinter sich zurück und schritten unsicher über der Dunkelheit dahin.

Der Revolvermann spürte die Rinnsale von Schweiß auf der Haut. Das Gerüst war verrostet, sehr verrostet. Es summte im Rhythmus des weit unten gelegenen Flusses unter seinen Füßen und wankte etwas an den unsichtbaren Seilverankerungen. Wir sind Artisten, dachte er. Schau her, Mutter, ohne Netz. Ich fliege. Einmal kniete er sich nieder und untersuchte die Querstreben, auf denen sie gingen. Sie waren vernarbt und vom Rost zerfressen (den Grund dafür konnte er im Gesicht spüren: frische Luft, der Freund des Verfalls; sie waren jetzt sehr nahe an der Oberfläche), und ein kräftiger Fausthieb brachte das Metall auf übelkeiterregende Weise zum Erzittern. Einmal hörte er ein warnendes Ächzen unter seinen Füßen und spürte, wie der Stahl sich anschickte nachzugeben, aber da war er schon weitergegangen.

Der Junge war natürlich mehr als hundert Pfund leichter und ziemlich sicher, wenn das Vorankommen nicht noch schwieriger wurde.

Die Draisine verschmolz hinter ihnen mit der allgemeinen Düsternis. Der Felspier zu ihrer Linken erstreckte sich etwa sechs Meter. Weiter als der rechts, aber auch dieser blieb zurück, und dann waren sie allein über dem Abgrund.

Anfangs schien es, als würde das winzige Lichtpünktchen auf spöttische Weise konstant bleiben (vielleicht entfernte es sich mit derselben Geschwindigkeit von ihnen, wie sie darauf zuschritten – das wäre wahrhaft ein wunderbarer Zauber), aber allmählich merkte der Revolvermann, daß es größer und deutlicher wurde. Sie waren immer noch darunter, aber die Schienen stiegen immer noch an.

Der Junge stieß einen Überraschungsschrei aus und kippte plötzlich zur Seite, wobei seine Arme langsame, kreisende Bewegungen ausführten. Es schien, als würde er tatsächlich sehr, sehr lange über dem Abgrund hängen, bevor er weiterging.

»Fast hätte es mich erwischt«, sagte er emotionslos. »Steig darüber hinweg.«

Der Revolvermann gehorchte. Die Strebe, auf die der Junge getreten war, hatte fast völlig nachgegeben und wippte träge nach unten; sie hing an einer rostzerfressenen Schraube wie der Fensterladen eines Spukhauses.

Aufwärts, immer noch aufwärts. Es war ein alptraumhafter Spaziergang, der viel länger zu dauern schien, als er tatsächlich dauerte; die Luft selbst schien dicker und wie Gallertmasse zu werden, und dem Revolvermann war zumute, als würde er mehr schwimmen als gehen. Sein Verstand versuchte immer wieder zu der gründlichen, verrückten Überlegung zurückzukehren, welch schrecklicher Abgrund zwischen den Schienen und dem unterirdischen Fluß klaffte. Sein Verstand sah alles, wie es sein würde, in spektakulären Einzelheiten vor sich: Das Kreischen von nachgebendem Metall, der Ruck, wenn sein Körper zur Seite kippte, wie er mit den Fingern nach einem nichtvorhandenen Halt griff, das rasche Klappern von Absätzen auf verräterischem, rostigem Stahl – und dann abwärts, er würde sich immer um sich selbst drehen, warme Flüssigkeit zwischen den Beinen spüren, wenn seine Blase nachgab, den Wind im Gesicht fühlen, der sein Haar wie bei einer Comic-Version von Angst zu Berge stehen lassen würde, der ihm die Lider weit aufreißen würde, dann das dunkle Wasser, das ihm entgegengerast kommen würde, schneller, sogar schneller als sein eigener Schrei ...

Metall kreischte unter ihm, und er schritt ohne Hast darüber hinweg, verlagerte sein Gewicht und dachte nicht an den Sturz, wie weit sie gekommen waren und wieviel noch zurückzulegen blieb. Er dachte nicht daran, daß der Junge entbehrlich und der Ausverkauf seiner Ehre nun endlich beinahe abgeschlossen war.

»Hier fehlen drei Streben«, sagte der Junge gelassen. »Ich werde springen. Hier! Hier!«

Der Revolvermann sah seine Silhouette einen Augenblick vor dem Tageslicht, ein linkischer, flügellahmer Adler. Er landete, und die gesamte Konstruktion wankte trunken. Unter ihnen protestierte Metall, und ganz unten fiel etwas hinab, zuerst krachend, dann mit dem Geräusch von tiefem Wasser.

»Bist du drüben?« fragte der Revolvermann.

»Ja«, sagte der Junge aus einiger Entfernung, »aber es ist sehr verrostet. Ich glaube nicht, daß es dein Gewicht tragen wird. Mich ja, aber dich nicht. Kehr jetzt um. Kehr um und laß mich in Ruhe.«

Seine Stimme war hysterisch, kalt, aber hysterisch.

Der Revolvermann trat über die Lücke. Ein großer Schritt, und er war drüben. Der Junge schlotterte hilflos. »Geh zurück. Ich will nicht, daß du mich umbringst.«

»Um Himmels willen, geh weiter«, sagte der Revolvermann grob. »Es wird zusammenbrechen.«

Der Junge schritt jetzt wie betrunken dahin, er hatte die Hände zitternd mit gespreizten Fingern vor sich ausgestreckt.

Sie gingen aufwärts.

Ja, hier war es deutlich verfallener. Ab und zu fehlten eine, zwei, manchmal sogar drei Querstreben, und der Revolvermann rechnete ständig damit, daß sie einmal auf eine Lücke stoßen würden, die so lang war, daß sie entweder umkehren oder auf den Schienen selbst unsicher über den Abgrund balancieren mußten.

Er hielt den Blick starr auf das Tageslicht gerichtet.

Das Licht hatte einen Farbton angenommen – blau –, und je näher sie ihm kamen, desto weicher wurde es und ließ den Glanz des Phosphors verblassen, mit dem es sich vermischte. Fünfzig oder hundert Meter? Er konnte es nicht sagen.

Sie gingen weiter, und jetzt sah er auf seine Füße, die von Querstrebe zu Querstrebe schritten. Als er wieder hinsah, war das Licht zu einem Loch geworden, und es war kein Licht mehr, sondern ein Weg hinaus. Sie waren fast dort.

Ja, dreißig Meter. Neunzig kurze Schritte. Es war zu schaffen. Vielleicht konnten sie den Mann in Schwarz überlisten. Vielleicht verdorrten die bösen Blumen in seinen Gedanken im grellen Sonnenschein, und alles würde möglich sein.

Das Sonnenlicht wurde verdeckt.

Er sah verblüfft auf und erblickte eine Silhouette, die das Licht ausfüllte, es verschlang und lediglich Streifen spöttischen Blaus über den Schultern und die Gabelung zwischen den Beinen hereinscheinen ließ.

»Hallo, Jungs!«

Die Stimme des Mannes in Schwarz hallte von diesem natürlichen Sprachrohr aus Felsgestein verstärkt zu ihnen, und sein Zynismus nahm gewaltige Obertöne an. Der Revolvermann tastete blind nach dem Kieferknochen, aber der war dahin, irgendwo verloren, verbraucht.

Er lachte über ihnen, und der Laut hallte rings um sie herum und dröhnte wie die Brandung in einer vollaufenden Grotte. Der Junge schrie auf und ruderte mit den Armen, er wurde wieder zur Windmühle, seine Arme sausten durch die dünne Luft.

Unter ihnen riß Metall und kippte; die Schienen begannen ein langsames, verträumtes Schlingern. Der Junge stürzte, doch eine Hand flog wie eine Möwe in der Dunkelheit hoch, flog hoch, hoch, und dann hing er über dem Abgrund; dort baumelte er, und seine dunklen Augen sahen mit endgültigem, blindem, verlorenem Wissen zu dem Revolvermann auf.

»Hilf mir.«

Dröhnend, spöttisch: »Komm jetzt, Revolvermann. Oder du wirst mich niemals erwischen!«

Alle Chips lagen auf dem Tisch. Alle Karten waren aufgedeckt bis auf eine. Der Junge baumelte, eine lebende Tarotkarte, der Gehängte, der phönizische Seemann, der unschuldig gekentert war und sich in einem stygischen Meer kaum noch über Wasser halten konnte.

*Warte doch, warte einen Augenblick.*

»Muß ich gehen?« Die Stimme so laut, es fällt einem schwer zu denken, die Macht, den Verstand der Menschen zu umnachten ...

*Don't make it bad, take a sad song and make it better ...*

»Hilf mir.«

Das Gerüst schwankte heftiger, kreischte, löste sich in Einzelteile auf, gab ...

»Dann werde ich dich verlassen.«

*»Nein!«*

Seine Beine beförderten ihn mit einem einzigen

Sprung durch die Entropie, die ihn gefangenhielt, ein schlitternder, heftiger Sprung über den baumelnden Jungen hinweg zum lockenden Licht, der Turm als schwarzes Fresko auf der Netzhaut seines geistigen Auges eingeätzt, plötzliche Stille, die Silhouette verschwunden, sogar sein Herzschlag setzte aus, als sich die Brücke weiter neigte, ihren letzten langsamen Tanz in die Tiefe anfing, sich losriß, seine Hand ertastete den felsigen, erleuchteten Mund der Verdammnis; und hinter ihm sprach der Junge in der gräßlichen Stille zu weit unter ihm.

»Dann geh jetzt. Es gibt noch andere Welten als diese.«

Es riß sich von ihm los, das ganze Gewicht; und als er sich zum Licht und dem Wind und der Wirklichkeit seines neues Karmas *(we all shine on)* hinaufzog, drehte er den Kopf zurück und versuchte, in seinem Schmerz einen Augenblick lang Janus zu sein – aber da war nichts, nur abstürzendes Schweigen, denn der Junge gab keinen Laut von sich.

Dann war er oben und zog die Beine auf den Felsensims, der an der abwärts geneigten Seite Ausblick auf eine grasbewachsene Ebene gewährte, wo der Mann in Schwarz breitbeinig und mit überkreuzten Armen stand.

Der Revolvermann stand trunken und blaß wie ein Gespenst da, seine Augen waren riesig und schwammen unter der Stirn, sein Hemd war vom weißen Staub seines letzten, verzweifelten Hochziehens verschmutzt. Er dachte daran, daß er vor Mord stets fliehen würde. Er dachte daran, daß vor ihm weitere Entwürdigungen der Seele liegen mochten, gegen die sich diese hier bedeutungslos ausnehmen würde, und dennoch würde er fliehen, Flure entlang und durch Städte, von Bett zu Bett; er würde vor dem Gesicht des Jungen fliehen und versuchen, es in Fotzen oder selbst in weiterer Vernichtung zu begraben, nur um dann einen allerletzten Raum zu betreten, wo es ihn über eine Kerzenflamme hinweg ansehen würde. Er war zu dem Jungen geworden; der Junge war zu ihm geworden. Er war ein *Wurderlak,* ein selbsterschaffener Werwolf, und in seinen tiefsten Träumen würde er zu dem Jungen werden und in seltsamen Zungen sprechen.

Dies ist der Tod. Ist er es? Ist er es?

Er schritt langsam und mit trunkenen Schritten den Hang hinab zu der Stelle, wo der Mann in Schwarz wartete. Hier waren die Schienen unter der Sonne der Vernunft verfallen, und es war, als hätten sie nie existiert.

Der Mann in Schwarz stieß lachend mit beiden Handrücken die Kapuze zurück.

»Also!« rief er. »Kein Ende, sondern das Ende des Anfangs, was? Du machst Fortschritte, Revolvermann! Du machst Fortschritte! Oh, wie sehr bewundere ich dich!«

Der Revolvermann zog mit atemberaubender Geschwindigkeit und feuerte zwölfmal. Das Mündungsfeuer ließ die Sonne selbst verblassen, und das Donnern der Explosionen hallte von den Felsensimsen hinter ihnen wieder.

»Aber, aber«, sagte der Mann in Schwarz laut lachend. »Ach, komm schon. Wir beide zusammen, du und ich, können einen großen Zauber wirken. Du wirst mich ebensowenig töten, wie du dich selbst töten wirst.« Er zog sich zurück, ging langsam rückwärts, sah den Revolvermann grinsend an. »Komm. Komm. Komm.«

Der Revolvermann folgte ihm mit seinen durchgelaufenen Stiefeln zum Ort des Gesprächs.

Fünfter Teil

# DER REVOLVERMANN UND DER MANN IN SCHWARZ

# 1

Der Mann in Schwarz führte ihn zu einem uralten Schlachtfeld, um mit ihm zu reden. Der Revolvermann erkannte es augenblicklich; ein Golgatha, eine Stätte der Schädel. Und gebleichte Totenschädel starrten blicklos zu ihnen empor – Vieh, Kojoten, Wild, Kaninchen. Dort das Alabasterxylophon einer Fasanenhenne, die beim Fressen gestorben war; dort die winzigen, zierlichen Knochen eines Maulwurfs, der möglicherweise von einem wilden Hund aus Spaß getötet worden war.

Dieses Golgatha war ein in den abschüssigen Berghang eingeprägtes Becken, und unten, in zugänglicheren Höhen, konnte der Revolvermann Josuabäume und Krüppelkiefern sehen. Der Himmel war von einem zarteren Blau, als er es seit zwölf Monden gesehen hatte, und ein undefinierbares Etwas tat kund, daß das Meer in nicht allzu weiter Ferne war.

*Ich bin im Westen, Cuthbert,* dachte er verwundert.

Und natürlich sah er in jedem Totenschädel, in jeder leeren Augenhöhle das Gesicht des Jungen.

Der Mann in Schwarz saß auf einem alten Klotz aus Eisenholz. Seine Stiefel waren vom weißen Staub und dem unbehaglichen Knochenmehl dieses Ortes gepudert. Er hatte die Kapuze wieder hochgezogen, aber der Revolvermann konnte deutlich die eckige Form seines Kinns und die Schattierung seines Kiefers erkennen. Die überschatteten Lippen verzogen sich zu einem Lächeln. »Sammle Holz, Revolvermann. Diese Seite des Gebirges ist mild, aber in dieser Höhe kann einem die Kälte dennoch ein Messer in die Eingeweide stoßen. Und dies ist schließlich ein Ort des Todes, nicht?«

»Ich werde dich umbringen«, sagte der Revolvermann.

»Nein, das wirst du nicht tun. Das kannst du nicht. Aber du kannst Holz sammeln, um deines Isaak zu gedenken.«

Der Revolvermann verstand die Anspielung nicht. Er machte sich wortlos auf und sammelte Holz wie ein gewöhnlicher Küchenjunge. Seine Ausbeute war gering. Auf dieser Seite gab es kein Teufelsgras, und das Eisenholz brannte nicht. Es war versteinert. Schließlich kehrte er mit einem großen Armvoll zurück und war von verfallenen Knochen gepudert, als wäre er in Mehl gewendet worden. Die Sonne war hinter den höchsten Josuabäumen untergegangen, hatte ein rötliches Leuchten angenommen und sah sie zwischen den schwarzen, gepeinigten Ästen hindurch mit unheilvoller Gleichgültigkeit an.

»Ausgezeichnet«, sagte der Mann in Schwarz. »Wie außergewöhnlich du bist! Wie methodisch! Ich salutiere vor dir!« Er kicherte, und der Revolvermann warf ihm krachend das Holz vor die Füße, so daß Knochenstaub aufwirbelte.

Der Mann in Schwarz zuckte nicht zusammen oder sprang zurück; er fing lediglich an, die Feuerstelle aufzuschichten. Der Revolvermann sah fasziniert zu, wie das Ideograph (dieses Mal frisch) Gestalt annahm. Als es vorbei war, erinnerte es an einen etwa sechzig Zentimeter hohen, komplexen doppelten Schornstein. Der Mann in Schwarz hob eine Hand zum Himmel empor, schüttelte den weiten Ärmel von einer spitz zulaufenden, hübschen Hand zurück und stieß rasch mit ihr herab, wobei er den Zeigefinger und kleinen Finger zum traditionellen Zeichen des bösen Blicks gegabelt hatte. Eine blaue Flamme blitzte auf, und das Feuer brannte.

»Ich besitze Streichhölzer«, sagte der Mann in Schwarz jovial, »aber ich dachte mir, der Zauber könnte dir gefallen. Ganz umsonst, Revolvermann. Und jetzt mach uns ein Essen.«

Die Falten seines Gewandes zitterten, und der gehäutete und ausgeweidete Kadaver eines Kaninchens fiel in den Schmutz.

Der Revolvermann spießte das Kaninchen wortlos auf und briet es. Ein verlockender Geruch stieg auf, während die Sonne unterging. Purpurne Schatten fielen gierig über das Becken, das der Mann in Schwarz für ihre endgültige Konfrontation ausgesucht hatte. Der Revolvermann spürte den Hunger endlos in seinem Bauch knurren, während das Kaninchen braun wurde; aber als das Fleisch gar und saftig war, reichte er dem Mann in Schwarz wortlos den ganzen Spieß, kramte in seinem eigenen, beinahe flachen Rucksack und holte den letzten Rest Dörrfleisch heraus. Es war salzig und tat seinem Mund weh, und es schmeckte wie Tränen.

»Eine wertlose Geste«, sagte der Mann in Schwarz, dem es gelang, wütend und belustigt zugleich zu klingen.

»Dennoch«, sagte der Revolvermann. Er hatte

kleine wunde Stellen im Mund, die eine Folge von Vitaminmangel waren, und der Salzgeschmack ließ ihn bitter grinsen.

»Hast du Angst vor verzaubertem Fleisch?«

»Ja.«

Der Mann in Schwarz warf die Kapuze zurück.

Der Revolvermann sah ihn schweigend an. In gewisser Weise war das Gesicht des Mannes in Schwarz eine unbehagliche Enttäuschung. Es war hübsch und ebenmäßig, ohne die Spuren und Entstellungen von jemandem, der schlimme Zeiten durchgemacht hat und der in große, unbekannte Geheimnisse eingeweiht wurde. Sein Haar war schwarz und von verfilzter, stumpfer Länge. Seine Stirn war hoch, die Augen dunkel und strahlend. Die Nase war unauffällig. Die Lippen waren voll und sinnlich. Seine Gesichtsfarbe war bleich wie die des Revolvermannes.

Er sagte schließlich: »Ich hatte einen älteren Mann erwartet.«

»Nicht unbedingt. Ich bin fast unsterblich. Natürlich hätte ich ein Gesicht wählen können, das deinen Erwartungen besser entsprochen hätte, aber ich habe mich entschieden, dir das zu zeigen, mit dem ich – äh – geboren worden bin. Schau, Revolvermann, der Sonnenuntergang.«

Die Sonne war bereits untergegangen. Der Himmel im Westen war vom düsteren Glühen eines Hochofens erfüllt.

»Du wirst eine Zeit, die dir sehr lange erscheinen wird, keinen Sonnenaufgang mehr sehen«, sagte der Mann in Schwarz leise.

Der Revolvermann erinnerte sicn an die Stollen unter dem Gebirge und sah dann zum Himmel, wo die Sternbilder sich in funkelnder Vielzahl erstreckten.

»Das macht nichts«, sagte er mit sanfter Stimme. »Jetzt nicht mehr.«

## 2

Der Mann in Schwarz mischte Karten mit fliegender, verwirrender Hast. Das Spiel war groß, das Muster auf den Kartenrückseiten überquellend. »Das sind Tarotkarten«, sagte der Mann in Schwarz, »eine Mischung aus dem üblichen Blatt und meinen eigenen Verbesserungen. Sieh genau her, Revolvermann.«

»Warum?«

»Ich werde dir die Zukunft weissagen, Roland. Sieben Karten müssen nacheinander umgedreht und in Konjunktion mit den anderen gelegt werden. Ich habe das seit mehr als dreihundert Jahren nicht mehr gemacht. Und ich vermute, ich habe überhaupt noch nie eine wie deine vorhergesagt.« Der spöttische Ton stahl sich wieder in seine Stimme, gleich einem kuvianischen Nachtsoldaten, der ein todbringendes Messer in einer Hand hält. »Du bist der letzte Abenteurer der Welt. Der letzte Kreuzritter. Wie muß dich das doch freuen, Roland! Und doch hast du keine Ahnung, wie nahe du dem Turm jetzt bist, wie nahe in der Zeit. Über deinem Kopf kreisen Welten.«

»Dann lies meine Zukunft«, sagte er schroff.

Die erste Karte wurde umgedreht.

»Der Gehangte«, sagte der Mann in Schwarz. Die Dunkelheit hatte ihm seine Kapuze zurückgegeben. »Doch hier, ohne Konjunktion mit etwas anderem, versinnbildlicht er Kraft, nicht den Tod. Du, Revolvermann, bist der Gehängte, du schreitest über alle Gruben des Hades hinweg unverdrossen deinem Ziel entgegen. Einen Mitreisenden hast du bereits in diese Gruben gestoßen, nicht?«

Er drehte die zweite Karte um. »Der Seefahrer. Achte auf die klare Stirn, die haarlosen Wangen, die verletzten Augen. Er ertrinkt, Revolvermann, und niemand wirft ihm ein Seil zu. Der Junge Jake.«

Der Revolvermann zuckte zusammen, sagte aber nichts.

Die dritte Karte wurde umgedreht. Ein Pavian stand grinsend und breitbeinig auf der Schulter eines jungen Mannes. Das Gesicht des jungen Mannes war nach oben gerichtet, seine Züge waren eine stilisierte Maske von Grauen und Entsetzen. Als er genauer hinsah, stellte der Revolvermann fest, daß der Pavian eine Peitsche hielt.

»Der Gefangene«, sagte der Mann in Schwarz. Das Feuer warf unruhige, flackernde Schatten über das Gesicht des gepeinigten Mannes, so daß es sich in stummem Entsetzen zu verzerren und zu winden schien. Der Revolvermann wandte den Blick ab.

»Etwas beunruhigend, nicht?« sagte der Mann in Schwarz und schien ein Kichern zu unterdrücken.

Er drehte die vierte Karte herum. Eine Frau mit einem Schal auf dem Kopf saß spinnend an einem Spinnrad. Sie schien gleichzeitig verschmitzt zu lachen und zu weinen.

»Die Herrin der Schatten«, bemerkte der Mann in Schwarz. »Macht sie auf dich den Eindruck, als hätte sie zwei Gesichter? Hat sie. Ein wahrhaftiger Janus.«

»Weshalb zeigst du mir das?«

»Frag nicht!« sagte der Mann in Schwarz aufbrausend, doch er lächelte. »Sieh einfach nur her. Betrachte dies lediglich als sinnloses Ritual, wenn es dich erleichtert und dich beruhigt. Wie die Kirche.« Er kicherte und drehte die fünfte Karte um.

Ein grinsender Sensenmann hielt mit Knochenfingern eine Sense fest. »Der Tod«, sagte der Mann in Schwarz schlicht. »Aber nicht für dich.«

Die sechste Karte.

Der Revolvermann sah sie an und verspürte eine seltsam kribbelnde Vorahnung in den Eingeweiden. Freude und Grauen mischten sich in dieses Gefühl, die Gesamtheit seiner Empfindungen hatte keinen Namen. Ihm war zumute, als müßte er tanzen und sich gleichzeitig übergeben.

»Der Turm«, sagte der Mann in Schwarz leise.

Die Karte des Revolvermannes nahm die Mitte des Musters ein, die vier nachfolgenden lagen je in einer Ecke, gleich Satelliten, die einen Stern umkreisten.

»Wohin gehört diese?« fragte der Revolvermann.

Der Mann in Schwarz legte den Turm auf den Gehängten und verdeckte ihn völlig.

»Was bedeutet das?« fragte der Revolvermann. Der Mann in Schwarz antwortete nicht.

»Was bedeutet das?« fragte er keuchend.

Der Mann in Schwarz antwortete nicht.

»Gott verdammt!« Keine Antwort.

»Und was ist die siebte Karte?«

Der Mann in Schwarz drehte die siebte Karte um. Die Sonne stand an einem leuchtendblauen Himmel. Amor und Elfen schwirrten um sie herum.

»Die siebte ist das Leben«, sagte der Mann in Schwarz leise. »Aber nicht für dich.«

»Wie paßt sie in das Muster?«

»Das geht dich nichts an«, sagte der Mann in Schwarz. »Und mich auch nicht.« Er schnippte die Karte achtlos ins erlöschende Feuer. Sie verkohlte, bog sich und loderte in Flammen auf. Der Revolvermann spürte, wie sein Herz verzagte und in seiner Brust zu Eis wurde.

»Schlaf jetzt«, sagte der Mann in Schwarz gleichgültig. »Möglicherweise, um zu träumen, und das alles.«

»Ich werde dich erwürgen«, sagte der Revolvermann. Seine Beine stießen sich mit wilder, beeindruckender Schnelligkeit ab, und er schnellte über das Feuer hinweg auf den anderen zu. Der lächelnde Mann in Schwarz schwoll vor seinen Augen an und wich dann in einen langen, hallenden, von Obsidiansäulen gesäumten Flur zurück. Der Klang von sardonischem Gelächter erfüllte die Welt, und er stürzte, starb, schlief.

Er träumte.

Das Universum war leer. Nichts regte sich. Nichts war.

Der Revolvermann schwebte verwirrt.

»Es werde Licht«, sagte die Stimme des Mannes in Schwarz erhaben, und es ward Licht. Der Revolvermann dachte auf distanzierte Weise, daß das Licht gut war.

»Und nun Dunkelheit voll Sternen oben. Und Wasser unten.« So geschah es. Er schwebte über endlosen Wassern. Über ihm funkelten endlos die Sterne.

»Land«, forderte der Mann in Schwarz. Es geschah; es erhob sich in endlosen galvanischen Zuckungen aus dem Wasser. Es war rot, kahl, rissig und unfruchtbar. Vulkane, die häßlichen Riesenpickeln auf dem Baseballkopf eines Heranwachsenden glichen, stießen endlose Magmaströme aus.

»Gut«, sagte der Mann in Schwarz. »Kein schlechter Anfang. Und nun seien Pflanzen. Bäume. Gras und Wiesen.«

So geschah es. Hier und dort stapften Dinosaurier, knurrten und fauchten und fraßen sich gegenseitig und blieben in blubbernden, übelriechenden Teergruben stecken. Überall erstreckten sich endlose tropische Regenwälder. Riesenfarne winkten mit seratierten Blättern dem Himmel zu. Auf einigen krabbelten Käfer mit zwei Köpfen. Der Revolvermann sah das alles. Und er fühlte sich immer noch groß.

»Jetzt der Mensch«, sagte der Mann in Schwarz leise, aber der Revolvermann fiel ... fiel aufwärts. Der Horizont dieser unermeßlichen und fruchtbaren Erde begann sich zu runden. Ja, alle seine Lehrer hatten gesagt, daß sie rund war, sie behaupteten, das wäre lange, bevor die Welt sich weitergedreht hatte, bewiesen worden. Aber dies ...

Immer weiter und weiter. Vor seinen erstaunten Augen nahmen Kontinente Gestalt an und wurden von Wolkenbergen verdeckt. Die Atmosphäre der Welt hüllte sie mit ihrer Plazenta ein. Und die Sonne, die jenseits des gekrümmten Weltrandes aufging ...

Er schrie auf und schlug einen Arm vors Gesicht.

»Es werde Licht!« Die Stimme, die rief, war nicht mehr die des Mannes in Schwarz. Sie war gigantisch und hallend. Sie durchdrang den Raum und die Räume zwischen den Räumen.

»Licht!«

Er fiel, fiel.

Die Sonne schrumpfte. Ein von Kanälen durchzogener roter Planet, den zwei Monde hektisch umkreisten, wirbelte an ihm vorbei. Ein Gürtel wirbelnder Felsbrocken. Ein gigantischer Planet, auf dem Gase brodelten, der zu groß war, sich selbst zu stützen, und als Folge dessen an den Polen abgeflacht war. Eine Welt mit Ringen, deren Gürtel aus Eispartikeln glitzerten.

*»Licht! Es werde ...«*

Andere Welten, eine, zwei, drei. Weit jenseits der letzten kreiste ein einsamer Ball aus Eis und Fels in toter Dunkelheit um eine Sonne, die nicht heller als ein matter Pfennig war.

Dunkelheit.

»Nein«, sagte der Revolvermann, und seine Worte klangen tonlos und ohne Echo in der Dunkelheit. Es war dunkler als dunkel. Damit verglichen war die schwärzeste Nacht in der Seele eines Mannes heller Nachmittag. Die Dunkelheit unter dem Gebirge war lediglich ein Klecks auf dem Antlitz des Lichts. »Nichts mehr, bitte, jetzt nichts mehr. Nichts mehr, bitte ...«

»LICHT!«

»Nichts mehr. Nichts mehr, bitte ...«

Die Sterne selbst fingen an zu schrumpfen. Ganze

Spiralnebel zogen sich zusammen und wurden zu geistlosen Schlieren. Das ganze Weltall schien sich um ihn herum zusammenzuziehen.

»Jesus nichts mehr nichts mehr nichts mehr ...«

Die Stimme des Mannes in Schwarz flüsterte ihm seidenweich ins Ohr: »Dann entsage. Laß alle Gedanken an den Turm sein. Geh deines Weges, Revolvermann, und rette deine Seele.«

Er nahm sich zusammen. Er war erschüttert und allein, von der Dunkelheit umhüllt, fürchtete sich vor der ultimaten Bedeutung, die auf ihn zugerast kam, doch er nahm sich zusammen und stieß einen letzten, donnernden Befehl hervor:

»NEIN! NIEMALS!«

»DANN WERDE ES LICHT!«

Und es ward Licht, das wie ein Hammer auf ihn herniederschlug ein gewaltiges, vorzeitliches Licht. Das Bewußtsein schwand unter ihm – doch zuvor sah der Revolvermann etwas von kosmischer Bedeutung. Er klammerte sich mit qualvoller Anstrengung daran und suchte sich selbst.

Er floh vor dem Wahnsinn, den das Wissen in sich barg, und fand so wieder zu sich selbst.

## 3

Es war immer noch Nacht – aber er wußte nicht, ob es dieselbe oder eine andere war. Er richtete sich an der Stelle auf, zu der sein dämonischer Sprung auf den Mann in Schwarz ihn getragen hatte, und sah auf den

Klotz aus Eisenholz, auf dem der Mann in Schwarz gesessen hatte. Er war fort.

Ein Gefühl großer Verzweiflung strömte in ihn ein – Gott, alles würde wieder von vorne anfangen! –, und dann sagte der Mann in Schwarz hinter ihm: »Hier drüben, Revolvermann. Ich mag es nicht, wenn du mir zu nahe kommst. Du sprichst im Schlaf.« Er kicherte.

Der Revolvermann richtete sich benommen auf die Knie auf und drehte sich um. Das Feuer war zu roter Glut und grauer Asche niedergebrannt und hatte das vertraute verfallene Muster verbrauchten Brennmaterials hinterlassen. Der Mann in Schwarz saß daneben und schnalzte über den fettigen Resten des Kaninchens mit der Zunge.

»Du hast dich gut gehalten«, sagte der Mann in Schwarz. »Diese Vision hätte ich Marten niemals schicken können. Er wäre als sabbernder Idiot zurückgekehrt.«

»Was war das?« fragte der Revolvermann. Seine Worte waren undeutlich und erschüttert. Er spürte, daß seine Beine nachgeben würden, wenn er versuchen sollte, sich zu erheben.

»Das Universum«, sagte der Mann in Schwarz nebenbei. Er rülpste und warf die Knochen ins Feuer, wo sie in einem ungesunden Weiß schillerten. Der Wind über der Senke dieses Golgatha heulte voll schrillem Unglück.

»Universum«, sagte der Revolvermann verständnislos.

»Du möchtest den Turm«, sagte der Mann in Schwarz. Es schien eine Frage zu sein.

»Ja.«

»Aber du wirst ihn nicht bekommen«, sagte der Mann in Schwarz und lächelte voll strahlender Grausamkeit. »Ich habe eine Vorstellung davon, wie nahe an den Rand dich das Letzte brachte. Der Turm wird dich eine halbe Welt entfernt umbringen.«

»Du weißt nichts von mir«, sagte der Revolvermann leise, und das Lächeln auf den Lippen des anderen verschwand.

»Ich habe deinen Vater gemacht, und ich habe ihn vernichtet«, sagte der Mann in Schwarz grimmig. »Ich kam durch Marten zu deiner Mutter und habe sie genommen. So stand es geschrieben, und so geschah es. Ich bin der fernste Günstling des Dunklen Turms. Die Erde wurde in meine Hände gegeben.«

»Was habe ich gesehen?« fragte der Revolvermann. »Das Letzte. Was war es?«

»Was schien es zu sein?«

Der Revolvermann schwieg nachdenklich. Er tastete nach seinem Tabak, aber er hatte keinen mehr. Der Mann in Schwarz bot ihm nicht an, seinen Beutel entweder durch schwarze oder weiße Magie wieder nachzufüllen.

»Da war Licht«, sagte der Revolvermann schließlich. »Gewaltiges weißes Licht. Und dann ...« Er verstummte und sah den Mann in Schwarz an. Dieser beugte sich nach vorne, und ein unbekanntes Gefühl war seinem Gesicht aufgeprägt, das zu deutlich war, als daß man es hätte leugnen können. Erstaunen.

»Du weißt es nicht«, sagte er und fing an zu lachen. »O großer Zauberer, der die Toten zum Leben erwecken kann. Du weißt es nicht.«

»Ich weiß es«, sagte der Mann in Schwarz. »Aber ich weiß nicht ... was.«

»Weißes Licht«, wiederholte der Revolvermann. »Und dann einen Grashalm. Einen einzigen Grashalm, der alles ausfüllte. Und ich war winzig. Unvorstellbar winzig.«

»Gras.« Der Mann in Schwarz machte die Augen zu. Sein Gesicht sah hager und ausgezehrt aus. »Ein Grashalm. Bist du sicher?«

»Ja.« Der Revolvermann runzelte die Stirn. »Aber er war purpurn.«

## 4

Und nun fing der Mann in Schwarz an zu ihm zu sprechen.

Das Universum (sagte er) enthält ein Paradoxon, das so groß ist, daß der endliche Verstand es nicht begreifen kann. So wie das lebende Gehirn sich kein nichtlebendes Gehirn vorstellen kann – auch wenn es denken mag, es könnte es –, so kann der endliche Verstand nicht das Unendliche begreifen.

Die prosaische Tatsache der Existenz des Universums allein besiegt den Pragmatiker und den Zyniker gleichermaßen. Es gab eine Zeit, hundert Generationen bevor die Welt sich weiterdrehte, als die Menschheit genügend technische und wissenschaftliche Erkenntnisse gesammelt hatte, daß sie ein paar Splitter von der großen Steinsäule der Wirklichkeit abklopfen konnte. Selbst damals schien das trügerische Licht der

Wissenschaft (das Wissen, wenn du so willst) nur in einigen hochentwickelten Ländern.

Doch trotz der unglaublichen Zunahme von Faktenwissen gab es bemerkenswert wenig Einsicht. Revolvermann, unsere Vorfahren bezwangen die Krankheit des Verfaulens, die wir Krebs nennen, sie bezwangen fast das Altern, sie flogen zum Mond ...

(»Das glaube ich nicht«, sagte der Revolvermann unverblümt, worauf der Mann in Schwarz nur ein wenig lächelte und antwortete: »Das mußt du auch nicht.«)

...und entdeckten oder erfanden hundert andere wunderbare Errungenschaften. Doch dieser Reichtum an Informationen erzeugte wenig oder gar keine Einsicht. Keine großen Oden wurden über die Wunder der künstlichen Befruchtung geschrieben ...

(»Worüber?« »Babys mit tiefgefrorenem Männersperma zeugen.« »Bockmist.« »Ganz wie du meinst ... doch nicht einmal unsere Vorfahren konnten aus dieser Substanz Kinder zeugen.«)

...oder über die Kutsche, die von selbst fährt. Wenige, wenn überhaupt jemand, schienen das Prinzip der Wirklichkeit verstanden zu haben; neues Wissen führt stets zu noch ehrfurchtgebietenderen Geheimnissen. Größeres physiologisches Wissen über das Gehirn verringert die Möglichkeit, daß die Seele existiert, doch die Natur der Suche macht sie dagegen wahrscheinlicher. Verstehst du? Aber natürlich nicht. Du bist von deiner eigenen romantischen Aura umgeben, du liegst jeden Tag Wange an Wange mit dem Gewöhnlichen. Doch jetzt näherst du dich den Grenzen – nicht des Glaubens, sondern des Verstehens.

Du stehst der umgekehrten Entropie der Seele gegenüber.

Doch zum Prosaischeren:

Das größte Geheimnis, welches das Universum bereithält, ist nicht das Leben, sondern Größe. Größe umfaßt das Leben, und der Turm umfaßt die Größe. Das Kind, für das Wunder nichts Ungewöhnliches sind, sagt: Vater, was ist über dem Himmel. Und der Vater sagt: Das schwarze Weltall. Das Kind: Und über dem Weltall. Der Vater: Die Milchstraße. Das Kind: Über der Milchstraße. Der Vater: Eine andere Galaxis. Das Kind: Über den anderen Galaxien. Der Vater: Das weiß niemand.

Siehst du? Die Größe besiegt uns. Für den Fisch ist der See, in dem er lebt, sein Universum. Was denkt der Fisch, wenn er am Maul durch die silberne Grenze der Existenz gerissen und in ein neues Universum befördert wird, in dem die Luft ihn ertränkt und das Licht blauer Wahnsinn ist? Wo große Zweibeiner ohne Kiemen ihn in eine stickige Kiste stecken, ihn mit feuchtem Tang bedecken und sterben lassen?

Oder man könnte die Spitze eines Bleistifts nehmen und sie vergrößern. Dabei kommt man an den Punkt, wenn einem eine erstaunliche Erkenntnis aufgeht: Die Bleistiftspitze ist nicht fest; sie besteht aus Atomen, die wirbeln und kreisen wie eine Billion dämonischer Planeten. Was uns fest erscheint, ist in Wahrheit nur ein loses Netz, das von der Schwerkraft zusammengehalten wird. Schrumpft man auf die richtige Größe, dann werden die Entfernungen zwischen diesen Atomen zu Meilen, Abgründen, Äonen. Die Atome selbst bestehen aus Atomkernen und kreisenden Protonen und Elektronen. Man könnte noch weiter hinabgehen, zu den subatomaren Teilchen. Und wozu dann? Tachyonen? Nichts. Selbstverständlich nicht. Alles im Universum leugnet das Nichts; es ist unmöglich, an ein Ende der Dinge zu denken.

Wenn du bis zur Grenze des Universums fallen würdest, würdest du ein Schild mit der Aufschrift SACKGASSE finden? Nein. Du könntest etwas Hartes und Rundes finden, wie ein Küken das Ei von innen sehen mag. Und wenn du durch diese Hülle hindurchpicken würdest, welches gewaltige und reißende Licht würdest du erblicken, das durch dein Loch am Ende des Raumes hereinscheint? Könntest du hindurchsehen und feststellen, daß unser gesamtes Universum nichts weiter ist als ein Atom in einem Grashalm? Könntest du zu dem Gedanken gezwungen werden, daß du eine Unendlichkeit von Unendlichkeiten vernichtest, wenn du einen Halm verbrennst? Daß die Existenz nicht zu einer Unendlichkeit reicht, sondern zu einer unendlichen Vielzahl von Unendlichkeiten?

Vielleicht hast du gesehen, welchen Stellenwert unser Universum im Plan der Schöpfung einnimmt – als Atom in einem Grashalm. Könnte es sein, daß alles, was wir wahrnehmen können, vom infinitesimalen Virus bis hin zum fernen Pferdkopfnebel, sich in einem einzigen Grashalm befindet ... einem Halm, der in einem fremden Zeitstrom erst einen oder zwei Tage existiert haben mag? Was wäre, wenn dieser Halm von einer Sense gemäht werden würde? Wenn er verdorrte, würde die Fäulnis dann in unser eigenes Universum und unser eigenes Leben einsickern und alles gelb und braun und ausgetrocknet machen? Vielleicht ist das ja schon geschehen. Wir sagen, daß die Welt sich weitergedreht hat; vielleicht wollen wir wirklich damit sagen, daß sie angefangen hat auszutrocknen.

Bedenke, wie winzig uns diese Vorstellung macht, Revolvermann! Wenn ein Gott über das alles wacht, ermißt Er dann tatsächlich Gerechtigkeit für eine Rasse von Insekten in einer Unendlichkeit von Insektenrassen? Sieht Er den Sperling stürzen, wo der Sperling doch weniger ist als ein Wasserstoffatom, das allein in den Tiefen des Alls schwebt? Und wenn Er ihn sieht... wie muß dann die Natur eines solchen Gottes sein? Wo wohnt Er? Wie ist es möglich, jenseits der Unendlichkeit zu leben?

Denke an den Sand der Mohainewüste, die du durchquert hast, um mich zu finden, und stelle dir eine Billion Universen vor – nicht Welten, sondern Universen –, die sich in jedem einzelnen Sandkorn dieser Wüste befinden; und in jedem Universum eine Unendlichkeit anderer Universen. Wir ragen mit unserem erbarmenswerten Grashalmvorteil über diesen Universen auf; und du könntest mit einem einzigen Stiefeltritt eine Milliarde Milliarden Welten in die Dunkelheit treten, eine Kette, die niemals vervollständigt wird.

Größe, Revolvermann... Größe...

Doch denke noch weiter. Stell dir vor, daß sich alle Welten, alle Universen, in einem einzigen Brennpunkt vereinigen, einer einzigen Säule, einem Turm. Möglicherweise einer Treppe zur Gottheit selbst.

Würdest du es wagen, Revolvermann? Könnte es sein, daß irgendwo über der endlosen Wirklichkeit ein Zimmer existiert...?

Du würdest es nicht wagen.
*Du würdest es nicht wagen.*

»Jemand hat es gewagt«, sagte der Revolvermann.

»Und wer soll das sein?«

»Gott«, sagte der Revolvermann leise. Seine Augen glänzten. »Gott hat es gewagt... oder ist das Zimmer leer, Seher?«

»Ich weiß es nicht.« Angst huschte so sanft und dunkel wie der Flügel eines Bussards über das einschmeichelnde Gesicht des Mannes in Schwarz. »Und, offen gesagt, ich frage auch nicht. Es könnte unklug sein.«

»Hast du Angst, du könntest von einem Blitz erschlagen werden?« fragte der Revolvermann sardonisch.

»Vielleicht Angst vor der Rechenschaft«, antwortete der Mann in Schwarz, worauf eine Zeitlang Schweigen herrschte. Die Nacht war sehr lang. Die Milchstraße erstreckte sich in großer Pracht über ihnen, aber ihre Leere war grauenerregend. Der Revolvermann überlegte, was er empfinden würde, sollte sich dieser schwarze Himmel auftun und eine Sturzflut aus Licht sich herein ergießen würde.

»Das Feuer«, sagte er. »Mir ist kalt.«

## 5

Der Revolvermann nickte ein, wachte auf und stellte fest, daß der Mann in Schwarz ihn gierig und ungesund betrachtete.

»Was gaffst du denn an?«

»Dich natürlich.«

»Dann hör auf.« Er stocherte im Feuer und vernichtete die Präzision des Ideographs. »Ich mag es nicht.« Er sah nach Osten, ob es bereits heller wurde, doch die Nacht dauerte immer noch an.

»Du suchst das Licht so bald schon?«

»Ich wurde für das Licht geschaffen.«

»Ah, wurdest du das! Wie unhöflich von mir, diese Tatsache zu vergessen! Doch wir müssen uns noch über vieles unterhalten, du und ich. Denn so wurde es mir von meinem Herrn aufgetragen.«

»Wem?«

Der Mann in Schwarz lächelte. »Sollen wir die Wahrheit sagen, du und ich? Keine Lügen mehr? Kein Flimmer?«

»Flimmer? Was bedeutet das?«

Doch der Mann in Schwarz beharrte: »Soll Wahrheit zwischen uns sein, als zwei Männer? Nicht als Freunde, sondern als Feinde und Ebenbürtige? Dies ist ein Angebot, das du selten erhalten wirst, Roland. Nur Feinde sagen die Wahrheit. Freunde und Liebende lügen ohne Unterlaß, weil sie im Netz von Pflichten gefangen sind.«

»Dann sagen wir die Wahrheit.« Er hatte in dieser Nacht nichts anderes gesagt. »Fang damit an, daß du mir sagst, was Flimmer ist.«

»Flimmer ist Zauberei, Revolvermann. Der Zauber meines Herrn hat diese Nacht verlängert und wird sie weiter verlängern ... bis unsere Sache erledigt ist.«

»Wie lange wird das dauern?«

»Lange. Besser kann ich es dir nicht sagen. Ich weiß es selbst nicht.« Der Mann in Schwarz stand über dem Feuer, und die glühenden Kohlen erzeugten ein Muster auf seinem Gesicht. »Frage. Ich werde dir sagen, was ich weiß. Du hast mich erwischt. Es ist nur recht und billig; ich hätte es nicht für möglich gehalten. Doch deine Suche hat erst angefangen. Frage. Das wird uns schon früh genug zum Geschäft bringen.«

»Wer ist dein Herr?«

»Ich habe ihn nie zu Gesicht bekommen, aber du mußt ihn sehen. Bevor du den Turm erreichst, mußt du erst ihm begegnen, dem zeitlosen Fremden.« Der Mann in Schwarz lächelte ohne Boshaftigkeit. »Du mußt ihn umbringen, Revolvermann. Doch ich glaube, das hattest du nicht fragen wollen.«

»Woher kennst du ihn, wenn du ihn nie gesehen hast?«

»Er erschien mir einmal im Traum. Er kam zu mir, als ich ein Frischling war und in einem fernen Land lebte. Vor tausend Jahren, oder vor fünf oder zehn. Er kam in den Tagen zu mir, als die Alten das Meer noch nicht überquert hatten. In einem Land namens England. Vor Jahrhunderten teilte er mir meine Pflicht mit, obschon es zwischen meiner Jugend und meiner Apotheose kleinere Aufträge gab. Du bist es, Revolvermann.« Er kicherte. »Du siehst, es hat dich jemand ernst genommen.«

»Hat dieser Fremde keinen Namen?«

»Oh, er hat einen Namen.«

»Und wie lautet dieser Name?«

»Maerlyn«, sagte der Mann in Schwarz leise, und irgendwo in der östlichen Dunkelheit, wo die Berge lagen, bekräftigte ein Steinschlag seine Worte, und ein Puma schrie wie eine Frau. Der Revolvermann erschauerte, und der Mann in Schwarz zuckte zusammen. »Doch ich glaube, auch das wolltest du nicht fragen. Es liegt nicht in deiner Natur, so weit vorauszudenken.«

Der Revolvermann kannte die Frage; sie nagte schon die ganze Nacht in ihm, und schon Jahre vorher, dachte er. Sie lag ihm auf der Zunge, aber er sprach sie nicht aus ... noch nicht.

»Dieser Fremde, dieser Maerlyn, ist er ein Günstling des Turms? So wie du?«

»Er ist viel größer als ich. Ihm wurde die Gabe verliehen, rückwärts in der Zeit zu leben. Er *dunkelt*. Er *szintilliert*. Er lebt in allen Zeiten. Und doch gibt es jemanden, der größer ist als er.«

»Wen?«

»Das Tier«, flüsterte der Mann in Schwarz ängstlich. »Der Hüter des Turms. Der Erzeuger allen *Flimmers*.«

»Was ist es? Was macht dieses Tier ...«

»Frag nicht mehr!« rief der Mann in Schwarz. Seine Stimme bemühte sich um Festigkeit und verfiel in Flehen. »Ich weiß es nicht! Ich will es auch nicht wissen. Vom Tier zu sprechen bedeutet, vom Untergang der eigenen Seele zu sprechen. Vor Ihm ist Maerlyn so, wie ich vor ihm bin.«

»Und jenseits des Tiers ist der Turm und alles, was sich in dem Turm befindet?«

»Ja«, flüsterte der Mann in Schwarz. »Aber das alles ist nicht das, was du fragen willst.«

Das stimmte.

»Nun gut«, sagte der Revolvermann, und dann stellte er die älteste Frage der Welt. »Kenne ich dich? Habe ich dich schon einmal gesehen?«

»Ja.«

»Wo?« Der Revolvermann beugte sich eifrig nach vorne. Dies war seine Schicksalsfrage.

Der Mann in Schwarz schlug die Hände vor den Mund und kicherte wie ein kleines Kind zwischen ihnen hervor. »Ich glaube, das weißt du.«

»*Wo?*« Er sprang auf die Beine, seine Hände senkten sich auf die abgenutzten Griffe der Revolver.

»Nicht damit, Revolvermann. Sie öffnen keine Türen; sie schließen sie nur für immer.«

»Wo?« wiederholte der Revolvermann.

»Muß ich ihm einen Hinweis geben?« fragte der Mann in Schwarz die Dunkelheit. »Ich glaube, ich muß.« Er sah den Revolvermann mit brennenden Augen an. »Da war ein Mann, der dir einen Rat gegeben hat«, sagte er. »Dein Lehrmeister ...«

»Ja, Cort«, unterbrach ihn der Revolvermann ungeduldig.

»Der Rat war zu warten. Das war ein schlechter Rat. Denn schon damals hatte Martens Plan gegen deinen Vater angefangen. Und als dann dein Vater zurückkehrte ...«

»Wurde er getötet«, sagte der Revolvermann tonlos.

»Und als du angefangen hast zu suchen, war Marten nicht mehr da ... er war nach Westen gegangen. Doch in Martens Gefolgschaft befand sich ein Mann, ein Mann, der die Kutte eines Mönchs und den rasierten Schädel eines Büßers hatte ...«

»Walter ...«, flüsterte der Revolvermann. »Du ... du bist überhaupt nicht Marten. Du bist *Walter!*«

Der Mann in Schwarz kicherte. »Zu deinen Diensten.«

»Jetzt sollte ich dich umbringen.«

»Das wäre nicht gerecht. Schließlich war ich es, der dir Marten drei Jahre später in die Hände lieferte, als ...«

»Dann hast du mich manipuliert.«

»In gewisser Weise, ja. Doch genug jetzt, Revolvermann. Die Zeit des Teilens ist gekommen. Und am Morgen werde ich das Horoskop erstellen. Du wirst Träume haben. Und dann muß deine wahre Suche beginnen.«

»Walter«, wiederholte der Revolvermann fassungslos.

»Setz dich«, forderte der Mann in Schwarz ihn auf. »Ich werde dir meine Geschichte erzählen. Ich glaube, deine wird viel länger sein.«

»Ich spreche nicht von mir selbst«, murmelte der Revolvermann.

»Aber heute nacht mußt du es tun. Damit wir verstehen.«

»Was verstehen? Mein Ziel? Das kennst du. Mein Ziel ist es, den Turm zu finden. Das habe ich geschworen.«

»Nicht dein Ziel, Revolvermann. Deinen Verstand.

Deinen langsamen, regsamen, hartnäckigen Verstand. In der ganzen Weltgeschichte hat es seinesgleichen noch nicht gegeben. Vielleicht in der ganzen Schöpfungsgeschichte. Dies ist die Zeit des Redens. Dies ist die Zeit von Geschichten.«

»Dann sprich.«

Der Mann in Schwarz schüttelte den weiten Ärmel seines Gewands. Ein in Folie eingewickeltes Päckchen fiel heraus und reflektierte die erlöschende Glut in vielen spiegelnden Falten.

»Hier habe ich Tabak, Revolvermann? Möchtest du rauchen?«

Dem Kaninchen hatte er widerstehen können, aber dem konnte er nicht widerstehen. Er wickelte die Folie mit gierigen Fingern auf. In ihrem Inneren befand sich feinkrümeliger Tabak und erstaunlich feuchte grüne Blätter, in die man ihn einwickeln konnte. Einen solchen Tabak hatte er seit zehn Jahren nicht mehr gesehen.

Er drehte zwei Zigaretten und biß beiden die Enden ab, damit sich das Aroma entfalten konnte. Eine bot er dem Mann in Schwarz an, der sie nahm. Beide holten einen brennenden Zweig aus dem Feuer.

Der Revolvermann zündete die Zigarette an und sog den aromatischen Rauch tief in die Lungen, wobei er die Augen schloß, um seine Sinne zu schärfen. Er blies den Rauch mit langsamer, langer Zufriedenheit aus.

»Gut?« wollte der Mann in Schwarz wissen.

»Ja. Sehr gut.«

»Genieße es. Es könnte für lange, lange Zeit deine letzte Zigarette sein.«

Das nahm der Revolvermann gleichgültig hin.

»Nun gut«, sagte der Mann in Schwarz. »Fangen wir an: Du mußt wissen, daß der Turm schon immer existiert, und es hat immer Jungen gegeben, die von ihm wußten und sich danach sehnten, mehr als nach Macht oder Reichtum oder Frauen ...«

## 6

Und dann redeten sie, sie redeten eine ganze Nacht und Gott weiß wieviel länger, aber später erinnerte sich der Revolvermann an wenig ... und seinem seltsam praktischen Verstand schien auch sehr wenig wichtig zu sein. Der Mann in Schwarz sagte ihm, daß er zum Meer gehen müßte, das nicht viel weiter als zwanzig mühelose Meilen im Westen lag, und dort würde er die Gabe des *Ziehens* erlangen.

»Doch auch das ist nicht vollkommen richtig«, sagte der Mann in Schwarz und schnippte seine Zigarette in die Reste des Lagerfeuers. »Niemand wird dir irgendeine Gabe verleihen, Revolvermann; sie ist einfach in dir, und zwar teilweise, wie ich dir sagen muß, durch das Opfer des Jungen und teilweise, weil es die Ordnung ist, die natürliche Ordnung der Dinge. Das Wasser fließt bergab, und ich muß es dir sagen. Soweit ich weiß, wirst du drei ziehen ... aber eigentlich ist mir das egal, und ich will es auch nicht wissen.«

»Die Drei«, murmelte der Revolvermann und dachte an das Orakel.

»Und dann fängt der Spaß erst richtig an. Aber dann werde ich längst fort sein. Lebwohl, Revolvermann, meine Aufgabe ist erfüllt. Du hast die Kette immer noch in der Hand. Gib acht, daß sie sich nicht um deinen Hals schlingt.«

Roland wurde von etwas außerhalb von ihm getrieben, als er sagte: »Du hast noch etwas zu sagen, nicht?«

»Ja«, sagte der Mann in Schwarz und lächelte den Revolvermann mit seinen unergründlichen Augen an und streckte ihm eine Hand entgegen. »Es werde Licht.«

Und es ward Licht.

Roland erwachte neben den Überresten eines Lagerfeuers und stellte fest, daß er zehn Jahre älter war. Sein Haar war an den Schläfen schütter geworden und hatte das Grau angenommen, das Spinnweben haben, wenn der Herbst vorbei ist. Die Linien seines Gesichts waren tiefer, seine Haut rauher.

Die Reste des Holzes, das er hergetragen hatte, waren zu Eisenholz geworden, und der Mann in Schwarz war ein grinsendes Skelett in einem schwarzen Gewand, weitere Knochen an diesem Ort der Knochen, ein Totenschädel mehr in Golgatha.

Der Revolvermann stand auf und sah sich um. Er sah das Licht und sah, daß das Licht gut war.

Er griff mit einer raschen Handbewegung nach seinem Gefährten der Nacht zuvor ... einer Nacht, die irgendwie zehn Jahre gedauert hatte. Er brach Walters Kieferknochen ab und steckte ihn achtlos in die linke Hüfttasche seiner Jeans – ein hinreichend guter Ersatz für den, den er jenseits der Berge verloren hatte.

Der Turm. Er wartete irgendwo voraus auf ihn – Brennpunkt der Zeit, Brennpunkt der Größe.

Er ging weiter nach Westen, kehrte dem Sonnenaufgang den Rücken zu und wurde sich darüber klar, daß ein wichtiger Abschnitt seines Lebens gekommen und vorübergegangen war. »Ich habe dich geliebt, Jake«, sagte er laut.

Sein Körper überwand die Ungelenkigkeit, und er begann, schneller zu gehen. Er erreichte das Ende des Festlands noch an diesem Abend. Er saß an einem einsamen Strand, der sich endlos nach rechts und links erstreckte. Die Wellen brandeten unablässig ans Ufer und dröhnten und dröhnten. Die untergehende Sonne malte einen breiten Streifen Narrengold auf das Wasser.

Dort saß der Revolvermann und hatte das Gesicht dem schwindenden Licht zugewandt. Er träumte seinen Traum und sah zu, wie die Sterne aufgingen; seine Entschlossenheit ließ nicht nach, noch verzagte sein Herz: Das Haar, das jetzt dünner und grau war, wehte ihm um den Kopf, und die mit Sandelholz eingelegten Revolver seines Vaters lagen glatt und tödlich an seinen Hüften, er war einsam, doch er hielt Einsamkeit keineswegs für eine schlechte oder unwürdige Sache. Dunkelheit senkte sich über die Welt, und die Welt drehte sich weiter. Der Revolvermann wartete auf den Zeitpunkt des *Ziehens* und träumte seine langen Träume vom Dunklen Turm, den er eines Tages finden und dem er sich nähern würde, um in sein Horn zu stoßen und zu einer unvorstellbaren letzten Schlacht anzutreten.

## Nachwort

Die vorhergehende Geschichte, die fast (aber nicht ganz) in sich abgeschlossen ist, ist der erste Teil eines viel längeren Werks mit dem Titel *The Dark Tower.* Ein Teil des Werks über diesen ersten Band hinaus ist fertiggestellt, aber es bleibt noch viel mehr zu tun – meine kurze Synopse der noch folgenden Abenteuer deutet auf eine Gesamtlänge von annähernd 3000 Seiten hin, möglicherweise mehr. Das hört sich wahrscheinlich so an, als wären meine Pläne für die Geschichte über bloße Ambitionen hinaus ins Land des Irrsinns gewachsen ... aber bitten Sie Ihren Lieblingsenglischlehrer einmal, Ihnen von den Plänen zu erzählen, die Chaucer mit den *Canterbury Tales hatte* – nun, *Chaucer* könnte irrsinnig gewesen sein.

Bei der Geschwindigkeit, mit der das Werk bislang entstanden ist, müßte ich ungefähr dreihundert Jahre leben, um die Geschichte vom Turm fertigzustellen; dieser Teil, ›Der Revolvermann und der Dunkle Turm‹, wurde über einen Zeitraum von zwölf Jahren hinweg geschrieben. Das ist bei weitem die längste Zeit, die ich je für ein Werk aufgewendet habe ... und es wäre vielleicht ehrlicher, es anders auszudrücken: Es ist die längste Zeit, die jemals eines meiner unveröffentlichten Werke in meinem eigenen Verstand am Leben und von Bedeutung geblieben ist, und wenn ein Buch im Verstand des Schriftstellers nicht am Leben bleibt, dann ist es so tot wie jahrealte Pferdescheiße, auch wenn die Worte weiter über das Papier wandern.

Ich glaube, *The Dark Tower* begann, weil ich im Frühjahrssemester meines Abschlußjahres am College ein Ries Papier erbte. Es war kein Ries gewöhnlichen weißen Schreibmaschinenpapiers, nicht einmal ein Ries jenes bunten ›zweite Wahl‹-Papiers, das viele angehende Schriftsteller benützen, weil diese farbigen Blätter (die häufig unaufgelöste Holzfasern enthalten) drei oder vier Dollar billiger sind.

Das Ries Papier, das ich erbte, war hellgrün, fast so dick wie Pappkarton und von außerordentlich exzentrischem Format etwa achtzehn Zentimeter breit und fünfundzwanzig Zentimeter lang, soweit ich mich erinnere. Damals arbeitete ich in der Bibliothek der Universität von Maine, und eines Tages tauchten dort mehrere Ries dieses Papiers in verschiedenen Farbtönen und auf vollkommen unerklärliche und ungeklärte Weise auf. Meine zukünftige Frau, die damalige Tabitha Spruce, nahm ein Ries dieses Papiers (rotkehlcheneierblau) mit nach Hause; der Bursche, mit dem sie damals ging, nahm auch eines (Erdkuckucksgelb). Ich bekam das grüne.

Wie sich herausstellte, sind wir alle drei Schriftsteller geworden – ein Zufall, den man in einer Gesellschaft, in der buchstäblich Zehntausende (möglicherweise Hunderttausende) Collegestudenten sich an der Schriftstellerei versuchen und lediglich einige wenige Hundert tatsächlich den Durchbruch schaffen, kaum noch nur als Zufall bezeichnen kann. Ich habe etwa ein halbes Dutzend Romane veröffentlicht, meine Frau einen *(Small World)* und arbeitet hart an einem noch besseren, und der Bursche, mit dem sie damals ging, David Lyons, ist ein großartiger Dichter und Inhaber von Lynx Press in Massachusetts geworden.

Vielleicht lag es an dem Papier, Leute. Vielleicht war es *verzaubertes* Papier. Sie wissen schon, wie in einem Roman von Stephen King.

Wie dem auch sei, Sie da draußen, die Sie das lesen, werden vielleicht gar nicht verstehen, wie vollgeladen mit Möglichkeiten diese fünfhundert Blatt Papier zu sein schienen, doch ich vermute, daß manche von Ihnen jetzt auch vollkommen verständnisvoll nicken werden. Schriftsteller, die veröffentlicht werden, können sich natürlich soviel Papier kaufen, wie sie nur wollen; es ist ihr Handwerkszeug. Man kann es sogar von der Steuer absetzen. Sie können sich sogar so viel kaufen, daß die ganzen leeren Blätter tatsächlich anfangen können, einen bösen Zauber zu wirken – bessere Schriftsteller, als ich einer bin, haben schon von der stummen Herausforderung des vielen weißen Platzes geschrieben, und Gott weiß, viele hat er so eingeschüchtert, daß sie verstummt sind.

Die Kehrseite der Medaille ist, besonders für einen jungen Schriftsteller, eine beinahe unheilige Verzückung, die soviel leeres Papier herbeiführen kann; man fühlt sich wie ein Alkoholiker, der eine ungeöffnete Flasche Whiskey vor sich sieht.

Damals wohnte ich in einer schäbigen Absteige nicht weit von der Universität entfernt, und ich lebte ganz alleine – das erste Drittel der vorhergehenden Geschichte wurde in einer gräßlichen, ununterbrochenen Stille geschrieben, die ich mir heute, mit einem Haus voll lärmender Kinder, zwei Sekretärinnen und einer Haushälterin, die mir immer sagt, daß ich krank aussehe, kaum noch vorstellen kann. Die drei Zimmergenossen, mit denen ich das Schuljahr begonnen hatte, waren alle abgehauen. Als im März das Eis auf dem Fluß taute, kam ich mir vor wie das letzte der zehn kleinen Negerlein von Agatha Christie.

Diese beiden Faktoren, die Herausforderung des unbeschriebenen grünen Papiers und die völlige Stille (abgesehen vom Tröpfeln des schmelzenden Schnees, der in den Dachkanal floß), waren mehr als alles andere für den Auftakt von *The Dark Tower* verantwortlich. Es gab noch einen dritten Faktor, aber ich glaube, ohne die beiden ersten wäre die ganze Geschichte niemals geschrieben worden.

Dieser dritte Faktor war ein Gedicht, das ich zwei Jahre vorher während eines Anfängerkurses über die frühen romantischen Dichter gelesen hatte (und gibt es eine bessere Zeit, romantische Dichtung zu studieren, als das Anfängerjahr?). Im dazwischenliegenden Zeitraum waren mir die meisten anderen Gedichte wieder entfallen, aber dieses eine großartige, schöne und unerklärliche blieb ... und es ist bis heute geblieben. Das Gedicht war ›Childe Roland‹ von Robert Browning.

Ich hatte mit dem Gedanken gespielt, mich an einem langen romantischen Roman zu versuchen, der die Stimmung, wenn nicht den exakten Sinn, des Gedichtes ausdrücken sollte. Mehr als gespielt hatte ich freilich noch nicht, denn ich mußte zuviel andere Sachen schreiben – eigene Gedichte, Kurzgeschichten, Zeitungskolumnen, weiß Gott, was alles.

Doch während des Frühjahrssemesters fiel Schweigen über mein bisheriges kreatives Leben – kein schriftstellerisches Versagen, sondern ein Gefühl, daß es Zeit wurde aufzuhören, mit Pickel und Schaufel herumzuspielen, und mich statt dessen ans Steuer eines gewaltigen und allmächtigen Dampfbaggers zu setzen, ein Gefühl, daß es an der Zeit war, etwas wirklich Großes aus dem Sand zu baggern, auch wenn sich das Ergebnis als klägliches Versagen erweisen sollte.

Und so saß ich eines Abends im März 1970 an meiner alten Büroschreibmaschine von Underwood mit dem abgebrochenen ›m‹ und dem hüpfenden großen ›O‹ und schrieb die Worte, mit denen diese Geschichte anfängt: *Der Mann in Schwarz floh durch die Wüste, und der Revolvermann folgte ihm.*

In den Jahren, seit ich diesen Satz geschrieben habe, während Johnny Winter über die Stereoanlage lief und nicht ganz das Geräusch von schmelzendem Schnee übertönen konnte, der draußen tröpfelte, bin ich ansatzweise grau geworden, habe Kinder gezeugt, habe am Grab meiner Mutter gestanden, habe Drogen genommen und es wieder sein gelassen und habe ein paar Dinge über mich selbst gelernt – manche davon waren reuevoll, manche unangenehm, die meisten jedoch nur komisch. Wie der Revolvermann selbst wahrscheinlich sagen würde, die Welt hat sich weitergedreht.

Aber ich habe in der ganzen Zeit die Welt des Revolvermanns nie ganz verlassen. Das dicke grüne Papier ging irgendwo unterwegs verloren, aber ich habe immer noch die etwa vierzig Seiten des ursprünglichen

Manuskripts, die die Kapitel ›Der Revolvermann‹ und ›Das Rasthaus‹ bilden. Sie wurden durch angemessener aussehendes Papier ersetzt, aber an diese komischen grünen Blätter erinnere ich mich mit mehr Versonnenheit, als ich jemals mit Worten ausdrücken könnte. Ich kehrte in die Welt des Revolvermannes zurück, als ich mit *Salem's Lot* nicht vorwärtskam (›Das Orakel und die Berge‹), und ich schilderte das traurige Ende des Jungen Jake nicht lange, nachdem ich einen anderen kleinen Jungen, Danny Torrance, in *The Shining* von einem anderen Ort des Bösen entkommen ließ. Tatsächlich kehrten meine Gedanken nur dann nicht gelegentlich in die trockene, aber irgendwie prachtvolle (jedenfalls war sie mir immer prachtvoll erschienen) Welt des Revolvermannes zurück, als ich eine andere bewohnte, die mir ebenso wirklich vorkam – die nachapokalyptische Welt von *The Stand.* Das letzte hier enthaltene Kapitel, ›Der Revolvermann und der Mann in Schwarz‹, wurde vor weniger als achtzehn Monaten in Maine geschrieben.

Ich bin der Meinung, daß ich den Lesern, die mir bis hierher gefolgt sind, eine Art Synopse (›einen Entwurf‹, wie die großen alten romantischen Dichter es genannt hätten) dessen schuldig bin, was weiter geschehen soll, da ich wahrscheinlich sterbe, bevor ich den gesamten Roman vollendet habe … oder das Epos … oder wie immer Sie es nennen wollen. Die traurige Tatsache ist jedoch, daß ich das ganz einfach nicht kann. Die Leute, die mich kennen, werden wissen, daß ich kein intellektueller Hitzeblitz bin, und die Leute, die meine Werke mit einer gewissen kritischen Billigung gelesen haben (es gibt ein paar;

die bezahle ich), werden wahrscheinlich mit mir einer Meinung sein, daß meine besten Arbeiten mehr aus dem Herzen als aus dem Verstand kommen… oder aus den Eingeweiden, denn dort hat das beste emotionale Schreiben seinen Ursprung.

Ich will damit eigentlich nur zum Ausdruck bringen, daß ich selbst nie ganz sicher bin, wie sich etwas entwickeln wird, und auf diese Geschichte trifft das noch viel mehr zu als auf andere. Aus Rolands Vision am Ende weiß ich, daß sich seine Welt tatsächlich weiterdreht, denn Rolands Universum existiert innerhalb eines einzigen Moleküls eines Grashalms, der auf einem kosmischen Brachland verdorrt (Ich glaube, diesen Einfall habe ich aus Clifford D. Simaks *Ring Around the Sun*; bitte verklag mich nicht, Cliff!), und ich weiß, daß es zum *Ziehen* gehört, drei Menschen aus unserer Welt zu holen (so wie Jake vom Mann in Schwarz selbst geholt wurde), die Roland bei seiner Suche nach dem Dunklen Turm begleiten – ich weiß das, weil Teile des zweiten Zyklus von Geschichten (die den Titel ›The Drawing of the Three‹ tragen) bereits geschrieben sind.

Aber was ist mit der nebulösen Vergangenheit des Revolvermanns? Mein Gott, ich weiß so wenig. Die Revolution, die der ›Welt des Lichts‹ des Revolvermanns das Ende bringt? Ich weiß es nicht. Rolands endgültige Konfrontation mit Marten, der seine Mutter verführte und seinen Vater ermordete? Weiß nicht. Der Tod von Rolands Gefährten, Cuthbert und Jamie, oder seine Abenteuer in den Jahren zwischen seinem Erwachsenwerden und seinem ersten Auftauchen in der Wüste? Auch das weiß ich nicht. Und dann ist da noch das Mädchen Susan. Wer ist sie? Weiß nicht.

Aber irgendwo tief drinnen weiß ich es doch. Ich weiß alles, und es besteht keine Veranlassung für eine Synopse oder eine Zusammenfassung (Zusammenfassungen sind die letzten Bastionen schlechter Schriftsteller, die zu Gott wünschen, sie würden Doktorarbeiten schreiben). Wenn die Zeit gekommen ist, dann werden sich diese Geschehnisse – und ihre Relevanz für die Suche des Revolvermannes – so natürlich ergeben wie Tränen oder Gelächter. Und wenn sie sich eben niemals ergeben, nun denn, wie Konfuzius einmal gesagt hat, das interessiert fünfhundert Millionen Rotchinesen einen Scheißdreck.

Ich weiß nur eines: Irgendwann einmal, zu einem magischen Zeitpunkt, wird es einen purpurroten Abend geben (einen Abend, der für Romantik wie geschaffen ist!), an dem Roland zu seinem Dunklen Turm kommen, ins Horn stoßen und sich ihm nähern wird ... und wenn ich jemals dort ankomme, sind Sie die ersten, die es erfahren.

*Stephen King*
*Bangor, Maine*

# Stephen King

Die monumentale Saga
vom »Dunklen Turm«

Eine unvergleichliche
Mischung aus Horror
und Fantasy.

Hochspannung pur!

01/10799

**Schwarz**
01/10428

**Drei**
01/10429

**tot**
01/10430

**Glas**
01/10799

HEYNE-TASCHENBÜCHER